ARNIM TÖPEL

De Schorle-Peda

Ein Fall für Mister Nochdenkerles

Kurpfälzer Mundart-Krimi

Liebe Leserin, lieber Leser,

kann man Mundart schreiben? Nein.

Es fehlen uns Buchstaben, die geeignet wären, diese Vielfalt an Lauten wiederzugeben, die Musikalität, Eindringlichkeit und Wärme unserer wunderbaren Sprache, deren Rhythmus und Groove, den Herzschlag des Hiesigen.

Gleichwohl habe ich in diesem Buch versucht, mit dem Alphabet auszukommen. Ohne Rücksicht auf Orthographie.
So werden beispielsweise doppelte Vokale eingesetzt, um nicht nur die Dehnung eines Lautes darzustellen, sondern den sich innerhalb dessen verändernden Klang.
An mancher Stelle werden Sie gewiss monieren, das müsste man anders notieren. Mag sein, darüber lässt sich streiten. Jede Schreibweise bleibt immer nur eine Annäherung.
Es finden sich in meinem Text auch unterschiedliche Versionen eines Wortes. Denn die Aussprache hängt von örtlichen Besonderheiten ab, aber ebenso von der Situation und nicht zuletzt vom Sprecher, von dessen Stimmung und Absicht.
Erschwerend kommt hinzu, dass Personen auftreten, die sich bemühen, ihren Dialekt zu verbergen. Was ihnen kaum gelingt.
Und zu guter Letzt erlaube ich mir, diese Sprache nicht nur abzubilden, sondern weiterzuentwickeln.

So bleibt Ihnen nur eine Chance: arbeiten Sie mit. Lassen Sie die Laute in sich klingen. Mundart kann man nicht korrekt schreiben, aber man kann sie beim Lesen, so hoffe ich, rischdisch heere un fihle.

Allo, Leit, strengt eisch bissl oo!

Prolog

Ich sage immer, was ich denke.

Ach, ja? Sollte tatsächlich jeder Satz gedacht sein, bevor sich unser Sprachzentrum seiner Artikulierung annimmt?
Und selbst wenn.

Musik verbindet die Menschen. Sport. Alkohol.
Sprache trennt uns.

Sprache unterscheidet sich ja nicht von Land zu Land. Nein, von Dorf zu Dorf, von Beruf zu Beruf, von Generation zu Generation. Von *Gosch* zu *Geschl*.
Womöglich haben die Menschen Sprache überhaupt nur erfunden, um sich voneinander abgrenzen zu können.

Die eigentliche Verständigung erfolgt doch längst ohne Worte. Zeichensprache. Viele bräuchten ihr Leben lang für das, was sie ihren Mitmenschen zu sagen haben, nur ihren Mittelfinger.

Seit es Sprache gibt, hagelt es Missverständnisse. Gut, davon leben mittlerweile ganze Branchen.

Es fängt beim einzelnen Wort an. Jeder meint mit jedem Wort etwas anderes. Zum Beispiel halten sich viele für sensibel, sind aber nur über die Maßen empfindlich. Und wenn es irgendwo heißt *herzlich willkommen*, dann ahnen wir, wir sollen etwas kaufen, spenden oder uns sonstwie nützlich machen.

Wie kommt es, dass dennoch die meisten unserer Gespräche weitgehend reibungslos verlaufen?

Weil jeder nur das hört, was er hören will.

Dennoch und deswegen: Sprache verarmt. Das gilt besonders für Dialekt. Denn die Mediensprache ist Hochdeutsch. Beziehungsweise das, was davon übrig ist.

Es bleibt bald allenfalls noch ein mundartlicher Akzent, mit dem diese eigenartigen Rest- und Rumpfsätze versehen werden, angereichert mit SMS-Kürzeln und international anerkannten Obszönitäten.

Indes, in dieser Welt der Besserwisser, der *Master Bachelor of Sprischbeitl*, in der wir nur noch beschäftigt sind, unsere Identität zu basteln, und stolz, ganz stolz, wenn wir bei Google *ich* eingeben und fünf Milliarden Treffer haben, in dieser Welt ist Sprache am Ende der letzte Wegweiser auf der Suche nach uns selbst.

Wemm gheaschn du?
Wu gehsch du hie?
Des weeß ma manschmol.
Awwa imma?
Nie.

„Tschief, wir haben ein Problem!"
„Wisso? Sitzt dei Frissua widda net?"
„Eine männliche Leiche. In Glickerbach."

Kommissar Günda schenkte seinem Assistenten einen gedankenverlorenen Blick und machte keinerlei Anstalten, sich aus seinem Schreibtischstuhl zu erheben.
„Die Kolleginnen und Kollegen von der Spurensicherung sind bereits vor Ort …"

Ungerührt angelte sich der Angesprochene die Karaffe auf der Fensterbank und goss eine trübe Flüssigkeit in den Becher mit der Aufschrift *Mai Tass*.

„Worauf warten wir eigentlich, Tschief?"
„Ähns, des muschda mol meiike, Freese: de früä Voggl fängt denn Wuam."
„Ja, eben."
„Weesch aa warum?"
„Na?"
„Weil de Wuam so bleed waa so frih zum uffsteh."
„Aber es gibt einen Toten!"
„Dann pressiats jo net weidas, deedisch mol saache, odda?"
Fritjof Freese ergab sich seufzend dieser bestechenden Logik.
„Ich warte dann draußen."
„Mach des. Un fang schun mol bissl oo."
„Womit?"
„Nochdenkerles."

Genießerisch fächerte sich Kommissar Günda den Duft eines Tranks zu, dessen Rezept zu den bestgehüteten Geheimnissen der *Sokodo* gehörte. Ein versonnenes Lächeln machte sich selbst auf seiner Stirn breit und kündete von sachfremden Erwägungen.

Glickerbach. Wie lange mochte das her sein? 35 Jahre? 40?
Die Diskothek schlechthin hatte es dort gegeben, mit einer Anziehungskraft weit über die Region hinaus.

Diskothek, nannte man das damals überhaupt so? Mit *Saturday Night Fever* jedenfalls hatte es überhaupt nichts zu tun. Hier lief Hendrix, Who, *Whole Lotta Love*. Jeder dieser Klassiker begrüßt nicht mit willfährigem Geschrei, sondern mit stummem, anerkennendem Nicken, das verstand und für gut befand.
Draußen *Persil, da weiß man, was man hat*, drinnen *Riders on the Storm*, die ahnten, was ihnen fehlte. Ein Freistaat auf dreihundert Quadratmetern, der keine Gesetze benötigte, weil sie keiner zu brechen trachtete. Grenzenlos, allerdings mit unpassierbaren roten Linien, die da hießen *Oh la Paloma Blanca* und *We had Joy, we had Fun, we had Seasons in the Sun*. Aufgehoben in der dröhnenden Geborgenheit schrankhoher Bassboxen. Der allenthalben sinnstiftenden Wut über den verlorenen Groschen entrückt. Der Welt die Stirn, der Zeit voraus. Ein jeder *Voodoo Child in Time*.
Kommissar Günda erinnerte sich gut an diese elektrisierende Verheißung aus kühner Rockmusik und lockender Düsternis, für die es noch dazu den passenden Namen gab: *Heaven*.
Augenblicklich hatte er das Bild eines Mädchens vor Augen, sah sich selbst mit *fuchzäh*[1], eine Bürste in der linken Brusttasche der abgetragenen Jeansjacke, die 22 Zentimeter langen Haare zerzaust und in alle Richtungen stiebend von der Fahrt mit dem Mofa. Helmverbot.
Für die Welt eine über Monate unzertrennliche Gemeinschaft: *de Günda un soi Huddl*.

Bis er eines Nachts Sabine erblickt.
Und die Welt hat genickt.

---

[1] fünfzehn

„A, gibts des?“
Kommissar Günda war der Verzweiflung nah.
„Wu stecktn des als?“
„Sie kennen Glickerbach?“
„Kenne? Pff! Hea mol, Freese, des waa vleischt mol mei Reffia[2]!“
Kommissar Günda hob vielsagend die linke Braue, was seinem Beifahrer entging.
„Wann waren Sie das letzte Mal in Glickerbach?“
Keine Antwort.
„Die Verkehrsführung hat sich bestimmt geändert. Allein die vielen Umgehungsstraßen …“
Abfälliges Grunzen.
Fritjof Freese machte sich am Navigationssystem zu schaffen.
„Nach 200 Metern links abbiegen und auf die B 3 fahren!“, befahl die unnahbare Frauenstimme aus dem Lautsprecher.
„Vazehl kähn Babb, Schätzl! Des wüssdisch awwa! Iwwa die Brick, dann nuffzuus, un nochem Buggl, do kummts.“
„Aber das ist ein Feldweg, da dürfen wir nicht fahren.“
„So bin isch imma gfahre.“
„Womit? Mit dem Traktor? Oder mit dem Ochsenkarren?“

Genau das gefiel Kommissar Günda an seinem Assistenten. Er war nicht auf den Mund gefallen. Dieses Wohlwollen behielt er jedoch vorsichtshalber für sich.
„Obacht, Freese, net fresch werre! Ä-ä. Isch hab die bescht Huddl ghabt. Ähmol hawwisch soggaa die Bollezei vaseegt. Fimfezwonzisch wäre gange, fuchzisch hawwisch druffghabt. Un dann ab iwwa die Egga.“
Schon wähnte sich Fritjof Freese mitsamt dem Streifenwagen im Maisfeld, gewiss ein Renner im Internet, als der Wagen unvermittelt stoppte.

---

[2] Revier

„Gut, das ist vernünftig."
Die Erleichterung war hörbar.
„Lang mol do nei!"
Kommissar Günda deutete auf das Handschuhfach.
„Sie wollen jetzt aber nicht etwa Blaulicht und Martinshorn zum Einsatz bringen."
„Isch hab was vorbereidet. Hoschs?"

Freese förderte eine CD zutage.
„Auf, leg mol uff!"

Sphärische Klänge ertönten, aus denen sich eine treibende Rhythmusgitarre schälte.
„*Remember the Future*. Nektar. Des is imma gloffe. Dorttmols. Sagenhaft. Stimmts, Freese?"
Der Wagen setzte sich wieder in Bewegung, und die anschwellende Musik ersparte dem Verdächtigen ein Geständnis.

Der liebe Gott hat es gut gemeint mit Glickerbach.

Ein beschauliches Städtchen inmitten der Kurpfalz, umgeben von Spargelfeldern und gerade so vielen Bäumen, dass sich ein Spaziergang für Hund wie Herrchen lohnt.
Nach dem Krieg gab es eine bis heute nachwirkende Einwanderungswelle, als Flüchtlinge aus dem Osten von Amts wegen zugewiesen wurden, die zum großen Teil blieben, sich in dieser idyllischen Umgebung bald heimisch fühlten und deren Kinder und Kindeskinder mittlerweile, wenn auch nicht als echte, so doch als Nicht-Nichtglickerbacher akzeptiert werden.

Keine Prachtbauten, keine Alleen, scheinbar aufs Geratewohl aus dem alten Ortskern wuchernde Straßen, zumeist gesäumt erst von Scheunentoren, dann von Einfamilienhäusern, denen bei aller Uneinheitlichkeit in Grundriss, Form und Farbe eines gemeinsam ist: ein Anbau. In Eigenregie gewerkelt, um den steigenden Wohnkomfortwünschen der Nachwachsenden gerecht zu werden. Nie vollendet. Für Außenstehende provisorisch wirkend, tatsächlich in einem ständigen Anpassungsprozess. An was auch immer.

Mehr Gasthäuser als Geschäfte. Weniger Federvieh als Hochdruckreiniger. Sportplätze zur Genüge, wenn auch nicht nach Meinung der Vereine. Fußläufige Kindergärten und Schulen, darunter das erste Boris-Becker-Gymnasium Deutschlands. Nach einer Bürgerbefragung hatte man sich gegen Goethe – *Is dea net vun Frankfortt?* – entschieden. Den Ausschlag gab die von Gemeinderat Hegermann in einem Hintergrundgespräch eingestreute Anekdote, wonach er *dorttmols* den knapp vierjährigen Becker in einem Tennismatch *voll gebatscht* hätte. Die Hoffnung auf eine anerkennende Spende des Namensgebers oder wenigstens ein aufsehenerregendes Rückspiel hat sich jedoch bislang nicht erfüllt.

Die Sparkasse, einziges Betonhochhaus im Ort, so eben noch unter der lichten Höhe beider Kirchen gehalten. Am Stadtrand die unvermeidliche Kolonie der Lebensmittel- und Textildiscounter sowie das am ansonsten ungetrübten Selbstbewusstsein der Glickerbacher heftig nagende Hallenbad, seit zehn Jahren geschlossen mangels Rentabilität. Aus dessen längst trockengelegtem Thermal-Außenbecken dringen immer wieder knarzende und knallende Geräusche, die erst verstummen, wenn der Gemeindevollzugsdienst die Skater vertrieben hat. Wenigstens vorläufig.
Ab und an gab es Bestrebungen, neues Baugebiet auszuweisen. Doch in Glickerbach blieb man skeptisch: wer sollte dort wohnen? Neuglickerbacher?
Fa waas?

Bis eines Tages ein Visionär auftaucht, der sich anschickt, das Gemeindeleben von Grund auf umzukrempeln. Ausgestattet mit einer simplen Idee für die Zukunft der Gemeinde und mit einer Strahlkraft, die der des Heaven kaum nachsteht. Was den Horizont der Glickerbacher beträchtlich erweitert, so manche Lebensplanung zunichte macht, gänzlich neue Perspektiven eröffnet, Hoffnungen schürt, Erwartungen weckt und dem Urheber dieser so fruchtbaren Erschütterung bald zum Verhängnis wird.

Es hätte eine Andacht sein können, ein gemeinschaftliches Innehalten im Schatten der Ulme.
So konzentriert und still hatten sich die Menschen im Kreis geschart, alle Blicke gerichtet auf das Wesen in ihrer Mitte. Leichtigkeit, Zufriedenheit, ja eine Spur von Glück lag auf dessen Antlitz, und gleichsam fasziniert und beruhigt sah sich keiner veranlasst, diesen Zustand zu beenden. Ohnehin wäre niemand dazu in der Lage gewesen, denn der Mensch, um den sich aller Leben in diesem Augenblick zu drehen schien, dieser Mensch war vergangen.

Keiner nahm Notiz von den beiden Ermittlern, als die sich auf Kommissar Gündas Geheiß zu den betreten Blickenden gesellten.
„Aare un Ohre uff. Meini sin schun bissl mied. Des musch du mache, allweil zuhoiische!“, hatte ihm der Kommissar eingeschärft.
Und so bemühte sich Freese, die aus verhaltenem Nuscheln und Tuscheln an sein Ohr dringenden Sprachfetzen zu entschlüsseln.

So gehts als … Net gedenkt … Glei gewisst …

Die ersten lösten sich aus der Runde und schickten sich an, ihrer Wege zu gehen.
„Sollen wir nicht die Personalien aufnehmen?“
„Fa waas?“
„Na, das sind doch alles potenzielle Zeugen, vielleicht hat jemand etwas gesehen, vielleicht hat sogar jemand etwas mit dem Tod zu tun. Wir können nicht riskieren, dass die sich hier einfach aus dem Staub machen, am Ende sogar untertauchen.“
„Abhaue? Vun do? Awa. Kä Ängscht. Isch kenn die. Do will kähns fort. Ähmol Gliggabach, imma Gliggabach.“

Hier irrte der Kommissar.

Die Spurensicherung hatte bereits ganze Arbeit geleistet. Freese fasste die Ergebnisse zusammen: „Männliche Leiche, Alter etwa Mitte 50. Der Tod ist vermutlich durch einen Stich in die Brust eingetreten. Die Tatwaffe, ein handelsübliches Steakmesser, ist sichergestellt. Keine Fingerabdrücke, der Täter trug vermutlich Handschuhe. Todeszeitpunkt vor schätzungsweise zweieinhalb Stunden."

Kommissar Günda kniete sich ächzend neben den Toten.
„Weesch, was misch uffregt? Weesch, was misch so rischdisch uffregt?"
„Na?"
„Nix. Awwa wassisch net hawwe kann: Abhängischkeit."
„Was hat das mit unserem Fall zu tun?"
„Nix, isch mähn blouß."
„Aha. Ich rege an, wir kümmern uns um unsere Aufgabe hier. Was schlagen Sie vor, Tschief?"
„Als ärschdes bräuchdisch mol ä Bierle."
„Genau das sieht man im Präsidium nicht gern."
„Alla guud, dann ä Megafoon."
„Für was?"
„A, des wärsch schun seä."

Kurz darauf: „Hea, wea vun eisch Sseckl waren des?????!!!!!"

Es war einer dieser Momente, die Freese immer wieder erschütterten. Er warf einen sorgenvollen Blick in die Runde. Gab es Zeugen dieser peinlichen Entgleisung? Am Ende landete der Vorfall in seiner Personalakte: vielversprechender Jungkriminalist, Jahrgangsbester, Spezialist für modernste Ermittlungstechniken, blamiert in einem Provinznest den gesamten Polizeiapparat. Und dafür haben wir ihn zu Auslandsstationen nach London, Stockholm und Budapest geschickt: *Hea, wea vun eisch Sseckl waren des?????!!!!!*

Hatte er sich damals doch zu schnell verlocken, zu leichtfertig ködern lassen? Sonderkommission, rechte Hand des Chefs. Dazu, von höchster Stelle abgesegnet, ein nicht unheikler Spezialauftrag, der Durchsetzungsfähigkeit und Fingerspitzengefühl zugleich verlangte. Evaluieren, Analysieren, Korrigieren von in die Jahre gekommenen Strukturen und Methoden. Reformieren und Optimieren eines kompletten, eigenständigen Bereichs. Diskret nach außen, diplomatisch intern, aber knallhart in der Sache.

Versehen mit den besten Zeugnissen, einer geschliffenen Sprache, blendendem Aussehen, dazu von entwaffnender Frische und Unverbrauchtheit, diese ungewöhnliche Kombination hatte Freese keinen Augenblick zweifeln lassen, für diese herausragende Rolle prädestiniert zu sein. Und so hatte ihn das damalige Angebot alles andere als überrascht.
Wir brauchen Sie, Freese, genau Sie. Da läuft einiges aus dem Ruder. Diese Spezialeinheit bedarf einer Generalüberholung. Und dafür sind Sie der Richtige. Sie sind jung, dynamisch, umsichtig, clever, zielstrebig, erfolgsorientiert. Unter uns, Sie sind unsere vielversprechendste Kraft.

So sehr sich Fritjof Freese mühte, er vermochte in keinem Punkt dieser Einschätzung zu widersprechen.
Und verheißungsvoll hatte man hinzugefügt: *Wenn Sie sich dort bewähren, dann ist Ihr rasanter Aufstieg vorprogrammiert.*

Immer häufiger beschlichen ihn Zweifel, ob die Formulierung bei diesem eher informellen Plausch am Waschtisch der Herrentoilette während des Polizeisportfaschingsballs nicht in Wahrheit gelautet hatte: *Wer es dort schafft, der schafft es überall.*

Aber werden nicht die bedeutenden Karrieren gerade an den ungewöhnlichsten Orten geschmiedet? Und lohnte es sich nicht immer, unkonventionelle Wege zu gehen?

„Entschuldigung, Seckl?"
„A so: Kärl hald."
Nachsichtig, aber nachdrücklich widersprach Fritjof Freese: „Ein filigranes Steakmesser? Ob dies die eindeutige Handschrift eines männlichen Täters ist, das wage ich zumindest zu bezweifeln. Meinen Sie nicht, Tschief?"
Eine Spur von Belustigung umspielte Freeses sanft konturierte Lippen.
„Harakiri. Guude Idee, geb ma grad mol des Messa, isch machs a glei, wenn des so weidageht."
„Selbstmord? Dagegen spricht eindeutig der Einstichwinkel. Ich habe sechs Monate mit den besten Gerichtsmedizinern der Welt in Chicago gearbeitet, um diese Möglichkeit eindeutig ausschließen zu können. Abgehakt.
Wir sollten uns zunächst um die Identität des Opfers kümmern und dann um die Herkunft dieses äußerst exotischen Stoffes."
„Stoff? Wella Stoff? Demm soin Kiddl? C un A, do stehts doch! Neidisch, Freese?"
„Nun, ich sehe keinerlei Anzeichen, dass sich das Opfer gewehrt hätte. Ein Überraschungsangriff oder aber – und das ist meine Vermutung – die Folge eines neuartigen synthetischen Glückshormons, beigebracht durch eine keksartige Süßigkeit, deren letzte Spuren sich im Bart des Opfers finden. Eine Mode-Droge. Weit verbreitet bei …", Freese sah den Kommissar prüfend an, „Senioren!"
„Hä? Was guggsch du misch dodebei so oo? Isch hab letscht gleese, isch bin graad ähna vun de Bescht Ejtscha[3]. Un Drogge? Brauchischnet. Die bescht Droog, weesch, was des is?"
„Nein."
„En kloore Kopp. Meiik da des mol, skamma als brauche."
„Und jetzt?"
„Machsch du dei Sach. Un isch mach meini."

[3] Best Ager

Mei Sach, dei Sach.

Immer, wenn Kommissar Günda Ermittlungen aufnahm, sah er sich in einem Zwiespalt. Alles für die Lösung des Falles herausfinden zu wollen, dabei gerade zu Beginn Etliches zutage zu fördern, was, wie sich in der Rückschau zeigt, gar nicht von Belang ist, und gleichzeitig eine tiefe Scheu, zwangsläufig so vieles von fremden Menschen zu erfahren.

Isch wills als gaa net wisse.

Aber er hatte keine Chance. Es galt, wie es so schön hieß, in alle Richtungen zu ermitteln. Und das bedeutete eben, Einblicke zu gewinnen, die er sich manches Mal gerne erspart hätte. Denn Kommissar Günda gehörte privat nicht zu den Neugierigen. Zugegeben, er ertappte sich gelegentlich dabei, wie er in einem Restaurant Vermutungen anstellte.
Handelte es sich bei dem so vertraut wirkenden Pärchen am Nachbartisch um eingespielte Eheleute? Um die erste große Liebe für beide nach Jahren des Alleinseins? Oder eben doch nur um die erstaunliche Leistung eines hochprofessionellen Begleitservices?

Früher hatte er versucht, erhellende Gesprächsfetzen aufzufangen. Das blieb ihm heute meist verwehrt, dafür hörte er mittlerweile einfach zu schlecht. Aber diese Einbuße kam ihm durchaus zupass. Denn so musste er sich allein auf seine Beobachtungen verlassen und erlangte keine Gewissheit, etwa durch eindeutige Formulierungen.
Heit zahlt mol mei Fraa. Gell, Schätzl?
Hä? Kummt net in Froog! Frolleinsche, isch bin demm soi Keschin, Weschfraa un was sunscht noch alles. Nochhea mussisch widda Kamilletee un Bettflasch mache, weils den Sseckl im Ronze[4] driggt. Gugg narre. Do.

---

[4] Bauch

Gschdobbde voll. Unn isch? Des bissl Sallaad. Un dodefoa soll isch zahle? Des wüssdisch awwa!

Er wollte nicht *wissen*; er wollte nur mutmaßen.
Was mochte diese vier Männer zusammengeführt haben? Der Beruf? Die Vergangenheit? Ein gemeinsames Rückenleiden?
Welche Absichten verknüpfte man mit diesem Treffen? Was besagte das unterschiedliche Trinkverhalten? Wieso kippten drei und nippte nur einer?

Höchstselten ertappte er sich, wie er dabei an eine strafrechtlich relevante Handlung dachte. Er glaubte nicht an das Gute, aber ebensowenig an das Böse.

Seltsam, hatte er doch nach landläufiger Sicht genau damit tagtäglich zu tun. Das sah er selbst anders. Sicher, Menschen machen Fehler, schaden, verletzen einander. Aber sie wissen das in aller Regel auch.
Kommissar Günda glaubte an ein Unrechtsbewusstsein.
Ja, Kommissar Günda glaubte an das Gewissen.

Er erinnerte sich gut, wie er vor vielen Jahren als Tourist mit Freunden in München nach einem Besuch im Deutschen Museum feststellen musste, dass man ihm seine Brieftasche entwendet hatte. Noch immer verspürte er die tiefe Empörung über diesen Eingriff in seine Sphäre. Am schlimmsten waren die mitfühlenden Kommentare seiner Mitreisenden: *Sicksch, Günda, des kummt defuu! Mia kehnt des net bassiere. Isch hab alles in de Unnahoos. Do, gugg!*

Nein, danke. Außerhalb seines Berufes wollte er die Allgegenwärtigkeit strafbarer Handlungen nicht wahrhaben. Und so hatte er sich schon damals seine Wirklichkeit gebastelt. Er nahm an, ein zutiefst zerknirschter Taschendieb würde sich bereits am Ufer der Isar grämen ob seiner Tat. Reumütig und geläutert ginge er von nun an einer redlichen Arbeit nach. Nicht zuletzt veranlasst durch die Botschaft, die im Geldbeutel gut sichtbar *vaschdegglt* war: *Obacht! Falschgeld! Eigentum der Mafia.*

Letztlich rechtfertigten sogar die von ihm Überführten seine Weltsicht. So verabscheuungswürdig ihre Tat sein mochte, sie teilten in aller Regel diese Einschätzung ihrer Handlung. Was immer sie so weit gebracht hatte, es war nie die pure Lust, die schiere Laune.

Aber das waren in der öffentlichen Wahrnehmung mittlerweile Exoten. Glaubte man den Medien, sah die Welt längst anders aus. Untersuchte man die fünftausend Morde, die allwöchentlich über den Bildschirm flimmerten, so kam heutzutage auf acht Arglose ein Serienkiller. Gut, das mochte auch eine abschreckende Wirkung haben, manch einer scheut den an sich fälligen simplen Mord, weil er Angst hat, sich zu blamieren. Grundsätzlich leistete diese Entwicklung jedoch einer Verrohung Vorschub.
Kommissar Günda konnte der grassierenden Verherrlichung von Ritualmördern nichts, aber auch gar nichts abgewinnen. Viel lieber bewegte er sich in der vergleichsweise heilen Welt von *Hengale*[5] samt Gattenmord.

Nichtsdestotrotz tauchte er jedes Mal zähneknirschend ein in fremde Leben und lernte von Menschen in erster Linie deren Abgründe kennen. Das bereitete ihm oftmals mehr Kummer, als er sich eingestehen wollte. Gerade wenn er Seiten entdeckte, die er nicht wahrhaben wollte; auffallend häufig widerfuhr ihm dies bei weiblichen Verdächtigen.
Seltsamerweise hing er aller Erfahrung zum Trotz hartnäckig der Idee an, Frauen seien die besseren Menschen. Das galt

[5] außereheliches Verhältnis

zugegebenermaßen besonders für attraktive, charmante Frauen.

So wie ihm auch nie einleuchtete, dass ein begnadeter Künstler, der die Welt mit Ewiggültigem beglückt, im Privaten alles an menschlichen Qualitäten vermissen lassen kann.

Zu seinen Glickerbacher Zeiten war er gar der unumstößlichen Überzeugung, wer seinen Musikgeschmack teilte, dessen Persönlichkeit wäre über jeden Zweifel erhaben. Das hatte er schmerzlich als widerlegt erkennen müssen durch die Begegnung mit Dopsi-Jockl. Ein seltener Ausbund an dummdreistem Rotzlöffeltum. Selbst im nüchternen Zustand; eher rare Momente. Spezialisiert auf Asbach-Cola und Garant für Raufereien ohne jeden Anlass. Und ausgerechnet aus dessen Kassettenrekorder erscholl Kommissar Gündas Lieblingsband. Nicht ein Mal, nicht zufällig, sondern immer wieder. Eine Grundregel der Günda`schen Menschenkenntnis wurde so früh zu Grabe getragen.

Tröstend allein, dass er nicht der einzige war, dem solche Fehler unterliefen. Stammte doch von Wilhelm Busch sinngemäß die Regel, wer einen guten Braten zaubere, der könne kein schlechter Mensch sein.
Nun, vielleicht, wenn er sich aufs Braten beschränkte.

Das weitaus größte Problem stellte sich erst nach erfolgreichem Abschluss eines Falles. Was fängt man mit dem gesammelten Wissen an? Wie gelingt es, aus dem Gedächtnis zu verbannen, was dort niemals verankert werden sollte? Wie erlangt man Erfahrung und Menschenkenntnis, ohne zur wandelnden Datenbank menschlicher Untiefen zu werden?

Insofern steckte hinter diesem so launig wirkenden Appell *Hea, wea vun eisch Sseckl waren des?????!!!!!* ein tiefer Wunsch. Möge sich der Täter stellen, auf dass uns das Suchen und Suhlen in fremden Angelegenheiten diesmal erspart bleibe.

So ganz abwegig war diese Methode nicht, entsprechend häufig hatte er sie angewandt. Denn schon durch den Überraschungseffekt gab es in der Regel verräterische Blicke von Umstehenden, die erste Verdachtsmomente lieferten. Immerhin zwei Mal hatte sich tatsächlich der Täter gemeldet, erleichtert, schuldbewusst. Ständig brüsteten sich allerdings auch durchgeknallte *Dummbabbla*, denen offenbar jedes Mittel recht war, wenigstens in irgendeinen Mittelpunkt zu rücken. Kommissar Günda hatte jedoch die Erfahrung gemacht, dass *die* mit Vorliebe den publikumswirksamen Auftritt suchten, sich entsprechend Aufmerksamkeit heischend *stellten* und nicht nach seiner donnernden Frage an die Runde kleinlaut aufzeigten wie ein Zweitklässler, der vergessen hat, *soi Gedischtl aussewennisch zum saache.*

In Glickerbach jedoch lief es anders. Kommissar Günda fühlte sich bestätigt. Hier war traditionell alles *annaschda*, jeder für eine Überraschung gut. Nur eines konnte er sich beim besten Willen nicht vorstellen: ein Mord unter Glickerbachern. Auf lautstarke Auseinandersetzungen waren sie hier geradezu spezialisiert, und auch die eine oder andere Tätlichkeit, *en Bumba, ähns uff die Nuss,* lag immer im Rahmen des Möglichen. *Isch mach da glei die Krutz nunna*, das war ein in Glickerbach ernstzunehmendes Versprechen, doch weitaus harmloser, als es klang. Aber ein Mord unter ihresgleichen? Abwegig.
Oder etwa doch nicht?

Hea, wea vun eisch Sseckl waren des?????!!!!!
Auffällig war schon, dass es so gar keine normale Reaktion auf diese präzise Frage gegeben hatte. Kein vorlautes Wort, kein ahnender Blick, nicht einmal ein Fenster, das sich hastig

geschlossen hätte. Auch kein allgemeines Entsetzen, kein Anzeichen für einen kollektiven Schock. Seltsam. Weniger Betroffenheit, eher Ratlosigkeit. Als hätte dieses furchtbare Ereignis ein stummes Nachdenken über das eigene Dasein ausgelöst.

Eines war offensichtlich: der Tote hatte hier eine zentrale Rolle gespielt, auch wenn niemand zu ihm eine enge, persönliche Beziehung zu haben schien. Von Trauer, Trübsal, Tränen keine Spur.
Gleichwohl, dieser Tod hatte in Glickerbach etwas verändert. Und das allem Anschein nach für jeden.

„Isch gugg mol bissl rum."
Schon die Formulierung ließ erkennen, dass sich Kommissar Günda alleine auf den Weg machen wollte. Das kannte Freese gut, und es war ihm nicht unrecht. So konnte er seinerseits die ihm zur Verfügung stehenden Quellen anzapfen.
Wer würde als erster mit Ergebnissen aufwarten? Es hatte etwas von einem sportlichen Wettbewerb. Und Freese war ein begeisterter Anhänger jedweden Konkurrenzkampfs.
Kommissar Günda weniger, er wollte eigentlich nur eines: seinen Frieden.
So war mit einer Wegweisung gleich beiden gedient.

„Eines noch, Tschief."
Kommissar Günda hielt in der abdrehenden Bewegung inne.
„Hä?"
„Wo treffen wir uns?"
Nicht jeder schien darauf erpicht.
„Nun, wir brauchen doch zumindest ein provisorisches Lagezentrum."
„Vun mia aus."
„Wo wird das sein?"

Die Wahl fiel ohne Zögern.
„Do!“
„Im *Roten Ochsen*? Das ist ein Wirtshaus.“
„Du hoschs afasst.“
„Und wann treffen wir uns dort?“
„Nochhea. Un jetz loss misch endlisch mol bissl sinniere.“

Entschlossenen Schrittes machte sich Kommissar Günda auf den Weg und bog zielstrebig bei der ersten Querstraße ab. Kaum außer Sicht, hielt er inne.
Hätte er in einer Großstadt ermittelt, so wäre der Kiosk seine erste Anlaufstelle gewesen, die Imbissbude mit Tageszeitung, Kitschroman, sauren Drops und Rubbellosen.

Wo liefen in Glickerbach alle Informationen zusammen?
Sein Blick fiel auf einen handgemalten Schriftzug.

Duwak & Kruuscht

Das war ein Laden ganz nach seinem Geschmack. Kurzwaren, Dübel, Schnellkochtöpfe, Angoraunterwäsche, Modellflugzeuge. Hier gab es vermutlich alles und als kostenlose Beigabe den neuesten Klatsch.

An einem Stehtisch lehnte ein Mann in Hausschuhen und Wildlederjoppe und brütete über einem Lottoschein. Er schien auf eine Eingebung zu warten. Vermutlich kreuzte er aber dann doch die Zahlen an, die er seit Jahr und Tag wählte, schon, um sich nicht dem Risiko auszusetzen, dass ausgerechnet dieses eine Mal seine Zahlen gewönnen. Ohne ihn.

Kommissar Günda wandte sich den Ansichtskarten zu. Ein ersichtlich nicht gerade gut gehender Artikel. Schwarz-weiß, die Ränder gezackt, wie in den Sechzigern üblich. Mehr Zeitdokument als Verkaufsschlager. Zu sehen waren die auserkorenen Wahrzeichen Glickerbachs, das Rathaus, die beiden Kirchen, der Friedhof.

Auf der gläsernen Theke lag die Lokalzeitung, daneben ein paar überregionale Blätter, auch sie schienen sich nur begrenzter Beliebtheit zu erfreuen.

An der Rückwand reihte sich auf einem Regal eine Vielzahl bunter Zeitschriften, darunter allein zehn verschiedene Fachmagazine für Oldies und Classic Rock.

„Kammahelfe?“, ertönte es vom Lotto-Zettel. Hier tippte also der Chef selbst.
„Aba. Isch gugg blouß bissl.“
Pause
„Akkuschrauwa wäre im Ogeboot.“
„Hm.“
Kommissar Günda wirkte unentschlossen.
Der Lottospieler begab sich langsam hinter die Theke und musterte ihn dabei ausdruckslos.
„Uff Bsuch?“
„Kamma saache.“
Pause
„Ah! Vasteh schun.“
Pause
„Fimfhunnat.“
Kommissar Gündas Interesse war geweckt. Verbotenes Glücksspiel, Mindesteinsatz 500? Rotlichtmilieu hinter dem Deckmäntelchen eines Zeitschriftenladens?
Er war geneigt, seine wahre Identität noch eine Zeitlang zu verbergen, und legte die Stirn abwartend in Falten, was sich sogleich preismindernd auswirkte.
„Oukay, viahunnat.“
„Isch weeß net …“
„Zwee Indressende hawwisch schun. Mit Kusshand, saache die, mit Kusshand.“
Kommissar Günda verdrehte die Augen, was den Preis abermals drückte.
„Allo, dreihunnat, mei ledschdes Wort.“
„Uumeeglisch.“
Lange Pause.

„Bassacht[6]. Hunnat. Weil dus bisch. Awwa oone die Zigarr."
„Achdeneinzisch …"
„Alla guud."
„Gebongt."
Ein fester Händedruck, das Geschäft getätigt.

Nun war Kommissar Günda gespannt, was er wohl gerade erstanden hatte.
„Un jetzat? Wie leeft des?"
„Do! Nemms."
Zögern.
„A, nemms hald!"
Ein Schlüssel wurde mit einem scharrenden Geräusch in seine Richtung geschoben und fügte dem kaum noch durchsichtigen Tresen weitere Riefen zu.
„Kannsch rausgewwe?"
Kommissar Günda legte zwei Fünfzigeuroscheine auf den Verkaufstisch.
„Hea mol, hackts?"
„Hm? Wisso? Achdeneinzisch, do!"
„Achdeneinzisch*dausend* nadierlisch. Was hoschn du gedenkt?"
„Was weeßn isch. Uff jeden Fall will isch doch net doin ganze Laade kaafe."
„Momendemol. Genau des hosch du doch grad geduu!"

Ist der Verkauf des Ladens tatsächlich zustande gekommen? Muss Kommissar Günda also künftig sein Dasein hinter einer Theke fristen? Umgeben von allenfalls geistiger Nahrung, noch dazu fragwürdiger Qualität?
Selbstverständlich nicht, dazu bedurfte es keines juristischen Beistandes. Der Hinweis auf den dienstlich veranlassten Besuch genügte.

---

[6] Aufgepasst!

Die Enttäuschung stand Friedhelm Hillich ins Gesicht geschrieben. Seine Bestimmtheit im Verkaufsgespräch wich einer lauernden Abwehrhaltung. Auf Kommissar Gündas Nachfrage, was er, Hillich, über den Toten zu sagen wisse, erklärte der lakonisch: „Denn hots hald vawischt."
„Schlimm?"
„Fa denn schun wahrscheins."
„Un fa disch?"
„Kummt druff oo."

Kommissar Günda verzichtete auf jede weitere Erklärung und zog es vor, sein Gegenüber im Unklaren über seinen Kenntnisstand zu lassen.
„Des hawwisch mia gedenkt. Alla. Ma sieht sisch."

Es verging keine Minute, und Kommissar Günda konnte von der nächsten Straßenecke aus beobachten, wie sich eine Hand durch den vergilbten Vorhang in der gläsernen Eingangstür schob und sich am dort befindlichen Hinweisschild zu schaffen machte.

Wie erwartet wurde Duwak & Kruuscht an diesem Tag vorzeitig geschlossen. Wo eben noch ein *Als nei!* die Kunden eingeladen hatte, vertröstete nun die Botschaft *Mogge widda.*

„Unne? Wieä?"
Kommissar Günda tauchte seine Nase genüsslichst in die knisternde Schaumkrone, die sich verlockend über dem Bier wölbte. Er fühlte sich schon heimisch im Nebenzimmer des Roten Ochsen, das ihnen die Wirtin mit den Worten *Am Wocheend brauchischs widda, do hawwischä Hochzisch!* zur Verfügung gestellt hatte.

Freese befingerte derweil routiniert seinen Computer.
„Was fan kloore Dabbes[7]!", dachte Kommissar Günda und beobachtete seinen Assistenten aus den Augenwinkeln.

Anfangs hatte er sich schwer getan mit diesem alerten, leicht arrogant wirkenden Jüngling, der so gerne mit neuestem Fachwissen auftrumpfte und bereits bei ihrer ersten Begegnung mit Fremdwörtern und Anglizismen nur so um sich geworfen hatte. Eines hatte sie auf Anhieb verbunden: sie verstanden einander nicht. An jenem Antrittstag, als Freese in seinem Büro aufgetaucht war, um ihm unaufgefordert sämtliche Qualifikationen und nebenbei erworbene Soft Skills – *Soft was?* – herunterzurattern, von Kommissar Günda mit Bemerkungen wie *Wars des jetzat endlisch?* wider Willen befeuert.

„Und jetzt würde ich gerne meinen Arbeitsplatz einnehmen."
„Alla guud. Dann hogg disch mol!"
Vor Tatendrang strotzend hatte Freese den gleich zur Begrüßung angebotenen Klappstuhl verschmäht und musste nun mitansehen, wie Kommissar Günda auf ebendiesen deutete.
„Hier?"
„Nää, bessa gsacht do! Klähna Witz."
„Aber ich bin einer Sonderkommission zugeteilt …"
„Eewe drum."

---

[7] guter Typ, wenn auch etwas beschränkt

Freese schwante Unheil.
„Wie groß ist diese Sonderkommission?"
„Wie mas nimmt."
„Um genau zu sein?"
„Die Sonderkommissioon, des bin isch. Un jetz aa du."

Mit wachsendem Vergnügen hatte der Kommissar beäugt, wie der junge, ambitionierte Ermittler um Fassung rang, als er von der überdies jederzeit zur Verfügung stehenden mobilen Eingreiftruppe erfuhr: „De Kempfe Wilhelm, hunnatzwonzisch Killo! Soen Wescha!!!"

Zu den herausragendsten Augenblicken seiner Karriere aber zählte Kommissar Günda jenen Moment, als ihn Freese fragte, wofür denn die Bezeichnung *Sokodo* stehe.
„Sonderkommissioon fa Fäll mit exträäm hoä Aanfoddarunge."
„Körperlich?"
„Nää."
„Psychisch?"
„Aba."
„Intellektuell?"
„Ä-ä. Sprachlisch. Fa Leit *vun do*. Weeschwassischmähn? Vundospreschla. **So-ko-do**. Un jetz du widda!"

Kommissar Günda war zu diesem Zeitpunkt längst geneigt, diesem Möchtegern-Kriminalisten die baldige Flucht aus der Sokodo so schmackhaft wie möglich zu machen, als Fritjof Freese mit einer scharfsinnigen Analyse unerwartet punktete: „Also wie Sie das aussprechen, drei verschiedene o-Laute in einem Wort – Respekt!"
Vielleicht war mit diesem smarten *Bärschtl*[8] ja doch etwas anzufangen.

---

[8] Bürschchen

„Unne? Wieä? Was gibtsn Neies?"
„Der Tote ist ein gewisser Peter Lengard, 54 Jahre alt, geboren in Heidelberg, ledig. Als Jugendlicher Kontakte zum linksradikalen Milieu. Eingestelltes Verfahren wegen Wehrpassverbrennung. Später kurze Zeit bei den Grünen. Immer wieder mehrjährige Auslandsaufenthalte, Südamerika, Asien, Nordafrika. Abgebrochenes Theologie-Studium, keine Berufsausbildung. Eigene Berufsbezeichnung *Konzeptkünstler*. Lebt erst seit sechs Monaten in Glickerbach. Gemeldet in einer alten Villa, die, vor der er auch gefunden wurde. Eigentümer ist die *Aldahle-GmbH*, alleiniger Gesellschafter und Geschäftsführer Peter Lengard. Kein Führerschein. Nichtraucher. Was haben Sie herausgefunden, Tschief?"
„Subba Wellfleisch."
„Nein, ich meine zu unserem Fall."
„Hm. Nix Bsunnares."
„Was haben Sie die ganze Zeit gemacht?"
„Isch? Bissl bussiat. Mit de Marioon. Gell, Marioon? Hea, Marioon, mol hea!"
Die Wirtin im Roten Ochsen stellte das Glas, das sie gerade liebevoll poliert hatte, sorgsam ab und kam hinter dem schweren Tresen hervor.
„Kennsch denn? Issa des?"
Marion Helche streifte die Hände an ihrer Schürze ab und musterte die Fotos auf dem Bildschirm eingehend. Erstaunlich, wie wenig sich die charakteristischen Gesichtszüge des Mannes im Laufe der Jahrzehnte verändert hatten.
„Un, Marioon, wie moonschn?"
„Einwandfrei, des issa, unsan Schorle-Peda! Noche Bierle, Tschief?"
„Wisso net."
„Gärn."

Marion Helche ging wogenden Schrittes zum Tresen zurück.

„Schön", raunte Freese, „nun wissen wir also, dass die Dorfgemeinschaft dem Opfer einen Spitznamen in der hiesigen Mundart verpasst hat. Womöglich wird er sogar das eine oder andere gleichnamige Getränk zu sich genommen haben. Und wie bringt uns das weiter?"
Kommissar Günda blickte Marion Helche versonnen hinterher.
„Ja, Tschief?"
„A so, jetz häddischs halwa vagesse: do, guggmol!"
Kommissar Günda schob Fritjof Freese einen abgegriffenen Handzettel zu, auf dessen Vorderseite ein Porträt des Toten prangte.
„*Bürgermeister von Glickerbach: I maken you!* – Was hat das zu bedeuten?"
„Hm, wahrscheins net so wischdisch. Blouß, dass de Schorle-Peda in Gliggabach Bürgameischda wärre wollt! *I maken you* – isch machen eisch, de Bürgameischda."

Auch wenn man es ihm nicht anmerkte, sein Jagdeifer war geweckt. Dieser achtlos auf den Zigarettenautomaten vor der Toilette gelegte Handzettel bestätigte, was Kommissar Günda von Anfang an vermutet hatte: Peter Lengard war ein Neu-Glickerbacher, allem Anschein nach mit Ambitionen.
Ernsthafter Natur? Oder war das bloß ein Gag für die Nonkonformistenbiografie?

Wenn er tatsächlich dieses Amt angestrebt hatte, warum? Wieso tat er sich das an? Der Aufwand war in jeder Hinsicht beträchtlich. Um was zu gewinnen?

Die Zeiten, da ein öffentliches Amt Respekt, ja Ehrfurcht einflößte, diese Zeiten waren vorbei. Kommissar Günda musste an den Besuch eines damaligen Ministerpräsidenten bei einem überregionalen Sportfest denken, eingeladen, die Veranstaltung zu eröffnen und aufzuwerten. Hündische Gesten gestandener

Männer bei dessen Eintreffen. An Politbürositzungen erinnernde Unterwürfigkeit beim Gang durch die Reihen zum Podium. Rhythmisches Klatschen, vorauseilendes Strahlen in der Hoffnung, einen Blick oder gar einen Händedruck zu erhaschen. Gefolgt von artigem Beprusten jedes Anflugs einer Pointe des Landeschefs in kleiner Runde.
Keiner, der nicht mit ihm gesehen und abgelichtet werden wollte. Aber niemand, der an ihm ein gutes Haar gelassen hätte, als er wenige Tage später von seinem Amt zurücktrat. Das Objekt von Ansprüchen und Begehrlichkeiten war nun ein anderer.

Kommissar Günda fehlte die genaue Kenntnis, aber er konnte sich vorstellen, dass das auf kommunaler Ebene noch anders war. Gerade in Kleinstädten hatte der Bürgermeister vielleicht nach wie vor einen echten Stellenwert. Er war immerhin imstande, etwas zu entscheiden, zu bewegen, zu verändern. Hatte doch selbst bei nur einer Amtsperiode ausreichend Zeit, Perspektiven zu entwickeln, die Chance, eine Gemeinde zu prägen, mithin etwas zu hinterlassen.

Der Preis dafür war allerdings kein geringer.

Nie wirklich Feierabend.
Sie, äh, Bürgameischda, Sie werre entschuldische, dassisch Sie do in de Sauna oosprechl, awwa isch deed mol saache, ich hab ä Problähm. Folgendes, moin Daggl – nää, net moin Monn …
Zuständig, verantwortlich im Zweifel für alles.
Des Joa hammia Schnooge[9]*, nimmi schää. Do misse Sie glei mol kumme!*
Sowie die Gewissheit, es nie allen recht zu machen; im schlimmsten Fall beim ständigen Tauziehen in der Gemeinde um alles und jeden nicht der Schiedsrichter zu sein, sondern das

[9] Stechmücken

Seil.
Andererseits und nicht zu verachten, als Entschädigung winkte ein auskömmliches Salär. Wenn man durchhielt sogar dauerhaft.

Alles in allem *fa die rischdische Leit* bestimmt kein unattraktiver Job. Entsprechend hart verläuft mancherorts der Wahlkampf. Zumal, wenn Kandidaten für das Bürgermeisteramt nicht mehr nur aus den Reihen des eigenen Rathauses stammen, die den Sprung an die Verwaltungsspitze wagen, nachdem man sich des Rückhalts der entscheidenden Fraktionen versichert hat.
Kommissar Günda hatte einen ehemaligen Kollegen, der sich, nunmehr Pensionär, als Privatdetektiv verdingte und immer häufiger zu erkunden hatte, wie es um die eheliche Treue beruflich tadelloser Bewerber bestellt war. Nicht für die besorgten Ehefrauen, sondern im Auftrag von Gemeinderatsmitgliedern, die sich so für die nächste Bürgerversammlung munitionierten.

Peter Lengard schien weder von seiner Ausbildung noch von seiner Erfahrung prädestiniert für das Bürgermeisteramt. Es sprach auch nichts dafür, dass er einer dieser Wahlnomaden war, die von Ort zu Ort ziehen. Ohne jede Chance, aber für gewöhnlich mit erheblichem Unterhaltungswert.

Nur eines stand fest: Peter Lengard war kein Glickerbacher.
Net mol en Väddelze, wie es Marion Helche ausdrückte.

„Wie wird man eigentlich hier als Nicht-Glickerbacher Bürgermeister?“
Freese schien seine Gedanken gelesen zu haben.
„Gaa net, Freese. Gaa net.“
„Sie meinen, ich hätte keine Chance?“
„Du? Aba.“
„Und Sie? Der Sie ja immerhin zu Glickerbach irgendwann eine

besondere Verbindung gehabt haben?"
„Isch? Bürgameischda vun do? Wer hoddn disch gstumbt! Im Leewe net. Ähnda gähngdisch[10] de Leimbach nuffschwimme."
„Nein, nein, das lassen Sie mal schön sein, wir brauchen Sie noch."
„Guggemoldo", staunte Kommissar Günda still. War das gerade etwa ein Anflug von Wertschätzung seitens des jungen Kollegen? Der seine Sache im Übrigen, wie er insgeheim zugeben musste, ganz ordentlich machte.

In einer Hinsicht verspürte Kommissar Günda sogar schon ein wenig Stolz auf seinen Assistenten. Geboren, aufgewachsen, ja, in jeder Hinsicht sozialisiert in einer hochdeutschen Welt, war Freese zunehmend in der Lage, das meiste zu verstehen.
Gut, hier und da gab es Rückschläge.
„Geh mol dange!", hatte er ihn vor Kurzem gebeten.
„Wofür?"
„Isch weeß net, was fan Fusl du zum Audofahre brauchsch, mia nämme Benzin."
„Ah, verstehe, Sie meinen *tanken.*"
„Sebvaständlisch! Binnisch Bauchredna odda was? Was hoschn du gedenkt?"
„Danken. Danke sagen. Dankeschön!"
„Kroddevakeat. Des wäa donge. Mit o wie Onga."
„Ong was?"
„Onga. Zum ins Wassa Dunge."
„Dung? Im Wasser?"
„Dunge mit u wie Ungl."
„Ich glaube, ich gehe lieber mal tanken."
„Mach des. Un Freese …"
„Ja, Tschief?"
„Donge!"

---

[10] eher ginge ich

Dennoch, die Fortschritte waren unübersehbar. Kommissar Günda konnte sich das schon ein wenig zugutehalten, aber er wusste, wem er es hauptsächlich zu verdanken hatte.
Früh hatte er seinem eigenen pädagogischen und didaktischen Geschick misstraut; er ahnte, dass seine chronische Ungeduld jeden Lerneffekt umgehend zunichte machen würde.
So hatte er sich gegen Frontalunterricht im *Birroo*[11] entschieden und seinen Assistenten stattdessen einer Spezialistin überantwortet: *Donde Lisbeth, des wäas!*
Froh um diese Eingebung hatte er Freese unter einem Vorwand zu dieser gelegentlich etwas herrischen Dame unbestimmten Alters geschickt, die früher als Gemeindeschwester gearbeitet hatte: *Isch hab schun alles gseä, mia kann kähns was vazehle!*

Ihren Hausrezepten – Wadenwickel, Ohrenblumen, Blutegel – vertraute sich Kommissar Günda nur zu gerne an. Er hatte Donde Lisbeth vorab bestens instruiert, und so wunderte sich Freese wahrscheinlich schon ein wenig über die vertrauliche Begrüßung, die Kommissar Günda jedes Mal genoss: *Auf jetzat, kumm nei, Kärl. Awwa ind Stubb – blouß strimpfisch!*

Verwöhnt mit allerlei Leckereien, *Dampfnuudel*, *Worschtsupp*, hatte Freese schon bald deutliche Fortschritte gezeigt. Was die Theorie anbelangte: „Wussten Sie, Tschief, dass es in Ihrer Sprache 26 verschiedene o-Laute gibt?"
„Ehrlisch? Mach Sache. Moment … Stimmt. Un, wie geä die?"
Tja, da musste Freese passen, denn mit dem Sprechen haperte es weiterhin. Aber Donde Lisbeth, ohnehin hocherfreut über die Besuche *vun dem leggare Bärschtl*, ließ sich nicht entmutigen: „Günda, isch vaspräschl dia: des gibt mol en rischdische Kaffalia[12]!"

---

[11] Büro

[12] Kavalier

„Sie haben den Toten also gefunden?"
Anton Menges rutschte unbehaglich auf dem abgesessenen Gartenstuhl hin und her. Ein leichter Wind strich über die Veranda der Lengard`schen Villa.
„Jawoll. So gsacht schun."
Fritjof Freese beugte sich nach vorn, als müsse er sein Gegenüber von der Redlichkeit seines Anliegens überzeugen.
„Ist Ihnen etwas aufgefallen?"
„Wie?"
„Haben Sie etwas bemerkt?"
„Nää."
„Sie haben das Messer nicht gesehen?"
„A doch."
„Aber das hat Sie nicht weiter irritiert, das hat Sie nicht veranlasst, nach einem Täter Ausschau zu halten, es ist ja durchaus üblich, dass in Glickerbach ältere Herren mit einem Messer in der Brust vor ihrer Haustür liegen."
„Hm?"
Anton Menges schaute fragend zu Kommissar Günda, der seinen Blick anerkennend über den wild wuchernden Garten hatte schweifen lassen.
„Schääne Keschde[13]!"
Jetzt war es an Freese, die Stirn in Falten zu legen.

„Freese, loss misch mol. Hea, Menges, wie lang schaffsch du schun do?'
„Halbs Joa."
„Von Anfang an also, interessant."
„Un, alles in Oddnung so weit?"
„Bissl viel Bsuch."
„Vun do?"
„Nää, vun außewäddisch. Manschmol a bissl Händl mit de Leit."

---

[13] Kastanien

„Hea mol, wisso hosch du denn eigendlisch gfunne?"
„A, dea hot gschrawwe[14] noch ma."
„Herr Menges, heißt das, er war noch nicht verschieden, als Sie ihn vor der Tür haben liegen sehen?"
„Hm?"
„Warra hie, wie du kumme bisch?", sprang Kommissar Günda bei.
„A so, aba. Blouß halwa. Dea hot noch so gebruddlt: *Andon, tellare, tellare*. Dann wara hie. Vollischt!"
„*Tellare*? Des kennisch jetz aa net. Sescht ma des bei eisch in Gliggabach? Fa waas?"
„Nää, dea hot als so koomisch gebabbelt, isch weeß aa net, was dea mähnt."
„Herr Menges", schaltete sich Freese in die ihm offenbar zu vertraulich werdende Befragung ein, „wir würden uns gerne vor Ort einen Überblick über die Lebens- und Arbeitsverhältnisse des Opfers verschaffen."
„Hm?"
Ein weiterer hilfesuchender Blick ereilte den Kommissar.
„Mia gugge bissl rum, oukay?"
„Vun mia aus."

---

[14] geschrien

Der Kies auf dem großzügigen Weg um die Villa knirschte leise, als die beiden Ermittler das Gebäude von allen Seiten besahen.

„Dieser Menges scheidet jedenfalls als Verdächtiger aus."

Womit sich der Kommissar bei allem Wohlwollen nicht abfinden mochte, das war Freeses gelegentlich sehr selbstgerechte, nassforsche Art. Er schwieg auf dessen Fazit. Vielleicht würde die fehlende Bestätigung durch den erfahrenen Vorgesetzten ihn zurückhaltender stimmen. Weit gefehlt.

„Eindeutige Körpersprache", legte Freese nach. „Wie aus dem Lehrbuch."
„Hm."
„Ich könnte mindestens fünf untrügliche Anzeichen in Mimik und Gestik nennen, weshalb er nicht der Täter sein *kann*. Sehr hilfreich und zeitsparend übrigens."
„Hm."

Erstaunlich. Ohne jede Scheu posaunte er seine Gedanken heraus mit dieser geradezu aufreizend zur Schau getragenen Selbstsicherheit. Hatte Kommissar Günda dem am Ende Vorschub geleistet, indem er seinen Assistenten immer wieder ermutigte, seine Einschätzungen frühzeitig zur Diskussion zu stellen?
Wenn er es recht bedachte, hatte es dieser Aufforderung niemals bedurft. War das ein Respektproblem? Mangelte es Kommissar Günda etwa an natürlicher Autorität?

Er wollte ja gar nicht auf seine Berufs- und Lebenserfahrung pochen, und er mochte es überhaupt nicht, wenn man sich erst seiner vergewisserte, bevor man sich aus der Deckung wagte. Dieses *Ich schließe mich meinem Vorredner an*, gefolgt von einem Dolchstoß bei nächstbester Gelegenheit, *Ich war ja von Anfang an skeptisch!*, das hatte er oft genug erlebt.

Zu den Zeiten, da Kommissar Günda im Präsidium nur *die Naas* genannt worden war, der allseits gerühmte Star-Detektiv mit dem untrüglichen Gespür, zu diesen Zeiten hatte es genügend Kollegen gegeben, die, wenn sie von ihren Ermittlungen berichteten, ihn fest im Auge behielten, um sich rechtzeitig auf seine Seite zu schlagen.
Matthias Korn war so ein Spezialist gewesen. Kommissar Günda, dem damals nun einmal die Rolle des Richtungsgebers beschieden war, hatte sich oft, dessen überdrüssig, mitten in einer Äußerung korrigiert und plötzlich das glatte Gegenteil vertreten. Aber es gelang ihm nie, Korn der *fortgesetzten Hannebambelei* zu überführen. Irgendwann war es dafür zu spät. Matthias Korn, der nie einen Fehler beging, den man nicht anderen hätte anlasten können, der es überaus geschickt verstand, alle guten Ideen als ursprünglich von ihm entwickelt zu verkaufen, Korn machte, wie nicht anders zu erwarten, Karriere im Justizministerium. Fortan, gewissermaßen als erste Amtshandlung, verbat er sich die Verwendung seines Spitznamens, den man ihm in seinen Anfangszeiten verpasst hatte: *de Mattsches.* Jemand musste ihm verraten haben, dass der doch allzu sehr darauf hindeutete, woran Korn unleugbar erinnerte: an einen glitschigen Fisch.
Der Spitzname stammte von Kommissar Günda.

Nein, er konnte für sich in Anspruch nehmen, eine besondere Sympathie für kritische Geister zu haben, die sich erlaubten, alles und jeden in Frage zu stellen. Auch und gerade die Altvorderen.

Was ihn an Freese befremdete, was ihn bisweilen wurmte, das war dessen unerschütterliche Überzeugung, alles besser zu wissen. Nicht, dass Kommissar Günda für sich in Anspruch nahm, unfehlbar zu sein. Im Gegenteil. Ein ums andere Mal musste er auf halbem Wege die Segel streichen, wenn er sich wieder einmal in eine abwegige Theorie verrannt hatte.

Freude am Zweifeln war für ihn Lebenselixier. Das schätzte er bei sich und bei anderen. Aber nur gepaart mit der Freude am Selbstzweifeln. Eindeutig nicht Freeses Stärke.

Woher nahm der diese überquellende Selbstgewissheit, um die ihn Kommissar Günda manchmal sogar ein wenig beneidete? War das Ergebnis der Erziehung? Standing Ovations für jedes Bäuerchen?
Kam es ihm nur so vor, oder gab es mittlerweile vorwiegend diese *Isch-bin-de-Kees-isch-weeß-isch-weeß*-Typen? Unbeirrbar und unentwegt im Präsentationsmodus.

Manchmal wurde ihm schon etwas mulmig, wenn er sich bei solchen Gedanken ertappte. Womöglich hatten die Alten auch über ihn so gedacht.

Wie dem auch sei, er nahm sich vor, den *Monsieur de Kees* an seiner Seite ein bisschen zu erschüttern. Und so entschloss sich Kommissar Günda zu einem kleinen Spontanverhör.

„Äh, hea mol, Freese, was bisch du eigendlisch fa ähna, isch mähn, so priffaat?"
„Privat?", Fritjof Freese schmunzelte ob der überraschenden Frage. „Das interessiert Sie wirklich, Tschief?"
„A, isch muss doch wisse, mit wemm isch zamme schaff."
„Nun, da gibt es nichts Spektakuläres, alles ganz normal. Ich bin sportbegeistert, fahre Mountainbike, nehme regelmäßig an Marathonläufen teil, liebäugele mit dem Ironman. Gehe im Urlaub gerne auf anspruchsvolle Klettertouren in den Schweizer Alpen, habe meinen Lieblings-Italiener, schätze einen guten Rotwein, auch eine edle Zigarre. Liebe Jazz, bevorzugt Bebop,

und lebe glücklich und zufrieden bei meiner Mutter."
„Bidde?", Kommissar Günda hätte es *schia varopft*, aber mehr als ein Stutzen ließ er sich nicht anmerken. „Grad des Ledschde nochmol."
„Ich lebe glücklich und zufrieden bei meiner Mutter."
„Hm. Wie alt bisch du?"
„34."
„Un des finsch du nommaal?"
„Alle meine Freunde wohnen bei ihrer Mutter. Selbstverständlich habe ich meinen eigenen Bereich, wir haben entsprechend umgebaut, aber die Annehmlichkeiten weiß ich durchaus zu schätzen."
„Wasche, koche, biggle."
„Tschief, Sie werden keine Reinigung finden, die es mit meiner Mutter beim Hemdenbügeln aufnehmen könnte."
„Sauwa", murmelte Kommissar Günda, der wie die meisten seiner Altersgenossen mit 18 ausgezogen war. „*Generazioon Muddi*. Un die hawwe ball des Ssaache bei uns. Guud Nacht um Fimfe."
„Bitte?"
„Nix, nix. Geh ma mol nei?"
„Warum nicht."

Wieder so eine leicht blasierte Formulierung. Schon erstaunlich, nachdem man doch gerade seine Lebensuntüchtigkeit eingestanden hatte. Bei Kommissar Günda mischten sich Faszination und Fassungslosigkeit, und er konnte sich ein ratloses Lächeln nicht verkneifen, als sie aus dem hellen Tageslicht in das schummrig-kühle Innere der Jugendstilvilla traten.

Wohnlich, behaglich wirkte dieses Gebäude nicht. Eher wie eine langsam verfallende Residenz, die sich ihrer besten Tage kaum noch erinnert. Und doch, die Villa atmete eine eigentümlich würdevolle Atmosphäre, die so gar nicht zur dörflichen Umgebung passen wollte.

„Ich frage mich", rätselte Freese, „wie sich Lengard Erwerb und Unterhalt dieses nicht gerade den neuesten Energieeffizienzauflagen entsprechenden Gebäudes leisten konnte."
Kommissar Günda winkte wissend.
„Isch glaab, isch habs, kumm grad mol hea!"

Fritjof Freese folgte in einen abgedunkelten Raum. Die Fensterläden geschlossen, an den Wänden Schaumstoffverkleidungen, Schallschutz. Ein alter Blüthner-Flügel, Trommeln, Gitarren, Kabelgewirr. Ein Tonstudio.
Kommissar Günda musste an Johnny Cash und dessen letzte Aufnahmen denken. Kein Glamour, nicht artig geleckt, steril bereitet für den nächsten Retortenkünstler. Ein sehr persönlicher Rahmen, im Grunde ein gemütlich-ungepflegtes Wohnzimmer.

Im Regieraum nebenan über dem Mischpult ein selbst im Halbdunkeln gleißender Rahmen, in dessen Mitte sich eine Schallplatte befand. Eine goldene Schallplatte.
„Eine Million verkaufte Singles?"
„Bei de Japoona."
„Unsere Leiche ist ein Popstar?"
„Gewest. Die is vun Neinzähhunnatneinzisch."
„Da war ich noch nicht mal in der Pubertät."
„Awwa wahrscheins a schun so dappisch."
„Bitte?"
„Nix, nix."
Kommissar Günda kniff die Augen zusammen.

„Aiig dungl do, odda? Isch hab grad Problähme mim Gugge. Siehsch du was?"

Das kalte Licht der Taschenlampenfunktion aus Freeses Smartphone erhellte den Raum augenblicklich, fand aber keinen rechten Anklang.
„Gibts aa ebbes, was du net debei hosch in doim Glumb?"
Freese zeigte sein nachsichtigstes Lächeln.
„Kannsch du dodemit aa Gadofflsupp?"

Er war die Technikfeindlichkeit seines Vorgesetzten leid, überhörte die Spitze geflissentlich und machte sich am Sicherungskasten zu schaffen.
„Hier scheint so etwas wie der Hauptschalter zu sein."
Ein Scheinwerfer flammte auf, an der Decke setzte sich eine Spiegelkugel quietschend in Bewegung.

„Daamewahl!"
Kommissar Gündas Stimmung hatte sich im taumelnden Schein der Tausend Lichtflecken aufgehellt.
„Loss misch mol."
„Was suchen Sie, Tschief?"
„Nawwl[15]. Isch heeds gärn bissl nawwlisch."

Während der Kommissar sich an der Technik zu schaffen machte, inspizierte Freese die die Wände säumenden Fotos.
„Dieser Lengard scheint ein charismatischer Typ gewesen zu sein. Auf allen Bildern ist er in Begleitung abgelichtet."
„Maffjaa. Odda Digdadoore. Wahrscheins soggaa beides."
„Sieht mir eher nach ständig wechselnden Liebschaften aus. Eine übrigens attraktiver als die andere. Soweit man das bei dieser Beleuchtung beurteilen kann."

---

[15] Nebel

Einen zarten Anklang von Neid meinte Kommissar Günda soeben zu seiner Verwunderung herausgehört zu haben.
Er drückte einen Knopf der staubbedeckten Stereoanlage, die mit einem grunzenden Geräusch ihre Einsatzbereitschaft signalisierte, hob die rauchglasige Abdeckung des Plattenspielers und legte die Abtastnadel mit Bedacht auf den äußeren Rand der sich nun regelmäßig drehenden Schallplatte.
Fasziniert betrachteten beide Ermittler das historisch anmutende Schauspiel und tauchten ein in eine längst vergangene Zeit.

Hellole, they call me de Schorle-Peda.
You ask me, wu are you hea?
Vun do, oh yeah!

I know Tokio un Schimmeldiwoog,
saw the Mississippi un de Old Rhei.
I likes gärn kommod un Woschdebroot,
I love ratze on the beach of Hawaii.

I was Champion of the Alalaska-Ralley in the dark,
Mister Kurpfalz im Luise-Park.
Un in Little Rock war isch King of Hock
im Seniore-Block.

I stand uff Kärscheplotza un Pärsching
and so I sing:

Hä, hä, hellole, they call me de Schorle-Peda.
You ask me, wu are you hea?
Vun do! Vun do! Vun do!
Oh yeah!

Ein letztes Knistern, dann hob sich der Tonarm und das Drehen der Scheibe endete jäh.

Kommissar Günda pfiff leise durch die Zähne.
„Jetz isses klaa, Freese, odda? *Tellare*, des is kähn Dialekt. *Tellare*, des is Englisch. Kurpälzer Englisch. *Vazehls derre, tell her, tellare!* Uua!!! De Schorle-Peda, des waren Ffissionäa. Isch sach da ähns, des wärd des Esperando fas dridde Jadausend!"
„Ja, in der Tat ganz witzig. Ich habe allerdings schon weit bessere Dialektadaptionen gehört, gerade im skandinavischen Raum."

Freeses Kommentare zu allem und jedem kamen gerade prompt, unaufgefordert und gnadenlos.

Zeitenwende. Lange hatten die Menschen geglaubt, die Welt drehe sich um die Erde. Die mühsame Erkenntnis und die für viele so quälend gewonnene Einsicht, dass dem nicht so ist, gilt als entscheidende Wegweisung für den aufgeklärten Menschen. Kommissar Günda spürte die historische Dimension. Er wurde Zeuge der Verbreitung eines neuen Weltbildes: alles drehte sich um – Freese. Und der stand damit nicht allein, es wimmelte von kleinen Sonnenkönigen, die nur einem wirklich huldigten: sich selbst.

Diese Weltsicht war nicht jedem vergönnt.

Soot, Günda, moin Klääne, jetzat bisch du schun so grouß, jetz kannsch du schun ganz alläää eikaafe geä!

Kommissar Günda erinnerte sich noch sehr gut an diesen Moment, der ihm im Nachhinein wie die alles erhellende Schlüsselszene seines Lebens vorkam.
Es mochte sein fünfter oder sechster Geburtstag gewesen sein,

der erste jedenfalls, an den er sich in einer gewissen Ausführlichkeit erinnerte. Bei Rückblicken in die Kindheit hegte er sonst seine Zweifel, ob es sich dabei nicht vielmehr um das Resultat der wiederholten Schilderung seiner Verwandten handelte. In diesem Fall jedoch war er sich sicher. Zu stark hatte dieses Ereignis auf sein Selbstverständnis als bis dahin so umsorgtes, gehätscheltes Kind eingewirkt. Noch immer empfand er einen lebendigen Rest der damaligen Aufgebrachtheit. Da beging man also seinen Ehrentag damit, ihn arbeiten zu schicken. Aber was sein Weltbild vollends erschütterte, das war die schockierende Erkenntnis: an seinem Geburtstag waren tatsächlich sämtliche Geschäfte geöffnet.

Was sich hier erstmals abgezeichnet hatte, wurde von nun an mit jedem Atemzug gewisser. Die Welt drehte sich nicht um ihn. Aber worum dann? Und um welches Zentrum würde er seine Runden ziehen? War das festgelegt? Veränderlich? Hatte man ein Mitspracherecht? Entscheidungsgewalt?

Oukay, isch wäa de Bestimma!

Dieser Ruf an der Rutschbahn, in die Runde der Mitspieler trompetet, offenbart schon auf dem Kinderspielplatz das elementare menschliche Bedürfnis, wichtig zu sein. Was vermeintlich nur gelingt, wenn sich andere nach einem richten.

Wie kommt der Mensch nur auf die Idee, seine Bedeutung danach zu bemessen, wie viele ihm zu folgen vorgeben?

Geht man deshalb zum Militär? Wird man aus diesem Grund Lehrer? Gebiert das den Kinderwunsch? Lässt einen solche Eingebung einer möglichst beständig wachsenden Leserschaft im Internet fortlaufend verkünden, was man gerade täte, wäre man nicht mit Verlautbaren beschäftigt?

Oukay, isch wäa de Bestimma!

Den Satz hatte Kommissar Günda niemals gesagt, und er war sicher, diesen Drang in keiner Situation verspürt zu haben. Selbst das Wissen, im Polizeiapparat von Untergebenen etwas verlangen zu können, ja bisweilen zu müssen, bereitete ihm eher Unbehagen. Mit Freese nunmehr einen Assistenten zur Verfügung zu haben, der zwar in erster Linie im Dienst des Präsidiums tätig war, aber eben doch seine Anweisungen zumindest im gewissen Rahmen zu befolgen hatte, auch das entsprach nicht Kommissar Gündas Verlangen.

Er war wohl einfach kein richtiger Vorgesetzter. Es fehlte ihm das Bestimmer-Gen. Dabei war es beileibe nicht so, dass er mit seinen Kollegen immer einverstanden gewesen wäre, im Gegenteil. Zuhauf begegnete er deren Methoden und Einschätzungen mit tiefem Unverständnis oder eindeutiger Ablehnung. Das zu äußern gelang ihm vortrefflich. Und er hatte auch grundsätzlich nichts dagegen, wenn sich Menschen an ihm orientierten. Indes, er sah sich nicht in der Lage zu *führen*.

Wie er auch selbst nie geführt werden wollte. Das hatte sein Fortkommen begleitet und erschwert. Dieses tiefe Bedürfnis, Autoritäten immer in Frage, auf den Prüfstand zu stellen. Niemanden allein aufgrund seiner übergeordneten Position zu akzeptieren. Er empfand das als selbstverständlich, als Privileg, aber auch als Aufgabe.

Dann war es doch nur konsequent, sich nicht selbst als Leitwolf zu begreifen. Obwohl, ein Aspekt dieses Bildes gefiel ihm schon: *Günda, de Wolf*, der einsam und unbeirrt seiner Wege zieht. Ein Hauch von Stolz überkam Kommissar Günda, dem er nichts entgegenzusetzen wusste und den er, wenn er ehrlich war, einen Moment lang zutiefst genoss.

Womöglich hing alles mit diesem Geburtstagserlebnis zusammen. So hatte er früh erkannt, was Freese vielleicht bis zum Ende seiner Tage verborgen bleiben würde.

Gedankenversunken betrachtete er seinen Assistenten. Der spürte den Blick auf sich ruhen.
„Und jetzt, Tschief? Was machen wir?"
Kommissar Gündas Oberkörper straffte sich. Hatte Führen nicht auch etwas mit Verantwortung zu tun? Scheute er letztlich die? Nein. Und das galt es, in diesem Augenblick mit einer kühnen Entscheidung zu beweisen.
„Jetzat? Feiaoowet!"
Dem schien Freese nicht abgeneigt.
„Dann mache ich mich auf den Weg. Ich muss Sie nicht mitnehmen, oder?"

Die Frage hätte als unhöflich verstanden werden können, sie entsprang jedoch Freeses Wissen um die Vorlieben seines Vorgesetzten. Zu seinen ungewöhnlichen Methoden gehörte Kommissar Gündas Prinzip, unter allen Umständen, und sei der Nachhauseweg noch so kurz, am Tatort zu übernachten. Selbstverständlich – darauf legte er Wert – ohne die staatliche Spesenkasse zu belasten.
Dabei gönnte er sich stets den Luxus eines Doppelbetts.

Wir hätten auch ein Einzelzimmer.
Isch kanns net hawwe.

Für ihn bot sich so die Gelegenheit, das Umfeld der Tat genauer und von anderer Warte aus kennenzulernen.

Doch zuvor verspürte Kommissar Günda ein drängendes Bedürfnis: „Jetzat hawwisch grad soen klähne Hunga. Un du, Freese?"

Der zuckte grinsend mit den Achseln.
„Du kricksch gekocht, isch weeß. Vun de Muddi. Was gibtsn Leggares heit?"
„Lasagne, Tomaten, Mozzarella, Tiramisu. Italienischer Abend, ich bringe den Wein mit."
Kommissar Gündas Augen weiteten sich angeregt.
„Wollen Sie mitkommen? Wenn ich meine Mutter kurz anrufe, ist das bestimmt kein Problem."
„Nänää, annamol. Isch brauch jetzat ä Schnitzl. Bis mogge."
„Einen angenehmen Abend, Tschief."
„Selwa. Un, Freese…"
„Ja?"
„Saach mol en schääne Gruuß. On dei Muddi!"

Kommissar Günda machte sich auf den Weg zum Roten Ochsen. Sein Instinkt hatte ihn nicht getrogen, die Gaststube war gut besetzt, ein verlässliches Zeichen für die Qualität des Angebots.
Auffallend war indes die Sitzordnung. Es gab neben mehreren kleinen zwei stattliche, kreisrunde Stammtische, als solche durch Fähnchen kenntlich gemacht. Am einen ausschließlich Männer, am anderen nur Frauen.

Als Kommissar Günda die Gaststube betrat, wandten sich aller Augen in seine Richtung.
„Nowett. Losst eisch narre net steere."
„Mia? Mia mache nix. Mia hogge blouß", ließ sich ein stämmiger Endvierziger vom Männertisch vernehmen, was dort mit allgemeiner Heiterkeit quittiert wurde.
„Sauwa, do mach isch glei mit!", frohlockte Kommissar Günda, und damit war die Platzwahl entschieden.

Das war unbestreitbar seine besondere Gabe. Nicht wie ein Fremder aufzutreten, sich nicht als Amtsträger aufzuspielen; und das, ohne dabei an Autorität einzubüßen. Würde in Glickerbach ein Sheriff gewählt werden, Kommissar Günda wäre schon jetzt ein aussichtsreicher Kandidat.

Unaufgefordert brachte Marion Helche ein Bier. Er bevorzugte Export. Sie hatte sich das gemerkt.

„Was gibtsn zum Nachtesse?"
„Worschtsalat un Schnitzl."
„Isch nämm Schnitzl."
„Moment, nix saache: mit Broot. Un mit Sooß, brauni Sooß, hawwisch rescht, Tschief?"

Das Leben konnte so einfach sein.

Der folgende, vielstimmige Austausch war wenig ergiebig für die Ermittlungen. Man mühte sich zwar, seine Betroffenheit über Lengards Tod zum Ausdruck zu bringen – *Schun schlimm* – *Des muss jo net soi* – *Misch hots schia varopft, wie isch des gheat hab* – und erging sich pflichtschuldigst in Mutmaßungen über die Täterschaft von A wie *Al Khaida* bis V wie *Ffampia.*

Ein unbestimmtes Gefühl sagte ihm, die wirklich wichtigen Aspekte würden in seiner Gegenwart sorgsam ausgespart. Kommissar Günda sah keinen Grund nachzuhaken oder gegenzusteuern. Es war nicht sein erster dienstlich veranlasster Stammtischbesuch, und es hatte sich bewährt, die Gesprächsführung gerade nicht an sich zu ziehen und so den Einwürfen und Kommentaren freien Lauf zu lassen.
Als absehbar war, dass auch von ihm nichts Neues, schon gar keine Ermittlungsgeheimnisse zu erwarten waren – *Un, wenn hebdan schun vahaft?* – geriet das Thema schnell in den Hintergrund. Das ließ allerdings auch Kommissar Gündas Aufmerksamkeit erlahmen, denn er hatte bereits ein anderes, drängenderes Rätsel ausgemacht: welche Rolle spielte der Frauentisch nebenan? Ein Kegelverein? Eine Touristengruppe auf der Durchreise? Bei derart durchdringenden Stimmen hoffentlich kein Chor.

Der enorme Lärmpegel im Saal ließ ihn im Unklaren. Seit ein paar Jahren hatte er Schwierigkeiten, in solcher Geräuschkulisse entferntere Laute zuzuordnen, geschweige denn, sie zu verstehen. Und im Roten Ochsen hatte man sich an diesem Abend viel zu sagen.

Ein wichtiger Hinweis war, wie so oft, dass etwas fehlte.
Keinerlei Anzeichen ließen erkennen, es könnte zwischen beiden Tischen irgendeine Verbindung geben. Blicke wurden nicht getauscht, niemand nahm überhaupt Notiz vom anderen.

Das sprach für eine besonders enge Verbindung. Wahrscheinlich fand sich diese Konstellation hier Abend für Abend ein.

Und richtig, zu später Stunde erscholl ein Ruf vom Frauenstammtisch: „Elfe!"
Gemurmel, Gestöhne, Gegrummel. In der Männerrunde keimte eine leichte Unruhe auf.
„Auf, Buuwe! Mia gähne!"

Prompt tranken die Männer artig aus oder ließen üppigere Reste kurzerhand in sich hineinrinnen. Alle machten sich jetzt bereit zum Aufbruch.
„Hea", gab Kommissar Günda zu bedenken, „awwa isch zahl des net alles!"
„Kä Ängscht, mia hawwe en Babbedeggl bei de Marioon. Gell, Marioon?"
„Hajo. Macht, dassa nauskummt."

So starr die Grenzen zwischen den Geschlechtern soeben noch gewesen waren, so vereint trotteten jetzt alle dem Ausgang zu. Sieben Männer, sieben Frauen. Allesamt schon ewig liiert, da war sich Kommissar Günda nunmehr sicher.

„Gdnacht!" „Gdnacht!" „Gdnacht!" „Gdnacht!" „Gdnacht!"
„Gdnacht!" „Gdnacht!" „Gdnacht!" „Gdnacht!" „Gdnacht!"
„Gdnacht!" „Gdnacht!" „Gdnacht!" „Gdnacht!"
„Gdna-acht!"

Er erwog, Marion Helche an der Theke Gesellschaft zu leisten, um ihr seine Vermutungen über die einzelnen Pärchenkonstellationen mitzuteilen – und ihr auch ein wenig damit zu imponieren. Doch sie kam ihm mit einem müden „Feiaoowet, Tschief!" zuvor, und so begab er sich stattdessen in sein Zimmer im ersten Stock.

Die Nacht war lau und still. Gelegentlich drang ein Rauschen von der Umgehungsstraße durch das geöffnete Fenster. Zur vollen Stunde schlugen die beiden Kirchturmuhren mit einminütigem Abstand.

Kommissar Günda fiel bald in einen tiefen, traumlosen Schlaf. Dabei hatte er sich doch eine nächtliche Reise in das Glickerbach der Siebzigerjahre so fest vorgenommen.

Am nächsten Morgen fand sich Kommissar Günda erholt zum Frühstück ein. Marion Helche hatte für ihn einen Fensterplatz gedeckt.

Im Roten Ochsen gab es fünf Fremdenzimmer. Noch vor Kurzem waren die regelmäßig ausgebucht gewesen. Doch nun blieb er der einzige Gast.
„Des hawwe mia alles demm Schorle-Peda zum vadonge ghabt", erläuterte die Wirtin. „Die wollde all zu demm. Un jetzat, wua nimmi do is …"
„Bin blouß noch isch do."
„Genau, Tschief. Ou, de anna!"
Ein vorwiegend gelb gekleideter Mann war in der Tür erschienen, einen Trog von Briefen vor sich hertragend.
„Poscht!"
„Alles fa disch, Marioon? Hea, hosch du en Fähnklubb?"
Kommissar Günda musterte die Briefflut anerkennend.
„Schää wäas, Tschief. Nää. Alles fa de Schorle-Peda. So geht des jedn Daag. Seit sechs Woche."
„Un was sollschn *du* dodemit?"
„Isch? Sischde un oddne."
„Oddne? Wonooch?"
„Männas, Fraue und nochem Alda. Die Junge kumme glei mol weg."
„Die nämm isch donn!", erbot sich Kommissar Günda.
„Griffl fortt!", drohte die Hüterin des Briefgeheimnisses neckisch.

„Hea, Marioon, was issn jetzat? Soll ischs vleischt widda mitnämme?"
Der Postbote schien ahnungslos.
Marion Helche blickte fragend zu Kommissar Günda.
„Nänää, gäbb des mol mia."
Kommissar Günda winkte den Postmann zu sich.

„Mooment, do kann jo jeda kumme. Wea bisch jetz du?"
„Hoisch, Hellmuut, des is de Tschief vun de Bollezei."
„Hm?"
„Hosch des noch net gheat vum Schorle-Peda?"
„Ä-ä. Wisso? Was issn mit demm? Vahaft? Weje Vielweiwarei? Endlisch!"
„Nänää. Hie issa."
„Hie? Gstorwe? Mach Sache. So gehts als."
Wieder hielten sich Trauer und Mitleid in engen Grenzen.

Kommissar Günda ließ sich die Briefe aushändigen, während der Postbote sich offenbar einen durchaus reizvollen Zusammenhang zwischen Lengards Tod und dessen diversen Frauengeschichten ausmalte.
„Bstimmt en schääne Doud."
„Hm?"
„Mit denne ganze Fraue …"
„Isch weeß net. Mim Messa in de Bruscht? Sgäängt schun schääna …"
„Ou? Ä Messa? Mach Sache. Habtas schun mol beim Becke Fronz prowiat?"
„Wea?"
„Isch hab nix gsacht."

Der Hinweisgeber zog es vor, sich eiligst zu verabschieden. Seine letzte Formulierung ließ Kommissar Günda aufhorchen. Zweierlei galt es, wie er sehr wohl wusste, fein zu unterscheiden: Schweigen und Verschwiegenheit. Beides gibt es in der absoluten, aber auch in gemäßigter Form.
Beredtes Schweigen – *Isch saach mol nix. Blouß ähns …*
Relative Verschwiegenheit – *Isch hab nix gsacht …*

„Hoisch, Marioon, wenn mähndan, de geele Hellmut? Wellan Fronz?"

„Vagesses. De Becke Fronz, der is aiig aiig uff sei Ssussl. Do derf kähna gugge. Un de Schorle-Peda, des waa jo en Noo-Gugga. Un was fa ähna."
„Bei dia aa?"
Kommissar Günda sah Marion Helche prüfend an.
„Bei mia hot dea kä Schangs ghabt, des hot dea soffortt gemeiikt. Dea hots prowiat, awwa demm hawwisch glei gewwe. Soen Strooma wie dea, des kannisch net brauche."
„Un dem Becke Fronz seini?"
„Nää, des wüssdisch awwa."
„Langsoom. Isch gugg ma die zwee doch liewa glei mol oo."
„Brauche Sie net, Tschief."
„Sischa?"
„Ganz sischa. Unna uns. Demm sei Ssussl, des issen … wiewillischensaache …"
„A, sachs hald, Marioon!"
„Des issen Schrubba. En Schäärwe."
„Un dodefoa mescht ian Fronz soen Tärzz?"
„Guuda Trick. Dass die nix meiikt. Dea geht nämmlisch selwa newenaus."
„Indressant. Un wuhea weesch du des?"
„Hm, Tschief. Denn Trick hodda vun mia."
Ein verschämtes Lächeln huschte über Marion Helches Gesicht, Kommissar Günda verspürte zeitgleich einen winzigen Stich.
„Allo, dann machischmol weida."
„Mooment, Tschief!"
„Hm?"
„Un die Poscht?"
„A so, guud, dass dus sachsch. Jetz häddischs halwa vagesse. Hosch du eigendlisch als mol en Blick riskiat uff die Brieflin?"
„Isch?", erwiderte Marion Helche mit gespielter Empörung. „Nie!"
„Schun klaa. Un de Schorle-Peda, dea hot des alles gleese?"
„Gleese? Nää. Dea hot des *schdudiat*!"

Menschen brauchen Nähe. Menschen suchen Nähe. Nicht jedoch zu ihren Nachbarn.
Das gilt besonders für angrenzende Gemeinden. Auch in Glickerbach und dem benachbarten Fußheim pflegen Groß und Klein eine lange Tradition gegenseitiger Geringschätzung.

Freundschaftliche Bande gibt es zu Partnerstädten in Südafrika, Brasilien und der Mongolei. Mehrmals im Jahr feiert man begeistert völkerverbindende Begegnungen von Delegationen, aber eine direkte Busverbindung zur nächsten, knapp drei Kilometer entfernt liegenden Ortschaft existiert nicht. Was dem Bedarf entspricht. Nie hat jemand danach gefragt.

Man missbilligt und erkennt einander augenblicklich. Schon an der Sprache: *Do vastehsch nix, kä Wortt!* Zwar nicht am Autokennzeichen, dafür am Fahrstil: *Obacht, en Fußhoima!*

Freilich hat sich die Lage entspannt. Nur die in die Jahre Gekommenen wissen noch, wie es war. In der guten, alten Zeit. *Sunndaags, do hawwe sisch die Leit an de Grenzstähna gedroffe zum Vawesche*[16]*. Härrliiisch!*

Heute kann es vorkommen, dass am Frühstückstisch hinter vorgehaltener Hand damit geliebäugelt wird, zum Einkauf in den Nachbarort zu fahren. Dort gibt es seit Neuestem ein großes Möbelhaus.
Um den Kindern nicht mit schlechtem Beispiel voranzugehen, fährt man aber dann doch lieber ins nächste Bundesland.

So friedlich Sonntage in Glickerbach für gewöhnlich vonstatten gehen, so angespannt, so brenzlig, ja, so unkalkulierbar ist die Lage, wenn im Glickerbacher Fußballstadion die Nachbar-

---

[16] Verprügeln

vereine zum Lokalderby aufeinandertreffen.
Anfangs hatte man versucht, mit den hiesigen Polizeikräften die Ordnung aufrechtzuhalten. Da jedoch immer wieder Zweifel an deren Neutralität aufkeimten – *Du bisch aa ähna vun denne, gäbbs zu! Gliggabacha! Dreggeda!* –, ist man dazu übergegangen, unabhängige Helfer bereitzustellen.
Zwei Hundertschaften aus Karlsruhe sorgen nun dafür, dass die jeweils gut 35 Fans das Spiel in getrennten Blöcken verfolgen.

Auch auf der höheren Verwaltungsebene wird bei sämtlichen überregionalen Projekten sorgfältig darauf geachtet, dass es keinerlei Berührungspunkte oder gar Zusammenarbeit zwischen Glickerbach und Fußheim gibt. Selbst größte Umwege, entlegenste Konstrukte rechnen sich, vergleicht man sie mit den sonst unweigerlich auftretenden Reibungsverlusten und Prozessen bis zum Europäischen Gerichtshof.

Eine nachhaltige Konsequenz aus Erfahrungen vor bald fünfzig Jahren. Da gab es doch tatsächlich Pläne geschichtsloser Gesellen, beide Gemeinden zusammenzulegen.
Und das ausgerechnet zu Zeiten, da in Glickerbach ein neuer Bürgermeister gewählt werden sollte. Als sich abzeichnete, dass aus Protest aller Wahrscheinlichkeit nach ein offenkundig kommunistischer Kandidat gewinnen würde – *Glickerbacher aller Länder, vereinigt euch!* lautete dessen einprägsames Wahlkampfmotto -, hatte man im Regierungspräsidium ein Einsehen.

Das längst vergessene Symbol einstiger Annäherung gibt es noch in Glickerbach, den ehemaligen Bahnhof.

Im Gemeindearchiv finden sich unter strengstem Verschluss im Giftschrank Zeitungsausschnitte, die von dessen Einweihung berichten, zeitgleich mit der Eröffnung der Eisenbahnlinie Fußheim–Glickerbach. Die Euphorie der neuen Reisefreiheit hatte es möglich gemacht. Ein Foto zeigt gar Glickerbacher und Fußheimer gemeinsam vor dem Bahnhof, ernst und vereint im Stolz auf den Beginn einer neuen Epoche.

Die ihr baldiges Ende fand, als wenige Jahre später ein Lokführer mit Fußheimer Wurzeln seine Aufenthalte in Glickerbach nutzte, eine Affäre mit der Frau des dortigen Bahnhofsvorstehers zu beginnen. Dies setzte dem hiesigen Eisenbahnverkehr weit mehr zu als die sich rasant verbreitenden Automobile.

Schließlich bot der Fahrplan nur noch eine einzige Zugverbindung zwischen Glickerbach und Fußheim: am letzten Sonntag des Monats um 5.33 Uhr. Eine Rückfahrt war nicht vorgesehen.

Gras wuchs über die Gleise, der Bahnhof wurde erst vermietet, dann verkauft. Mal Lazarett, mal Wirtshaus, nun Spielhalle mit angeschlossenem Sonnenstudio.
Zwischenspiel: das Heaven.

Kommissar Günda stieg die vertrauten drei Stufen zum Eingang empor, schob sich durch den schweren, abgestoßenen dunkelroten Vorhang und benötigte eine Weile, um sich an die plötzliche Dunkelheit im Innern zu gewöhnen.
So viel hatte sich gar nicht verändert. Noch immer konnte man die Menschen hier nur schemenhaft wahrnehmen. An der Wand blinkten zahllose Automaten, die ewiggleichen Tonfolgen plärrend.
Vor jedem thronte auf einem Barhocker ein Spieler, den flackernden Blick unablässig auf das jagende Zahlenwerk gerichtet. Gelegentlich klimperten Münzen in einen Schacht, die umgehend wieder Eingang ins Gerät fanden.

„Bissl spiele?"
Kommissar Günda schüttelte den Kopf.
Wortlos schob die gegerbte Blondine eine Wertmünze über den Tresen.
„Fimfe."
„Fa waas? Disch zum Oogugge? Do deedisch glatt zähne zahle, wenn isch mol klopfe därft."
Um nicht in anzügliches Licht zu geraten, tätschelte Kommissar Günda seine eigene rechte Wange.
„Noch son Spruch, Kiffabruch. Subba-Sunn koscht fimfe."

Kommissar Günda beließ es statt einer Antwort auf die erfrischende Unverblümtheit beim Zücken seiner Dienstmarke.
„A, sachs doch glei. Hea, Simoon, mol hea!"

Auf diesen Zuruf – die gewölbte Decke des Bahnhofsfoyers schien das gellende Geräusch gar nicht mehr hergeben zu wollen – erschien ein ebenfalls brutzelbrauner Endzwanziger mit Jogginghose und Muskelshirt, an dem alles groß war. Abgesehen vom Kopf. Was auch die sorgfältig getrimmten Koteletten nicht zu ändern vermochten.

Kommissar Günda fühlte sich augenblicklich an *Department S* erinnert.
„Ou! Tschejssn King?"
„Hä? Nää, Simoon."
Da machte sich wieder einmal bemerkbar, wie prägend und wie trennend Fernseherfahrungen sein können.

„Gibtsä Problähm?"
„Derdo is vun de Bollezei."
„Fa waas?"
„Misch deet mol indressiere, desdo, des waa doch mol des Hewn?"

„Hä?"
„Nää, net *Hä*. Hewn. Subba Mussisch, subba Bänds …"
„Mia hawwe subba Sunn."
„Ma siehts. Awwa isch will wisse, was is aussm Hewn worre?"
„A so, jetz hawwischs gabiat. Hewn, do ware mei Eldan als. Odda waa des de Ooba? Jednfalls, des waa soen utzlische Ouldie-Schubbe. Awwa dea is schun lang nimmi gloffe."
„Un jetzat?"
„Leefts. Alles in Oddnung bei uns."

Kommissar Günda spürte, wie er innerlich Anlauf nahm.
„Des finsch du in Oddnung, wenn die Leit ia bissl Bimbes[17] zu eisch neischlebbe. Wahrscheins jedn Daag. Vun moggens bis owets vor denne Käschde hogge, kä Luft, kä Lischt, kä Sunn."
„Desdaweje hammia jo Solarium."
Schweigen.
„Was annares, kennsch du Inge Meyssl?"
„Hä?"
„Des hawwisch mia gedenkt. Hoisch, Simoon un Gretl, ihr zwee Knuschba-Keeks. Klähna Tipp: wenn die kummt, die is exträhm gfährlisch. Subba-Syschdähm-Spielarin. Die hot schun zweehunnat vun solsche Leede gsprengt. Un die hoddn Trick. Die mescht als uff Allagie."
„Allagie? Uff was?"
„Dabbische. Allo, uffbasse!"

Zufrieden trat Kommissar Günda ins Tageslicht. Das war er seinem Heaven einfach schuldig gewesen.

---

[17] Geld

„Brauchda Gadoffl?“
Eine mächtige Nase tauchte unmittelbar vor Fritjof Freeses Gesicht auf, als der den Blick von seinem Laptop hob.
Er saß auf der Bank vor dem Roten Ochsen, genoss die frühmorgendliche Sonne und wartete auf den Kommissar, der nicht im Ruf eines Frühaufstehers stand. Gerade war er im Begriff, eine elektronische Skizze anzufertigen, in deren Zentrum sich das Opfer Lengard befand. Strahlenförmig hatte er die verschiedenen, noch auszufüllenden Bezugspunkte angeordnet, erste Namen und Begriffe durch Kürzel ersetzt. Freese schätzte diese Darstellungsform, da sie ihm jederzeit einen raschen Überblick ermöglichte, der sich noch dazu ständig aktualisieren ließ.

Im Unterschied zu seinem Vorgesetzten, der damit überhaupt nichts anzufangen wusste. Kommissar Günda führte stattdessen mehrere winzige Notizblöcke, in die er sorgfältig mit Bleistift seine Beobachtungen stichwortartig aufnahm. Ob jedem Verdächtigen ein eigener Block vorbehalten war, blieb sein Geheimnis. Freese hatte ihn aber auch schon ertappt, wie er bei Inaugenscheinnahme eines Tatorts urplötzlich seine Schreibutensilien zückte und mehrere Zahlen vor sich hinmurmelte, die er sogleich notierte.
„Loddo“, hatte Kommissar Günda ungefragt erklärt. „Manschmol seh isch hald Zahle. Intuitjoon heeßt ma des.“
„Zahlen sehen Sie? Interessant, welche denn gerade? Oder ist das ein Geheimnis?“
„Vierefuchzisch. Sechseachtzisch. Hunnatsibzäh. Nullkommaähns. Siwwe Achdl. Zweemillioonedreihunnatneineneinzisch.“
„Aber da liegt ja keine zwischen 1 und 49, wie beim Lotto üblich und nötig.“
„Des wäa jo aa zu äfach, Freese. Gugg mol, mei Intuitjoon is hald bissl oospruchsvoll. Ou, jetz häddischs halwa vagesse, Zusatzzahl: Piii.“

Freese hatte mit seiner Methode, Sachverhalte festzuhalten und abzubilden, die Geduld des Kommissars gewaltig auf die Probe gestellt. Kein Indiz, das er nicht in die Form einer Tabelle goss, keine Zeugenaussage, die nicht zum Diagramm taugte. Als Freese dazu übergegangen war, nach einem Verhör Anzahl und Länge der verwendeten Wörter sowie die Häufigkeit mehr als dreisilbiger Begriffe auszuwerten, war Kommissar Günda der Kragen geplatzt.
„Isch kanns net hawwe. Was solln dea Kees? Des braucht kähn Mensch. Jetz is mol Schluss mit dänne Färzz do."
„Aber das sind doch sehr eindrucksvolle Grafiken", hatte Freese zu bedenken gegeben. „Man kann sehr genau ablesen, an welcher Stelle die Nervosität des Verdächtigen wächst. Weitaus aufschlussreicher übrigens als ein Lügendetektor. Und dabei nicht annähernd so problematisch, was die Verwertbarkeit anbelangt. Nur für uns, Tschief. Nur für uns beide."
„Fa misch net. Isch brauch des net. Isch widda en Liejebeitl a so. Uff zäh Meda."
„Na ja, aber Sie haben sich auch schon manches Mal in Ihrer Einschätzung getäuscht."
„Weje Gejewind. Des kummt voa. Isch brauch die Färzz do jednfalls net."

Damit war für Kommissar Günda das Thema erledigt. Freese dagegen blieb stur bei seinen hochmodernen Methoden.

So erfreute sich jeder an anderem. Freese, wenn die Lösung eines Falles seine Grafiken bestätigte, Kommissar Günda, wenn es ihm wieder einmal gelungen war, seine eigene Schrift zu entziffern.

„Un? Was is jetzat? Wollda Gadoffl, odda wollda kähni?"
„Bitte?"
Freese war in zweierlei Hinsicht überfordert. Zum einen wegen der unvermuteten Störung, zum anderen, weil er nicht verstanden hatte, was er benötigen sollte.
„Do!"
Der imposante Nasenträger fischte aus seiner Hosentasche eine Kartoffel, was ihn ob der beeindruckenden Ausmaße einige Mühe kostete.
„Gonz frisch vum Agga. Brauchda welli?"
„Ach so, jetzt verstehe ich, Kartoffeln meinen Sie. Ich dachte, die nennt man bei Ihnen *krumme Beeren.*"
„Krummbeere? Des is driwwe, iwwam Rhoi. Mia hawwe Gadoffl."
„Ah ja, kapiert. Haben Sie denn verschiedene Sorten?"
„Mia hawwe blouß *Krischda.*"
„Na gut. Ein Tütchen würde ich schon nehmen."
Seine Mutter würde sich über ein solches Mitbringsel bestimmt freuen.
„Fimfezwonzisch odda fuchzisch?"
„Stück?"
„Nää! Killo, was glaabschn du?"
„25 oder 50 Kilo? Das ist mir zu viel. Dann kommen wir leider nicht ins Geschäft."
„Selwa die Schuld."
Der Kartoffelmann zuckte mit den Achseln und trabte von dannen.

Freese wandte sich wieder seinem Bildschirm zu. Die bislang gewonnenen Erkenntnisse über das Opfer waren verarbeitet. Zwei Fragen beschäftigten ihn vorrangig. Was verschlug einen Mann wie Lengard nach Glickerbach? Bürgermeister wollte er werden, als Lebensziel seltsam genug. Aber ihm musste klar gewesen sein, dass zumindest die Möglichkeit bestand zu

unterliegen. Welchen Sinn machte es da, sich vorher hier niederzulassen? Steigerte das die Chancen? Oder suchte dieser Mann im fortgeschrittenen Alter bereits seinen Ruhesitz? Und das ausgerechnet in solch kleiner Gemeinde mit dem gewaltigen Manko einer zwangsläufig begrenzten Frauenauswahl?
Die beeindruckende Parade der Eroberungen in Lengards Villa zeigte bei Freese immer noch Wirkung. Das führte ihn zur zweiten, weitaus drängenderen Frage: war Lengard der Frauen müde? Konnte man, musste man vielleicht sogar deren müde werden bei entsprechendem Lebensstil? Gewisse Parallelen in dieser Hinsicht zwischen Lengard und ihm ließen sich nicht leugnen. Würde er, Freese, dereinst, und das wäre immerhin bereits in 20 Jahren, sich ebenfalls nur noch ein nettes, ruhiges, einsames Plätzchen suchen wollen? Mit einer Zugehfrau fürs Höchste der Gefühle?
Hieß es also, wollte man dieses trostlose Ende vermeiden, bereits jetzt haushalten?

Fritjof Freese öffnete eine andere Datei und besah sich die Grafik seiner aktuellen Bekanntschaften. Ein imposantes Geflecht, wie er sich zubilligen musste. Keine Spur von Ermüdungserscheinungen, im Gegenteil. Selbst der Fünfjahresvergleich zeigte eine eindeutig steigende Tendenz. Fraglos erfreulich. Aber in Anbetracht von Lengards Schicksal, konnte es da schaden, sich ein wenig Askese aufzuerlegen?

Aus dem Computer ertönte Verdis *Triumph-Marsch*, zwei neue Nachrichten. Zum einen Birgit. Gut, damit hatte er gerechnet. Zum anderen Josepha. Das war in der Tat eine Überraschung. So prompt? Und schon derart verheißungsvoll?

Selbstverständlich blieb es beim eben gefassten Vorsatz. Freese beschloss lediglich, dessen Umsetzung noch ein wenig genauer zu planen.

Wohin es ihn auch immer verschlug, beruflich oder privat, Kommissar Günda spazierte gerne über Friedhöfe. Betrachtete die Grabsteine, ließ die Namen, Daten und mannigfaltigen Zeichen des Gedenkens an sich vorüberziehen. Und so entschloss er sich nach dieser eher ernüchternden Episode auf den Spuren seiner Vergangenheit, die Ermittlungsarbeit noch ein wenig hintanzustellen. Freese war gewiss schon fleißig, und wozu hatte man schließlich einen Assistenten. Seine Gedanken kreisten ohnehin noch zu sehr und jetzt erst recht um eigentlich längst begraben Geglaubtes. Auch im Hinblick darauf würde ein Spaziergang guttun.

Der Friedhof in Glickerbach liegt am südlichen Rand der Stadt. Ursprünglich hatte er sich als Kirchhof in der Dorfmitte befunden. Die zunehmende Bebauung des Ortes und der steigende Platzbedarf hatten eine Verlegung unumgänglich gemacht.

Wie hätte man ahnen können, dass später eine Umgehungsstraße in unmittelbarer Nachbarschaft gebaut werden würde. Als die Entscheidung für die Trassenführung anstand, hatte es ein paar Bedenken hinsichtlich der Störung der Friedhofsruhe gegeben, aber die waren bei Abwägung mit der Lärmbelastung für die noch lebenden Bewohner rasch vom Tisch gewischt. Begünstigend für den friedhofsnahen Bau mochte sich ausgewirkt haben, dass die Umgehungsstraße anderenfalls sowohl das Haus des Bürgermeisters als auch das des katholischen Pfarrers direkt beeinträchtigt hätte.

Der wachsende Autoverkehr zu den Metropolen der Region, das ständige Bremsen und Anfahren der Fahrzeuge am angrenzenden Kreisverkehr, all das sorgt nun für einen unablässig an- und abschwellenden Geräuschpegel, der sich allerdings auf dem großzügigen Gelände mit dichtgewachsenen

Hecken und mächtigen, Schatten spendenden Bäumen wie von selbst verliert.

Vielleicht ist es das, was Kommissar Günda diese Orte so gerne aufsuchen lässt, die verlässliche Oase der Ruhe inmitten jeder noch so pulsierenden Umgebung. Die Möglichkeit, unter Menschen zu sein und doch kein Gespräch führen zu müssen. Wo sonst weiß man sich derart gefeit vor unerwünschter Kontaktaufnahme, wo anders ist man seinen Mitmenschen so nah und doch für sich? Seinen Gedanken freien Lauf zu lassen, das gelang Kommissar Günda beim letzten Bier am leeren Tresen und auf dem Friedhof.

Wo würde Lengard seine Ruhestätte finden? Wollte er überhaupt in Glickerbach beerdigt werden? Gäbe es jemanden, der das Grab besuchte, pflegte? Nahestehende, Verwandte? Verflossene Liebschaften? Hatte er selbst vorgesorgt? Wenn ja, warum bereits mit Mitte 50? Eine Vorahnung?

Sage mir, wie du beerdigt werden willst, und ich sage dir, *was fan Sseckl du waasch*. So oder so ähnlich lautete einer von Kommissar Gündas Leitsätzen, den er wohlweislich für sich behielt. Denn noch hatte er selbst den Gedanken an die Regelung seines Nachlasses erfolgreich verdrängt.

Sabine Kremer
2. April 1960 – 27. September 1995.

Er war bereits beim nächsten Grabstein angelangt, als ihn die beiläufig überflogene Inschrift einholte.

Sabine Kremer? Die Erkenntnis traf ihn mit voller Wucht. Das konnte, das musste seine *Ssabbl* sein, gerade einmal 35 Jahre alt geworden.

Sie hatten sich aus den Augen verloren. Genauer, er hatte sie aus seinem Gedächtnis gestrichen, nachdem sie ihn verlassen hatte. Auch das traf den Kern nicht. Sie konnte ihn nicht verlassen haben, denn sie waren ja nicht einmal zusammen gewesen. Obwohl …

Über Wochen hatten sie zielstrebig die Nähe des anderen gesucht. Samstags, im Heaven. Anfangs vor der Eingangstreppe, wo er sich wie zufällig herumgedrückt hatte, bis sie aufgetaucht war. Drei Stufen zum Himmel.

Später hatten sie einander auch in der schwülen, rauch- und nebeldurchtränkten Enge des ehemaligen Bahnhofsfoyers gefunden. Mit bauschigen Stoffen abgehangen, um auch ja keine frische Luft zuzulassen. Im fluoreszierenden Schein des Schwarzlichts, das sie geradezu überirdisch anziehend hatte wirken lassen.

Ein einziges Mal hatte er sich ein Herz gefasst und sie zum Tanzen aufgefordert. *Time Machine*, Beggar's Opera, über sieben Minuten.

„Un? Machemas?", hatte er gerufen und sie die Hände fragend hinter die Ohren gelegt.
„Isch hab gsacht: unne machemawas?"
Die ersten Takte waren vorbei, gleich würde der Beat einsetzen.
Sie hatte lauthals gelacht, was man sehen, aber in diesem Lärm nicht hören konnte. Und er hatte ihr mit der rechten Hand bedeutet, er würde sich jetzt ein Bier holen. Aus Sorge, sie könnte über ihn gelacht haben, weil er tanzen wollte. Was er ja überhaupt nur ihr zuliebe erwogen hatte.

Das erste längere Gespräch hatten sie in einer Sommernacht geführt, als er eine Panne vortäuschte, während sie ihr Fahrrad

unmittelbar an ihm vorbeischieben musste.
„Bisch du vun do?“, hatte er gefragt und damit gleich auf Anhieb sein gesamtes, sorgfältig erwogenes Dialogrepertoire verschossen.
Grinsendes Nicken.
„Isch net.“
Sie hatte mit den Achseln gezuckt, die linke Hand gespreizt, die rechte Augenbraue gehoben. Er war fasziniert von ihrer Körpersprache. Und er verstand.
Egaal, mescht nix.
Sie lachten einander an.

Bei ihrer nächsten Begegnung brach sie ihm das Herz.
Er entdeckte sie in einer Ecke, knutschend mit dem Sohn des Betreibers. Ihre Blicke trafen sich, sie zuckte mit den Achseln. Und er verstand.
So hald. Störts disch?

The first cut is the deepest hatte Rod Stewart zu diesen Zeiten aus jedem Radio geplärrt, und er hatte es gehasst. Nicht nur, weil diese Schmonzette so gar nicht seinem exquisiten Rock-geschmack entsprach, sondern weil dieser Sänger es wagte, seine Geschichte öffentlich zu machen. Alle mussten wissen, wer gemeint war.

Ein bisschen Trost fand er schon damals bei Donde Lisbeth.
„Was ischn lous, Buuwl? Vazehl mas narre.“
Er hatte ihr beim *Kärscheplotza* sein liebeskrankes Herz ausgeschüttet, und sie vermochte tatsächlich, ihn besser als jeder andere zu trösten: „Ähni vun Gliggabach? Oh liewi Zeit, im Leewe net!“

Doch der Gedanke an dieses Mädchen hatte ihn nicht losgelassen. Ihren Nachnamen, ihr Elternhaus, ihren Geburtstag hatte er damals in mühevoller Kleinarbeit herausgefunden. Im Nachhinein betrachtet, seine erste detektivische Meisterleistung. Denn weder sie noch seine Freunde durften davon erfahren.

Äschda, wenn die Beer gschält is, das gehörte von jeher zu seinen Wahlsprüchen. Sämtliche Nachfragen – *Hea, Günda, leeft do was?* – hatte er konsequent mit einem kategorischen Hinweis abgetan – *Weiwa??? Losses!!!*
Ein frühweiser Appell, den er damals wie heute immer wieder überhörte.

Für sein späteres kriminalistisches Wirken hatte er allerdings durchaus etwas aus der *Ssabbl*-Affäre gelernt. Niemals sich nur auf einen Zeugen verlassen. Denn ausgerechnet den Sohn des Betreibers hatte er als Quelle seiner Ermittlungen auserkoren, wissend, dass der seine Augen und Ohren überall hatte; nicht ahnend jedoch, wie er ihn auf diese Weise gewissermaßen erst auf seine Sabine ansetzte. *Denn Lumbesseckl.*

Kommissar Günda ertappte sich dabei, wie er sich ausmalte, was wohl aus ihr geworden war. Der Mädchenname ließ vermuten, dass sie nie geheiratet hatte. Etwa seinetwegen?

„Was bin isch doch fan sendimendale Dabbes!“, dachte er und gefiel sich einmal mehr in dieser Rolle.

„Ou, de anna!"
Schon zum zweiten Mal rang Fritjof Freese, der inzwischen seinen Laptop in der zugehörigen Tasche verstaut hatte und zunehmend ungeduldig vor Kommissar Gündas Schlafstätte auf und ab ging, mit dieser eigenartigen Formulierung. Zuerst fühlte er sich überhaupt nicht angesprochen. Er hatte gerade sein Auto in Glickerbach geparkt und war dabei auszusteigen, als ein Unbekannter ihm diesen Kaumsatz im Vorbeigehen entgegenhielt, das Kinn in dessen Verlauf gleich zwei Mal emporreckend, um es sofort wieder fallen zu lassen. Freese schaute hinter sich, wer gemeint sein könnte. Weit und breit war niemand zu sehen. Als er auf die offenbar an ihn gerichtete Bemerkung reagieren wollte – noch wusste er freilich nicht wie -, war der Glickerbacher bereits etliche Meter entfernt und an einer Antwort nicht oder wenigstens nicht mehr interessiert.
Und nun also ein weiteres *Ou, de anna!*

Erneut ein unbekanntes Gesicht, wieder ein Mann, jetzt im Vorbeiradeln. Einiges sprach dafür, dass es sich um eine ortsübliche Begrüßung unter Geschlechtsgenossen handelte.
Stutzig machte ihn indes die Mischung aus Überraschung und Vertrautheit, die aus ihr sprach und die er in seinem Fall durch nichts gerechtfertigt sah.
Kam womöglich jeder, den man zumindest schon einmal zuvor gesehen hatte, in den Genuss dieser Ansprache? Oder schleuderte man das jemandem entgegen, den man regelrecht vermisst hatte, über dessen Wiedersehen man sich also besonders freute? Ohne sich dies freilich in irgendeiner Weise anmerken zu lassen.
War es am Ende ein geheimer Code? Angewandt auf unliebsame Fremde, zumal, wenn sie von der Polizei sind und sich anschicken, Nachforschungen über die Hiesigen anzustellen. Vergleichbar dem Pfiff der Murmeltiere als Warnung vor Gefahr? *Obacht, pffff, de anna!!!*

Immerhin steckte darin ja *der andere,* Inbegriff des Ausgrenzenden.

In jedem Fall war es eine Feststellung. Wie das Baby eines Tages bemerkt, dass es einen Unterschied gibt zwischen *ich* und *du.* Wie der Blick in den Spiegel ein Leben lang irritiert, weil man zum Betrachter eines fremden Ichs wird, das dagegen Dritten wohlbekannt ist. Welches man erst durch eingehendes Drehen, Wenden und Grimassieren in eine einigermaßen hinnehmbare Form bringen muss, die wiederum das Umfeld so gar nicht kennt. Denn, kaum ohne Spiegel, lassen wir uns gehen und vergessen, unsere Schokoladenseite zu zeigen.
Von der wir als einzige behaupten, dass es sie überhaupt gibt.

Kam diese Formulierung in Großstädten ebenfalls vor? In überlaufenen Fußgängerzonen, vor umlagerten Stadien? Eine Horde Männer, einander beständig zunickend?
Ou, de anna! Ou, de anna! Ou, de anna!

Eine abwegige Annahme. Diese Formulierung war zweifelsohne Kleinstädten vorbehalten. Entstanden wahrscheinlich aus der Tristesse eintöniger Begegnungen im mittelalterlichen, dünnst besiedelten, noch nicht einmal dörflichen Raum. Des Morgens aus der notdürftigen Behausung ins Licht tretend, erscheint vor dem Tipi gegenüber das erwartete Gesicht.
Ou, de anna!
Weniger Gruß als ernüchterte Feststellung. Und wie bei den meisten Floskeln hatte es einfach eine Verselbstständigung gegeben.

Freese nickte, zufrieden mit seiner Analyse.

Aber wie darauf reagieren? Zwar kam er auch diesmal nicht in die Verlegenheit, der Fahrradfahrer war längst außer Sicht, es war jedoch damit zu rechnen, dass dies nicht die letzte Begegnung mit dieser Formulierung bleiben würde. Dafür gewappnet zu sein, konnte nicht schaden. Schien dies doch ein Weg, mit den Einheimischen in Kontakt zu kommen. Das konnte für die Ermittlungen nur hilfreich sein und böte Freese die Chance, auch ohne Hilfestellung durch den Kommissar ein Vertrauensverhältnis aufzubauen.

Drei Möglichkeiten gab es, die angemessene Reaktion auf *Ou, de anna!* herauszufinden.

Erstens: Kommissar Günda zurate ziehen. Kam nicht in Frage, das verbot schon Freeses Stolz.
Zweitens: abwarten, beobachten, wie die Glickerbacher untereinander verfahren. Mühsam, zeitraubend.
Oder mutig ausprobieren. Nahe lägen bekräftigende, gesprächsfördernde Kommentare wie: *Ou de anna! – Stimmt.*
Etwas pfiffiger: *Ja, schon. Aber sind wir nicht alle irgendwie verwandt?* Gepaart mit einem hintergründigen Lächeln. Jederzeit abrufbar. Eine von Freeses herausragenden Befähigungen.

Er entschied sich für die vierte Möglichkeit, schlenderte erst in die eine, bald in die andere Richtung, begründeter Hoffnung, einem geeigneten Objekt über den Weg zu laufen.

Und da kam ihm auch schon ein stattliches Exemplar entgegen. Als die beiden Männer gerade noch gut zwei Meter voneinander entfernt waren, nickte Freese energievoll und dröhnte: „Oh, der andere!“

Er beherzigte hier eine Grundregel, die ihm Kommissar Günda immer wieder eingeschärft hatte: niemals als *Noch-deschriftschpreschla* sich dem Dialekt anbiedern!
Als Fremder die hier gebräuchliche Formulierung zu

übernehmen, aber in die Hochsprache umzuwandeln, das hätte Kommissar Gündas Empfehlungen kaum entsprochen und war ein mutiges Experiment mit ungewissem Ausgang.

Dementsprechend verharrte der Angesprochene augenblicklich und sah Freese forschend an. Auch der hielt in der Bewegung inne. Später würde er dem Kommissar berichten, man habe sich in der Folge eine kleine Ewigkeit nicht von der Stelle gerührt. Schließlich holte Freeses beharrlich schweigendes Gegenüber hörbar Luft und stieß das Silbenpaar der Erlösung hervor.

„Alla!“

Trotz der Genugtuung über den im Prinzip gelungenen Versuch steckte Freese in einem Dilemma. Er wusste zwar, wie man angemessen auf *Ou, de anna!* antwortete.
Aber nun hatte er ein anderes Problem: wie übersetzte man *Alla*?

Ihm schwante, dass dieses Geheimnis das Rätsel des Lengard-Mordes überdauern würde.

„Waade Sie uff de Tschief? Dea is schun fortt.“
Marion Helche tauchte vor dem Roten Ochsen auf und gesellte sich zu einem einsamen Sack Kartoffeln.

„Wissen Sie vielleicht, wo ich ihn finden kann?“
„Pf, kä Ahnung. Vleischt issa im Boohof, im alde. Des hoddn als aiig indressiat.“
„Dann mache ich mich gleich mal auf die Suche, vielen Dank auch, Frau Helche!“
Freese zweifelte zwar an der Sachdienlichkeit eines ehemaligen Bahnhofs im Mordfall Lengard, aber ihn trieb die Sorge zur Eile, er könnte in die Verlegenheit geraten, Hand an den

Kartoffelsack zu legen. Was seinem aprikosenfarbenen Anzug kaum gutgetan hätte. Dem ansehnlichen Ergebnis regelmäßiger Maniküre noch weniger.

Marion Helche beobachtete Freeses geschäftigen Abgang belustigt: „Die Buuwe heit! Allweil naföös, als uffm Sprung. Awwa demm soin Bobbes[18] – kamma losse.“

Sie nickte anerkennend, bückte sich, öffnete ein schmales Fenster in Kniehöhe, kippte den Sack mit einer lässigen Bewegung in dessen Richtung, und die Kartoffeln purzelten artig in den für sie seit 200 Jahren vorgesehenen Keller.

---

[18] Po

Unsere Blicke sind beredt. Die menschlichen Augen verraten viel: Interesse, Zuneigung, Verachtung, Bewunderung, Gelassenheit, Müdigkeit, Zorn, Verlegenheit, Liebe …
Sie zeigen, was sich nicht immer aussprechen lässt.

Eine Ausprägung gibt es, die bevorzugt im stabilen Rahmen überschaubarer Gemeinwesen vorkommt: der stier-stur-starre Blick. Zumeist gerichtet auf einen Fremden, noch nie zuvor gesichtet. Einerlei, ob der bloß dasteht, ungerührt wartend, unentschlossen verharrend. Oder ob er sich bewegt, zielstrebig suchend, im Müßiggang flanierend.

Dabei ruht der Blick stets fest auf dem Objekt. Ungerührt. Als wäre der Betrachter für den Beäugten unsichtbar. Es kann geschehen, dass der Beobachter dem menschlichen Gegenstand über den Zeitraum mehrerer Minuten folgt, ohne sich je abzuwenden. Wortlos. Ohne sein Handeln zu erklären oder gar zu rechtfertigen. Warum auch. Denn solches Denken scheint Grundrecht des Einheimischen: *Wassischndolous? Was meschtn derdo? Was gibtn des?*

Das Gesicht des unverwandt Fixierenden kann geradezu ausdruckslos, ja gedankenverloren wirken. Gelegentlich begünstigt durch den erst leicht, dann sich immer weiter öffnenden Mund. Was Wunder, infolge der enormen Konzentration auf das Observieren lassen alle anderen Körperfunktionen nach oder haben gleich jede Tätigkeit eingestellt.

Dass man sich nicht täusche. Alle Informationen werden durchaus weiter aufgenommen. Nur nicht unbedingt verarbeitet. Erklärlich, denn im Vordergrund steht nicht die Einschätzung der Person. Die ist von vornherein unumstößlich. Es handelt sich ohne jeden Zweifel um einen *Sseckl.* Fragt sich eben nur

Was meschtn dea Sseckl do?

Beide treten zwar blicklich in Kontakt, wollen einander indes nicht wirklich nähertreten. Manches Mal verliert der Eindringling die Nerven. Stammelt *Entschuldigung! Habe mich wohl verlaufen.* Oder *Das ist eine Vorbesichtigung! Wissen Sie, ich plane, meinen Jahresurlaub in Ihrem wunderschönen Städtchen zu verbringen.*

Dabei sieht man ihm das schlechte Gewissen schon von Weitem an. Ähnlich wie bei jeder Polizeikontrolle regen sich in der Zielperson automatisch Bedenken hinsichtlich der Rechtmäßigkeit des eigenen Tuns. Panisch wird die jüngste Vergangenheit nach Missetaten durchforscht in der besorgten Erwartung, fündig zu werden.

Darf man hier überhaupt stehen? Ist das Wandeln an diesem Ort statthaft? Können sie meine Gedanken lesen? Waren die wieder alles andere als rein?

Die bloße Anwesenheit macht schon zum Störer.
Das mag der ignorieren, trotzig aushalten oder sich möglichst rasch geknickt von dannen schleichen, selbst wenn er ein triftiges Anliegen gehabt hätte.

Bei allem Lästigen für den Beäugten, es handelt sich um eine besonders offensichtliche Ausprägung sozialer Kontrolle, die man in Großstädten oft schmerzlich vermisst. Auf deren Straßen fällt ein Fremder nicht auf. Weil jeder einer ist. Und bleibt.

Hier dagegen wird jede Veränderung bemerkt. Und ein Unbekannter ist in erster Linie nichts anderes.

Den Glickerbachern muss man an dieser Stelle zugutehalten, dass sie den Fremden nicht mit dem Beäugtwerden alleine lassen. Nach eingehender Betrachtung richten sie unvermittelt das Wort an diesen. Dabei sparen sie sich Begrüßung oder andere Umschweife und beschränken sich wie so oft auf das Wesentliche: *Zwemm?*

Nicht anders erging es Kommissar Günda, als der sich nach einigem Zaudern doch noch aufmachte, das Kremer`sche Elternhaus zu suchen. Ob Peter Lengard sie gekannt hatte? Unsinn. Er war ja erst vor einem halben Jahr nach Glickerbach gezogen. Oder hatte es etwa schon vorher Verbindungen gegeben, die ihn überhaupt erst veranlasst hatten, sich hier niederzulassen? Gänzlich ausgeschlossen war es nicht, dass sich die beiden irgendwo begegnet waren. Aber das musste Jahrzehnte zurückliegen und dürfte für Lengards Tod kaum von Belang sein. Er sollte aufhören, bei allem nach einem solchen Zusammenhang zu forschen.

Ihre Adresse hatte er sofort im Kopf, das Gebäude vor Augen. Allein, er hatte doch Mühe, die Straße zu finden.

Er wartete, bis ihm zwei Frauen seines Alters entgegenkamen. Immer eine riskante Einschätzung – *Isch? Gummi-Twist? Isch glaab shackt!*
Jedenfalls schienen die beiden ortskundig.

„Äh, Sie werre entschuldische, *Kraischgaustrooß*, wu finnischn die?"
„Zwemm?"

Tja. Zu wem wollte er eigentlich? Zu ihren Eltern? Kondolieren? Nach bald 20 Jahren? Am Ende wohnte jetzt ihr Bruder dort. An den hatte er keine guten Erinnerungen.
„Wittsie[19]?", hatte der ihm immer wieder glaubhaft

[19] Willst du sie (Schläge)

entgegengeschleudert, als er ums Haus gekurvt war in der Hoffnung, sie zu sehen.
„Ich geb da glei!", hatte Kommissar Günda unerschrocken entgegengehalten und sich dann doch vorsichtshalber entfernt.

War nun die Zeit gekommen, die alten Versprechen einzulösen? *Hallole, ich bins, de Günda. Hosch grad bissl Zeit? Nänää, nix Bsunnares. Isch waa grad in de Nee un dacht, isch kumm mol voabei un geb da endlisch de Frack voll, wie isch das dorttmols vasproche hab. Dud ma leed, dasses so lang gedauat hot, awwa sis imma was dezwische kumme. Du weesch, wiessis. Wäas rescht jetzat?*

Was wollte er erfahren? Dass er ihr doch etwas bedeutet hatte? Das ließ sich doch viel schöner ausspinnen.

Sie hatten einen Mordfall aufzuklären. Und der erste Schritt war, seinen Frieden mit Sabine zu machen.

„Allo, zwemm?"
„Äh, was annares[20], was seschtn die Ua?"
„Glei zwelfe."
„Ou, dann mussisch awwa. Servela."

Ein wenig verduzt schauten sich die Frauen an, als sich der Kommissar abrupt abwandte. Sie packten dann doch entschlossen ihre kurzzeitig abgestellten Stöcke und machten sich auf den Weg zum nächsten Nordic Walking Parcours.

„Isch kenn denn. Bollezei. Wejem Schorle-Peda."
„Hea uff. Hot dea net mol was mit de Ssabbl ghabt?"

---

[20] and now something completely different

Was ist der Schlüssel zur Aufklärung eines Mordes?
Zumeist das Motiv.
In der großen, weiten Welt mag das jede Form von Gier sein, im Biotop der Sokodo entpuppt sich regelmäßig das Zwischenmenschliche als verhängnisvoll. Dabei gibt es eine Zusammenfügung, die Duldsamkeit, Menschenliebe und Selbstbeherrschung besonders auf die Probe stellt: die Dreier-Konstellation.

Es waren einmal drei Freunde, drei Brüder, drei Elternteile, so beginnen Tragödien.

Nicht immer haben wir die Wahl, aber warum begeben wir uns allzu oft freiwillig in eine Lage, da das Drama unausweichlich scheint?
Ist es der Reiz, der Kitzel, wer ist *de Kees*? Die Herausforderung der permanent möglichen Mehrheitsentscheidung?
Ja.

Sinnvoll, nötig ist das nicht. Aber es macht das Leben allemal interessanter.

Treffe sisch de Kees un de Ex-Kees.
Sacht de Kees: „Ou, pressiats? Was hoschn voa?"
„Isch? Isch geh zum Mogge-Kees."
„Mogge-Kees? Des hawwisch jo noch nie gheat? Denn mussisch ma glei mol oogugge. Alla hopp, do geh isch grad mit."
Wie sie dort sin, sacht de Mogge-Kees zum Kees: „Guggemoldo, de Ex-Kees is aa do."
Regt sisch de Kees glei uff: „Isch, de Ex-Kees? Isch glaab sgeht los. Wea seschtn des?"
Lacht de alde Ex-Kees: „A, alle!"

Sollte es in Glickerbach eine rühmliche Ausnahme geben?

Auf der Bank am Marktplatz finden sich seit Jahr und Tag drei Rentner ein. Das Fahrrad an die Wand gelehnt, ein Korb bereitet *vun denne ihre*[21] mit lauwarmen Bierflaschen und üppigem *Feschba*[22]. Früher hatte man sich um diese Zeit im Roten Ochsen getroffen, doch seit die Frühschoppenkultur im Niedergang begriffen ist, muss man improvisieren.

Da sitzen sie Stunde um Stunde einträchtig *uffm Benkl. Bissl redsche*[23], *bissl bruddle*[24], *bissl sinniere.* Zumeist bewegungslos. Nur der ausgefranste *Stumbe* wandert gelegentlich von Mundwinkel zu Mundwinkel.

Spärliche Dialoge.
„Un, wie?“
„Frog misch net.“
„Un sunscht?“
„Selwa.“

Freese, auf der Suche nach dem Kommissar, hatte den Tipp von der sehr ansprechenden, wenn auch ersichtlich unter Druck stehenden Grundschullehrerin, die sich mühte, eine Horde Kinder im Zaum zu halten.
Er hatte sie sofort entdeckt, im Café Müabs in aller Gelassenheit einen Cappuccino bestellt, den Begriff *gotisch* aufgeschnappt und messerscharf geschlossen, dass die Schule heute eine Exkursion zu den Glickerbacher Kirchen vorsah, um sich anhand lokaler Gebäude erstmals mit den wichtigsten Baustilen vertraut zu machen. Zur Belohnung gab es für die Schülerinnen und Schüler nun wohl ein Eis aus der Klassenkasse.

---

[21] von ihren Ehefrauen
[22] Vesper
[23] tratschen
[24] mäkeln

Freese legte das Geld für den Cappuccino auf das Tellerchen in der Tischmitte und machte sich auf den Weg zur Lehrerin, von der er sich neben nützlichen Informationen ein Lächeln versprach. Er war schon jetzt geneigt, dies als ein einladendes zu verstehen.

Rund zehn Meter galt es zurückzulegen, genauer, zu überwinden. Denn ein ums andere Mal rannten ihm Kinder vor die Füße. Nutzten ihn als Prellbock, als Schutzschild. Wäre er nicht immer wieder ausgewichen, es hätte eine ganze Reihe bedenklicher Kollisionen gegeben.

Würde er Soziologe sein und an einer Studie über die Veränderung von Kinderverhalten arbeiten, er hätte in diesem Mikrokosmos alle Muster für eine grundlegende Analyse vorgefunden.

Denn während noch vor wenigen Jahrzehnten die Kinder im Ergebnis schon ähnlich agierten, rücksichts- und respektlos, war ihnen hier ein solcher Vorwurf gar nicht erst zu machen. Im Unterschied zu diesen vergangen Zeiten, da die Kinder bewusst die Autorität des Erwachsenen in Frage gestellt hatten, ganz, wie in Kindergarten und Schule gelernt – *Hey, du, Erwachsener, nimm mich gefälligst für voll!*–, nahmen diese Kinder ihn gar nicht erst *wahr*. Sie bemerkten nur ein Hindernis.

Hätte Kommissar Günda diesen Parcours zu überwinden gehabt, er würde vermutlich längst seine Dienstwaffe gezückt haben, um mindestens einen Warnschuss abzugeben.

Fritjof Freese jedoch näherte sich für den außenstehenden Betrachter geradezu geduldig dem Objekt seines Interesses.
Was man für Langmut hätte halten können, war in Wahrheit sein Weltbild, das ihm hier zugutekam. Denn Fritjof Freese

erkannte seinerseits zwar die Szenerie als solche, aber die einzelnen Kinder nicht. Nur Hürden. Heimtückisch, beweglich, unberechenbar.

Schließlich hatte er es geschafft. Es erschien eine aparte Blondine, Anfang 30. Soeben richtete sie sich auf, nachdem sie sich an irgendeinem eisverschmierten Gegenstand zu schaffen gemacht hatte, der hartnäckig Laute von sich gab. Es klang wie *voll gemein* und *Furzbeutel*.

Freudige Überraschung war ihr in das hübsche Gesicht geschrieben, als sie Freeses gewahr wurde. Eine Reaktion, die ihm nur allzu bekannt war, die er jedoch immer wieder genoss.
Er wusste um die Weichenstellung, die nun erfolgte. Wobei das Spannende darin lag, blitzschnell zu entscheiden, welchen Typ Wild er vor sich hatte.
Wild, in keiner Weise frauenfeindlich oder erniedrigend gemeint, ganz im Gegenteil. Denn Freese nahm zwar keine Kinder wahr, dafür jedoch alle Frauen. Sofern er sich bei diesen vorstellen konnte, einander gut zu tun. In Ausnahmefällen sogar mehr als ein Mal.
Schon früh hatte er entdeckt, wie ein solcher Anblick etwas in ihm auslöste, für das ihm kein besserer Begriff einfiel als *Jagdfieber*. Lag es da nicht nah, das Objekt *Wild* zu nennen? Und bedeutete es nicht auch, dass jeder eine Chance hatte, selbst die baldige Beute?

Freese entschied sich, mit einer wohlformulierten Frage zu eröffnen und sein eigentliches Anliegen in einen rätselhaft-durchdringenden Blick zu packen.
„Entschuldigen Sie, ich suche den alten Bahnhof, können Sie mir da weiterhelfen?“
„F*** dich!“
„Äh!!! F*** doch deine Mudda!“

Das Vokabular der herumstreunenden Gegenstände ließ nun doch zu wünschen übrig.

„Tut mir leid, ich bin nicht von hier."
„Ja. Das habe ich mir schon gedacht."
Freese hatte gute Erfahrungen damit gemacht, unvollständige Äußerungen von sich zu geben und seinem Gegenüber zu überlassen, die mehrdeutigen Lücken zu füllen.

Das hat er sich gedacht? Tatsächlich? Warum? Weil ich viel zu attraktiv bin für diesen öden Ort?

„Vielleicht können Ihnen die drei Herren dort drüben weiterhelfen!"

Eine Replik, mit der Freese zugegebenermaßen so nicht gerechnet hatte. Er unterließ es, in die angegebene Richtung zu schauen, betrachtete stattdessen weiter sein Gegenüber und deutete ein nächstes Lächeln an. Spontan entschied er sich für das entwaffnende.
„Sorry, ich habe versäumt, mich vorzustellen. Freese, Fritjof Freese, Sokodo. Kriminalpolizei."
Glücklicherweise musste Kommissar Günda nicht mitanhören, wie seine o-Laute gerade sträflichst vereinheitlicht wurden.

„Dann sind Sie bestimmt wegen des Mordes in Glickerbach hier, wir sind alle ganz entsetzt."
Lächeln langsam zurückfahren, Stirn in leichte Sorgenfalten legen.
„Wir stehen noch ganz am Anfang unserer Ermittlungen."
Pause.
Freese erwog eine Veränderung der Taktik, der Gesichtsausdruck dieser Frau ließ seltsamerweise alles an ihm Interessierte vermissen.

„Ich bin Ihnen für jeden Hinweis dankbar. Vielleicht haben Sie etwas Ungewöhnliches bemerkt …“
In Klammern: mich.

Er musste ihr wohl etwas auf die Sprünge helfen. Sie schien ihm nicht recht bei der Sache. Möglicherweise konnte sie sich infolge der spitzen Schreie, die um sie herum gleich aus verschiedenen Richtungen gellten, nicht genügend auf ihn konzentrieren.
„Meine Karte. Falls Ihnen etwas einfällt. Ich …“
Augenaufschlag.
„… stehe jederzeit …“
Augenlider langsam senken.
„°… zu Ihrer Verfügung.“
„Danke.“
Endlich der Anflug eines Lächelns.
„Und ich dachte zuerst, Sie seien ein Vater und wegen der Kinder hier.“
„Kinder? Welche Kinder?“, erwiderte Freese, und nun kam ihm zugute, dass ihn Frauen gerne überschätzten. Sie hielt seine Bemerkung für ein geistreiches Kompliment, mit dem er elegant sagen wollte, er habe nur Augen für sie.

„Ich melde mich“, entgegnete die Junglehrerin und steckte die Karte in ihre Umhängetasche, „wenn mir etwas einfällt.“

Sie dachte: „Bestimmt verheiratet. Leider.“
Er dachte: „Verheiratet? Hoffentlich.“
Beide lächelten sie zum Abschied.

„Entschuldigung, können Sie mir sagen, wo der alte Bahnhof ist?"
Drei Augenpaare starrten ihn an.
Freese ließ ein wenig Zeit verstreichen, falls die Herren sich erst untereinander beraten wollten.

„Der ehemalige Bahnhof von Glickerbach. Soll hier ganz in der Nähe liegen. Den suche ich."
Stille.
„Der Baaahnhoooof. Wohooo?"
Vielleicht musste er sich in Anbetracht des fortgeschrittenen Alters auf das Wesentliche konzentrieren, dabei lauter und deutlicher sprechen.

„Is doin Vadda Glasa?"

Erst jetzt fiel Freese auf, dass die drei Männer ihn gar nicht ansahen, sondern vielmehr durch ihn hindurchzublicken suchten.
Als er sich umdrehte, erkannte er, wonach sie Ausschau hielten.
Es war die junge Lehrerin, die ihre Schüler nun gestenreich vor sich hertrieb.
Freese tat einen Schritt zur Seite.
„Endlisch!"

Alle vier verfolgten nun, wie die bunte Schar in einer Gasse verschwand.
„Jetz issi fortt."
„Klähna Hunga?"
„Ä-ä. Doscht wie en Frosch."
„Äh, was suchsch du nochmol?"
„Ich suche den alten Bahnhof."

Die Männer nickten wissend.

„De Boohouf, de alde …“
„Ach Gottl, is des lang hea …“
„Do keent isch Gschischtlin vazehle …“
„Mir würde schon genügen, wenn Sie mir den Weg zeigten.“
„Alla guud, kannsch hawwe …“
„Dann deed isch mol saache …“
„Hogg disch!“

Gut zwei Stunden später war Fritjof Freese gesättigt, leicht beschwipst, aber auch um etliche Informationen reicher.
Er machte sich auf den Weg, Kommissar Günda Bericht zu erstatten. Dabei fiel ihm auf, dass er bei aller frisch gewonnenen Kenntnis immer noch nicht wusste, wo sich dieser ehemalige Bahnhof befand.

Doch er hatte Glück.

„A, wu schdeggschn du als? Hosch disch vaschdegglt?"
„Ermittlngn, Schief. Alles … im Dienst der … Wahrheits…finnung."
Kommissar Günda erkannte sofort, dass sein Assistent auffallend guter Dinge war, und zog die im Prinzip richtigen Schlüsse: „Vasteh schun. Bissl de Lengard mache, hä? Bissl Schorle teschde?"
Die Antwort ging in einem unverständlichen Genuschel unter. Gerade wollte Kommissar Günda die unverhoffte Gelegenheit nutzen, Freese weiter auf den Zahn zu fühlen, als sich eine schwere Hand auf seine rechte Schulter legte.

„Des gibts net! Isch wärd Härsch!"

Kommissar Günda schaute in das strahlende Gesicht eines mittelgroßen, mittelschweren Mannes mittleren Alters.
„Un, kennsch misch noch?"

In Gedanken ging der Kommissar die Kartei der unzähligen im Laufe des Lebens Verlorenen und Vermissten durch und entschied sich, um Zeit zu gewinnen, für die Offensive.
„Klaaro. Bruusl, Hochsischaheitsdrakt, dridda Stock, hinne reschts."
„Hahahahaaa! Kumm hea, loss disch mol drigge! Des muss gfeiat werre. Auf! Wärsch eiglade. Doin Soohn, hä? Sauwa! Denn nemma grad mit!"
„Moin Soohn? Des wüssdisch awwa …"

Doch diese Richtigstellung ging bereits im Vorfreudentaumel unter. Die gegenüberliegende Metzgerei Hornig wurde zur unverhofften Wiedersehensfeier auserkoren, und noch ehe einer der beiden Überrumpelten etwaige Bedenken äußern konnte, galt es, die Bestellung aufzugeben.
„Un, was kriggdan, Buuwe?"

„Isch nämm die Rindsworscht."
„Un ihr zwee?"
„Die aa!"
„Un dodezu?"
„Weck."
„Un dodezu?"
„Kraut."
„Un dodezu?"
„Sempf. Awwa vun demm schaafe. Eckschdra."

Weder Kommissar Günda noch sein Begleiter mussten Wesentliches zu dieser Feierstunde der besonderen Art beitragen. Eine Anekdote reihte sich an die andere. *Weesch des noch? Gedenkt dia des noch? Un jetz des Beschde!"*
Kommissar Günda wusste die nicht enden wollenden Episoden mit Bemerkungen wie *hammia glacht* oder *des derfsch kähm vazehle* trefflich zu würzen.

Das Bild seines Chefs nahm erstaunliche Konturen an.
Etliche Schilderungen ließen Freese an *Hangover* I bis III denken.

Dabei handelte es sich nicht etwa um aufschneiderische Erzählungen in trunkener Runde. Die Metzgerei Hornig verfügte bei Getränken nur über eine begrenzte Auswahl. Man entschied sich für *Kackaoo.* Mit Strohhalm. Ohne Freese.

„Hea uff, isch kann nimmi!"
Schon mehrfach hatte Kommissar Günda diesen schönen Schluss erfolglos angeboten. Dank der resoluten Erika Hornig war er diesmal von Erfolg gekrönt.
„Männas, Feiaoowed!"
„Schun? Noch ää Rindsworscht, soä klähni. Bidde!"
„All."
„All all?"

„All all.“
„Alla guud!“

Vor dem Schaufenster mit dem lachenden Schweinskopf herzte man sich ein letztes Mal und versprach einander das baldige Wiedersehen.
„Dann awwa mit Foddoo. Un Ffffideeeooo!“
„Uubedingt!“

Fritjof Freese, dem die Nahrungsaufnahme konzentrations- wie artikulationsmäßig zugute gekommen war, wunderte sich, wie entspannt und vergnügt Kommissar Günda trotz dieser Enthüllungen vor den Ohren seines Assistenten blieb. Das sprach für ein ungewöhnliches Vertrauensverhältnis. Freese fühlte sich geschmeichelt und mochte sich eine abschließende Frage nicht verkneifen.
„Tschief?“
„Hm.“
„Wer war das eigentlich?“
„Frog misch mol was Leischdares!“

Ein Hahnenschrei ertönte. Das Geräusch kam aus Freeses Sakko. Genauer aus dessen Smartphone, das er mit zwei Fingern aus der Innentasche fischte. Er warf einen kurzen Blick auf den für Kommissar Günda viel zu winzigen Bildschirm.
„Die Erinnerungsfunktion. Wir haben einen Termin. Im Rathaus."
„Äh, was annares", Kommissar Günda fürchtete, sein Assistent könnte die alkoholbedingte Beeinträchtigung bald vollends überwunden haben, und setzte deshalb unvermittelt zur Offensive an: „Äh, isch deed misch mol gärn indressiere …"
„Ja, Tschief?"
Fritjof Freese wirkte wieder bis in die sorgsam gegelten Haarspitzen motiviert. Es war Eile geboten.

„Du woohnsch also noch bei de Muddi …"
„Darüber scheinen Sie gar nicht hinwegzukommen, Tschief. Haben Sie so ein schlechtes Verhältnis zu Ihrer Frau Mama?"
„Nänää, awwa, wenn isch mol froore derf, Freundin oder so, des geht dann awwa net, odda?"
„Tschief, ich bin kein Kostverächter. Es gibt die eine oder andere, sagen wir, zeitweilige Begleiterin, das wechselt je nach Anlass und Stimmung. Yvonne, Jaqueline, Alena. Gerade habe ich mit einer Birgit ein ausgesprochen intensives Wochenende erlebt."
„So genau wollt ich des gaa net wisse. Mich deed mol indressiere, die Fraue, die finne des in Oddnung? Du, äh, ia owets zamme voam Fänseh. Un die Muddi macht dann so bissl Schniddsche."
„Die Zeiten ändern sich, Tschief, die Lebensformen auch", grinste Freese. „Sie haben vermutlich in einer schmuddeligen WG gelebt, das wäre nichts für mich. Bei meinen Altersgenossen weiß man das Mehrgenerationenprinzip eben wieder zu schätzen."
„Hm. Un Fammillie? Kinna?"

„Später."
„Wann? So mit fuchzisch, seschzisch ..."
„Wieso nicht? Die medizinischen Möglichkeiten werden immer besser."
„Dann so Vadda un Großvadda in ähm Uffwasch. Sauwa. Un wie finsch du dann dodezu die Fraa?"
„Sie sind schon ein bisschen weltfremd, Tschief. Dafür gibt es Agenturen. Ich suche ja auch heute schon meinen Sitznachbarn im Flugzeug nach den entsprechenden Angaben aus: *Plaudertasche*, *Leseratte*, *blasenschwach*."
„Un wu bleibt dann die Ramondik?"
„Aber das ist doch total spannend. Die Begegnung mit einem Idealpartner. Aus Millionen Daten gefiltert, kein Zufallsfund, keine Laune der Natur, und die schöne Gewissheit, ich habe noch ein Dutzend weitere Volltreffer auf meiner Liste. Im Übrigen, Tschief, Liebe auf den ersten Blick, im Supermarkt, in der Kantine? Die heutige Scheidungsquote spricht nicht gerade für die Zukunftsfähigkeit dieses Modells."

Lag Freese in dieser Hinsicht am Ende richtig?
Nach vielen Jahrzehnten mangelnder Zeit und nicht zuletzt fehlenden Interesses hatte Kommissar Günda vor Kurzem ein Klassentreffen besucht. Er scheute diese Leistungsschau, die es in seinen Zwanzigern gewesen war. Erfreulicherweise hatte man nun offenbar ein Alter erreicht, in dem man sich bei solchen Gelegenheiten nichts mehr vorzumachen brauchte. So stellte sich unter anderem heraus, dass einzig denen die Scheidung erspart geblieben war, die nie geheiratet hatten.
Wie sah es bei ihm aus? Gemessen an der Häufigkeit, mit der Kommissar Günda zumindest zart zu entflammen war, ließen die daraus entstehenden Beziehungen in der Tat zu wünschen übrig. Bindungsangst konnte man ihm dabei nicht vorwerfen. Selbst wenn er die haben sollte, was er nicht glauben wollte, sie spielte keine Rolle. Das Ende kam regelmäßig zuvor.

Mittlerweile hatte er den Verdacht, er könnte sich mit der Idee einer großen Liebe als solcher begnügen. Aber dennoch, ist die Suche danach nicht das, was uns am Leben hält? Lebenslang?

„Was annares", Kommissar Günda spürte einen Anflug von Melancholie und wollte seinen Assistenten lieber nicht daran teilhaben lassen, „äh, was hosch du eigendlisch gmacht die gonz Zeit?"
„Na, ich habe Sie gesucht, Tschief. Und bei der Gelegenheit selbstverständlich weiter recherchiert."
Der unverhoffte Gedanke an die junge Lehrerin beflügelte Freese.
„Des muss jo aiig indressant gwest sei, was die Alde dia alles vazehlt hawwe."
„Die? Nein, die haben mir nur einen Vortrag über die Geschichte des ehemaligen Bahnhofs gehalten, das war unergiebig. Muss früher mal eine Diskothek gewesen sein. Was man hier Diskothek nennt. Ein biederer Tanzschuppen für die Dorfjugend wahrscheinlich. Der eine hat den Laden übrigens von seinem Vater übernommen. Musste ihn aber nach ein paar Jahren dichtmachen und verkaufen."
„Wella?"
Kommissar Gündas Interesse war geweckt.
„Der in der Mitte."
„Der mim Stock? De Glatzkopp mim gröggschde Ranze un middem roude Bollezinge[25]?"
„Genau. Wieso?"
„Sauwa."

Nicht alle Reaktionen erschlossen sich seinem Assistenten, Freese hatte sich damit abgefunden. Was den Kommissar in diesem Moment strahlen ließ, musste ihn wahrscheinlich nicht

[25] Knollennase

kümmern. Einzig der ungewohnte, fast schon hämische Zug um die Mundwinkel hätte ihn veranlassen können nachzuhaken. Bei Gelegenheit würde er das tun. Jetzt jedoch galt es, sich zu sputen.
„Tschief, ich darf Sie erinnern, wir haben einen Termin."
„Alla hopp, du fäasch."

Die Wege in Glickerbach waren kurz, doch es hatte zu nieseln begonnen, und Kommissar Günda hatte noch eine Rechnung offen. Er nahm sich der Bedienung des Navigationssystems an.
„Roothaus!"
„Das Ziel ist nicht bekannt."
„Gibts des? Roothaus! Roothaus! Roooothaus!"
„Tschief, vielleicht hat das Navigationsgerät Schwierigkeiten, Sie zu verstehen?", gab Fritjof Freese vorsichtig zu bedenken.
„Schwierischkeide? Mit mia? Demm gebb isch!"
Spracherkennung aktiviert.
„Allo: Rooothaus!"
„Das Ziel ist nicht bekannt."
„Soll ich vielleicht mal …?"
„Kummt net in Froog! Des Nafffiii muss des druffhawwe. Mia wolle jo schließlisch net zum Aldi."
„Bitte, fahren Sie die angegebene Route."
„Sicksch, geht doch."

Zwei Minuten später fanden sich die Ermittler am Stadtrand, direkt vor dem örtlichen Aldi-Markt.
„Wu wolldan hie, Buuwe?"
Wie ein guter Engel tauchte Marion Helche auf, einen Einkaufskorb im rechten Arm.
„Uffs Roothaus."
„Roothaus? Zwetta bis fimfda Stock."
„Do gugg noo. Roothaus iwwam Aldi? Des hawwisch aa noch nie gseä."

In nüchternen Worten fasste Marion Helche die Entstehung dieser eigenwilligen Kombination zusammen.
Im Zuge der Planung eines Einkaufszentrums hatte es einen Wettbewerb gegeben, den ein Münchner Stararchitekt für sich entschied, der bereits die Mailänder Scala auf Ibiza sowie ein offenes Eisstadion in Dubai gebaut hatte. Als dieser verständlicherweise seine gesamte Kapazität auf die Errichtung eines Meerwasseraquariums auf dem Watzmann konzentrieren musste, sei federführend sein ambitioniertes Praktikantenkollektiv irischer Austauschschüler eingesprungen. Deren flugs entworfener Multifunktions-Palace *Glickerbach-Superb* habe drei Jahre leergestanden, nachdem wider Erwarten weder Lagerfeld, Prada, Joop noch Bentley oder Bucherer Interesse gezeigt hatten. Als sich im vierten Jahr weiterhin ausschließlich Wettbüros und Hundefutterdiscounter für eine Anmietung bewarben, habe man kurzentschlossen gehandelt. Wenn man schon ein neues Zentrum baue, dann gehöre dort auch das Rathaus hin.
Der Umzug der Bediensteten habe sich jedoch hinsichtlich der Zumutbarkeit als unerwartet schwierig erwiesen. Bis heute – immerhin fünf Jahre nach dem offiziellen Umzug – seien lediglich 17 Prozent der Verwaltung im neuen Rathaus untergekommen; dabei handele es sich ausschließlich um Akten. Dies führe dazu, dass mehr als die Hälfte der Mitarbeiter mehrmals täglich zwischen altem und neuem Rathaus pendelten – Motto *Lebendige Verwaltung*.

„Un jetzat, wu solle ma hie?“
„Der Bürgermeister möchte uns sprechen …“
„Ä-ä.“
„Der Hauptamtsleiter möchte einen Fototermin …“
„Foddo? Aba.“
„Und natürlich der hiesige Polizeiposten.“
„Dea Sseckl waa doch selwa am Tatortt, odda?“

„Schon, aber er möchte, dass wir zu ihm ins Büro kommen."
„Vun mia aus."

Sie hatten Glück. Hauptwachmeister Vanacek war soeben eingetroffen, hatte jedoch noch allerlei aufzuarbeiten. Schwerer Mundraub während des Wochenmarktes. Spargel roh.

Als sich die drei endlich der Tätersuche widmeten, konnte es sich Vanacek nicht verkneifen, Lengards Tod immerhin etwas Positives abzugewinnen. Dessen Zuzug habe schließlich einen Schwerstkriminalitätsbereich geradezu exponentiell ansteigen lassen: Ruhestörung durch laute Rockmusik nach Einbruch der Dunkelheit. Das habe nun hoffentlich ein Ende.
Kommissar Günda runzelte die Stirn.
„Sou viel Fäll?"
„Enoam."
„Un voahea?"
„Zwee im Joa, höckschdns."
„Un mim Schorle-Peda?"
„Ach Gott", Hauptwachtmeister Vanacek zögerte, überschlug in Gedanken die Vorkommnisse. „Viere."
Der Kommissar holte tief Luft, griff in seine Hosentasche, löste einen eingeschweißten Miniblock aus der Cellophanierung, warf diese zielsicher in den Papierkorb vor dem Fenster, leckte behutsam die Spitze eines knapp drei Zentimeter kurzen Bleistifts an und machte sich Notizen. Freese beobachtete, wie Vanacek zum Telefonhörer griff und eine dreistellige Nummer wählte.
„Dooris? Isch bins."
Es konnte offenbar nur einen geben, der sich so meldete, denn, ohne eine Antwort abzuwarten, kam er zu seinem Anliegen: „Du kannsch die Supp uffsetze, bin glei do … Nää. Nix weidas … Nix Bsunnares. Alla."
Die beiden Ermittler schauten sich an, einträchtig überzeugt,

hier nichts Wesentliches mehr zu erfahren, und erhoben sich entsprechend ohne Schwung und Zuversicht, als Hauptwachtmeister Vanacek unerwartet nachlegte: „Mia wähle jo ball.“
„Interessant. Wahlen. Das soll es in einer Demokratie geben.“
Freese zeigte wieder eine Anwandlung von Arroganz. Zu Kommissar Gündas Leidwesen, denn er fürchtete, dies könnte zu unnötigen atmosphärischen Störungen mit der Glickerbacher Ordnungsmacht führen.
Diese aber fuhr ebenso unbeirrt wie kryptisch fort: „Wähle. Des is jo soe Sach …“
„Skummt imma druff oo …“, ermutigte ihn Kommissar Günda, der spürte, dass Vanacek mit sich rang.
„Des stimmt. Wähle kamma blouß, wemma wähle kann …“
„Ja, nicht jeder hat bei uns das Wahlrecht. Und das ist auch gut so. Das Staatsbürgerrecht“, begann Freese zu dozieren, „setzt aus gutem Grund Volljährigkeit und …“
Kommissar Günda unterbrach den Vortrag rüde: „Stimmt, wähle kamma blouß, wemma wähle kann. Wemma was zum Wähle hot, bessa gsacht.“
Pause.
„Denn Schorle-Peda, denn kamma jo nimmi wähle.“
Hauptwachtmeister Vanacek verschränkte die Arme hinter seinem Kopf.
„Wähle kamman schun. Awwa sbringt nix“, bestätigte Kommissar Günda.
In einer einzigen Bewegung ließ Vanacek den Stuhl nach hinten rollen, beugte sich nach vorn, legte die Hände gefaltet auf die Schreibtischunterlage und raunte mit gesenkter Stimme: „Isch deet mol zum Rentschla geä. Rudolf Rentschla. Dea will was werre in Gliggabach. Awwa …“
Die Pause geriet bedeutungsschwer und für Kommissar Günda etwas zu lang: „… du hosch nix gsacht.“
„Gönau.“

„Meine Herren, was kann ich für Sie tun?“

Hinter einem wuchtigen Schreibtisch saß ein entspannter Mann um die 50, lehnte sich in seinem Sessel zurück, was dessen dunkles Leder mit einem behaglichen Schmatzen quittierte. Rudolf Rentschler faltete die Hände erwartungsvoll und legte sie in seinen Schoß.
„Due!“, Kommissar Günda bedeutete seinem Assistenten, die Befragung vorzunehmen.
„Herr Rentschler, Sie wissen, weshalb wir hier sind?“
„Nicht so recht, offengestanden. Es gab einen Toten in dieser Gemeinde, Peter Lengard. Ich kannte ihn, allerdings eher flüchtig und nicht privat. Ich beginne ohnehin erst, mich mit den Gegebenheiten und Menschen hier vertraut zu machen, ich wohne noch in Mannheim, genauer gesagt, in Käfertal, dort habe ich auch meine Kanzlei.“
„Sie sind Anwalt?“
„Ganz recht.“
„Nun, für Anwälte ist es ja heutzutage auch nicht mehr so leicht“, legte Freese ungebeten dar. „Freunde von mir, alles Jahrgangsbeste, haben es vorgezogen, in überregional tätige Großkanzleien einzusteigen. Als Einzelkämpfer hingegen … Viele ringen ums Überleben. Oder arbeiten lieber gleich in der Gastronomie.“

In solchen Momenten konnte Kommissar Günda Freeses Gesprächsführung durchaus etwas abgewinnen. Beim Angesprochenen keimte offenkundig ein Unbehagen.
„Das kommt immer darauf an“, er suchte die angemessenen Worte und blieb im Ungefähren, „ich glaube, die Zeiten sind für uns alle schwierig.“
„Herr Rentschler, ist es richtig, Sie haben sich für das Amt des Bürgermeisters in Glickerbach beworben?“
„Ja, in der Tat.“

„Warum?“
Ein schneidender Unterton war in Freeses Stimme geraten.
„Nun, abgesehen davon, dass ich Ihnen keinerlei Rechenschaft schuldig bin und es überdies nichts Ehrenrühriges ist, ein solches Amt anzustreben, betrachte ich dies als Gelegenheit, eine neue berufliche Herausforderung anzunehmen.“
„Spielt Ihre gerade erfolgte Scheidung dabei eine wie immer geartete Rolle?“
Rudolf Rentschlers Gesichtszüge entglitten ihm für den Bruchteil einer Sekunde.
„Ich wüsste nicht, was mein Privatleben hier zur Sache tut, aber in der Tat, die Kinder sind aus dem Haus, meine Frau und ich haben uns schon geraume Zeit auseinandergelebt. Dieses lediglich abschließende Ereignis der Scheidung stand meiner Kandidatur allerdings nicht unbedingt im Weg. Wenn Sie verstehen, was ich meine.“
Rentschler suchte den Schulterschluss unter Männern. Vergebens.
„Wie viele Kandidaten gibt es eigentlich für das Bürgermeisteramt?“
Freese kostete den Weg zum längst erkorenen Ziel aus.
„Drei. Ein Tierschützer aus Kaltenbronn und dieser Lengard.“
„Sie sind, Sie waren also Konkurrenten?“
„Wenn Sie darauf hinauswollen, dass ich ein Interesse an Lengards Tod gehabt haben könnte, so muss ich Sie leider enttäuschen“, Rentschlers anfängliche Aufgeschlossenheit wich Verärgerung. „Seine Aussichten waren verschwindend. Sein Wahlprogramm war an Lächerlichkeit kaum zu überbieten. Es gab, es gibt einen eindeutigen Favoriten. Mich. In aller Bescheidenheit. Und nun würde ich mich gerne wieder meiner Arbeit zuwenden.“

Nach dieser gelungenen Vorarbeit nahm Kommissar Günda seinerseits den in die Defensive Geratenen ins Visier.

„Äh, was annares, wie viel Leit wuhne eigendlisch do?"
„Wie viele Einwohner Glickerbach hat? Zirka 8000."
Rentschler witterte sicheres Terrain.
„Mähna[26] Evangelische wie Gadohlische?"
„Bei den Wahlberechtigten, darauf spielen Sie wohl an, ja. Da beträgt das Verhältnis 60 zu 40."
„Hm. Un was sin Sie?"
„Katholisch, soweit man das als Geschiedener noch für sich in Anspruch nehmen kann."
„Sauwa. Schääna Owett."
„Ja."

Rudolf Rentschler schloss die Tür und hielt die Türklinke einen Moment länger umfasst als nötig.

---

[26] mehr

„Eine Granate!"
„Wue?"
„Na, hier", Fritjof Freese deutete auf den Plakatständer mit Rentschlers Konterfei vor der Apotheke.

„De Ruddl? Ä Granaad? Mea soe Dischlfeiawäiik[27], deedisch saache."
„Nun, immerhin ist der Kandidat Rentschler in der gesamten Stadt mit seinen Wahlplakaten präsent. Und wie! Sympathisch-energischer Gesichtsausdruck, die linke Hand lässig in der Hosentasche, Dreiteiler, offenes Hemd, dezente Bräune. Ein zupackender Macher. Und den Slogan dazu finde ich ausgesprochen stark: *fit for future.*"

Kommissar Gündas Begeisterung für den selbsternannten Wahlfavoriten hielt sich in Grenzen. Und er musste sich schon etwas wundern über Freeses offenkundigen Sinneswandel.

„Fitfa Fjuudscha? Des hawwisch schun mol gheat … isch kumm grad net druff. Wokkmähn[28]? Noodldrugga[29]? Asse zwee?"
„Ist ja egal, es geht um die Botschaft. Future für Glickerbach und als Bürgermeister ein Typ, der keinen Zweifel daran lässt, dass er selbst so was von fit diesbezüglich ist. Ich finde, das ist ein erstaunlich zeitgemäßer Wahlkampf für die Provinz. Diese Plakate könnten genauso gut in Heidelberg oder Mannheim hängen."
„Saach blouß, du deedsch denn wähle."
„Ich? Ich gehe nie wählen."
„Indressand. Hosch du net grad voahien was gebabbelt vun weje Demogradie?"

---

[27] Tischfeuerwerk
[28] Walkman
[29] Nadeldrucker

„Demokratie? Das ist eine weltfremde Idee für Romantiker. Was wir endlich brauchen, das ist eine kompetente Geschäftsführung."
„Dann wähl hald die."
„Geht nicht. Die gibt es nicht. Zur Wahl stehen Politiker. Und Politik, das ist langweilig, Alles, was dabei herauskommt, sind faule Kompromisse. Dann das ewige Gezänk der Parteien, das Geschacher um Posten. Was meinen Sie, warum bestimmte Firmen erfolgreich sind? Weil sie eben keine Kompromisse eingehen. Politik wird für mich erst wieder interessant, wenn es nicht mehr um Politik geht."
„Hosch du dia des ausgedenkt?"
„Selbstverständlich. Aber ich stehe damit beileibe nicht allein. In meinem Freundeskreis herrscht diesbezüglich Einvernehmen. Das jetzige System hat keine Zukunft."
„Awwa ganz guud gehts eisch schun dodebei, odda?"
„Das steht uns ja wohl auch zu. Aber mir geht es um die Perspektive. Schon vergessen, Tschief? *Remember the future!*"
„Hm. Un was machsch du dodefoa? Außa net wähle."
„Beobachten. Kritisch. Bisweilen veröffentliche ich auch etwas in meinem Blog. Also jetzt nicht wie Sie mit Ihrem Block ...", Freese lächelte nachsichtig, „ich veröffentliche im Internet meine Kommentare. Kritisches Begleiten, das ist heute erste Bürgerpflicht."
„Un finsch du manschmol aa was guud?"
Freese dachte nach.
„Nein. Eigentlich nicht."
„Awwa denn Rentschla, denn finsch du guud."
„Ach so", Freese zeigte ein Gutteil seiner regelmäßigen Zähne, „nein, das haben Sie missverstanden. Gut finde ich den selbstverständlich nicht. Bloß die Kampagne gefällt mir. Rein handwerklich."
„Hm. So hawwisch des noch gaa net gseä", Kommissar Günda schien wenig beeindruckt. „Un die Gliggabacha wahrscheins aa

net."
„Woher wollen Sie das wissen? Haben Sie sie dazu befragt?"
„Freese, fällt dia nix uff?"
„Inwiefern?"
„Gugg mol, des is des ähnzische Plagaad, des wu uffm Bodde steht. Alle annare hänge drowwe. An Bääm, Ladänne, Ambl. Was mähnschen, wisso dass die so houch hänge misse?"
„Für die bessere Sichtbarkeit, das liegt doch auf der Hand."
Kommissar Günda schüttelte nachsichtig den Kopf.
„Aba. Die misse so weit drowwe hänge, dass kähna drookummt un was druffschmiat."
Fritjof Freese blieb skeptisch.
„Das kann ich mir nicht vorstellen. Schauen Sie, Tschief, dieses Plakat hier steht zu ebener Erde, und ich kann keinerlei Verunstaltung erkennen."
„Des stimmt, jetzt seh ischs aa grad."

Kommissar Günda zückte einen Stift und bückte sich.
„Tschief, Sie wollen doch nicht etwa ... Das ist Sachbeschädigung."
Kommissar Günda grinste verschmitzt.
„Nää. Des is Kunscht. Jeda wieas druff hot. De ähne mescht Bloggales, de anna liewa Molales."

Aus der Apotheke kam eine junge Mutter, ein Baby auf dem Arm. Freese drängte angesichts des verfremdeten Plakates – Rentschler erinnerte nun an den Sänger von Motörhead – zum Aufbruch.

„Müddas indressiere disch net so, gell? Abgseä vun deinari."
Doch Freese hatte bereits die Straße überquert und deshalb Kommissar Gündas Spitze gar nicht erst vernommen.
„Geh narre schun mol voa, isch muss grad nochmol ind Abdeeg", beschied er seinen Assistenten der guten Ordnung

halber, auch wenn er nicht überzeugt war, ihn mit seinem Zuruf zu erreichen.

Freese zückte sein Smartphone, versah das Gerät mit einigen Tupfern, gelegentlich begleitet von einem kurzen Auflachen, und machte sich schließlich auf in Richtung Lagezentrum.

Dieser Kommissar Günda …
Freese lächelte in sich hinein. Er hatte etwas Rührendes in seiner hoffnungslos aus der Zeit gefallenen Art. Für Freese war jede Begegnung mit ihm wie ein Eintauchen in die Vorvergangenheit. Kam vielleicht hinzu, dass sie als Sokodo nun nicht gerade in angesagten Milieus ermittelten. Er passte wirklich sehr gut nach Glickerbach, der Kommissar. Auslaufmodelle unter sich.
Das hatte mit der übrigen Welt da draußen nichts zu tun. Ob er das selbst wusste? Oder wenigstens ahnte?

Gleichwohl, zu unterschätzen war er nicht. Mochte er an Reputation im Hause eingebüßt haben, Kommissar Gündas Instinkt, seine Menschenkenntnis hatten anerkanntermaßen nicht gelitten. Auch wenn seine Wege meist chaotisch verschlungen waren und etliche Sackgassen nicht aussparten, letztlich ließ seine Aufklärungsquote selbst hartnäckigste Kritiker verstummen.

Nachdem er das früh erkannt hatte, ertappte sich Freese immer wieder dabei, wie er diesem eigenwilligen, kauzigen Typen etwas entlocken wollte, was am ehesten als väterliches Lob zu umschreiben war. Auch wenn Freese diese Formulierung nie anderen gegenüber gebrauchen würde.

An was er sich dagegen erst langsam gewöhnen musste, das war Kommissar Gündas Humor.
Er erinnerte sich gut an seinen ersten eigenen *Fall.* Wie ihn sein

Chef in der Kantine beiseite genommen hatte.
„Hoisch, Freese. Isch hab was fa disch, isch glaab, du bisch schun so weit."
„Endlich", hatte er gedacht und augenblicklich von seinem Risotto abgelassen. „Wird Zeit, dass man mich ernst nimmt."
„Do hawwe sisch schun viel die Zäh ausgebisse."
Fritjof Freese hatte sich geschmeichelt gefühlt, sich aber nichts anmerken lassen.
„Ich weiß nicht recht, ich bin ja noch neu, und gleich so ein großer Fall?"
„Soggaa en ganz grouße, moin Liewa. Vleischt de gröggschde im Haus iwwahaupt."
„Aha. Worum gehts?"
„Unaklärlisches Vaschwinne. Spurlos, so gsacht."
„Wo?"
„A, do!"
„Hier im Haus???"
„Hm."
„Einfach verschwunden?"
Bedrücktes Nicken.
„Un net des äschde Mol."
„Mir nichts, dir nichts, keine Nachricht?"
„Ä-ä."
„Aus welcher Abteilung?"
„A, iwweraal, uff jedari Edaasch."
„Das gibts ja gar nicht. Und wieso ist davon nichts an die Öffentlichkeit gedrungen?"
„Pf, des indressiat doch kähns, was bei uns als los is."
Schicksalsergebenes Seufzen.
„Das kann doch nicht wahr sein. Da verschwinden Menschen, und alles, was der Gesellschaft dazu einfällt, ist Gleichgültigkeit?"
„Wea is vaschwunne?"
„Na, Kolleginnen und Kollegen, brav, redlich, ihre Pflicht

erfüllend, zack, weg. Am Ende sogar Erleichterung, weil Planstellen eingespart."
„A so, Freese, nänää, Menschlin sin net forttkumme."
„Sondern?"
Drucksen.
„Personalakten?"
„Ä-ä."
„Geld?"
„Aba. Schlimma."
„Etwa Drogen, am Ende Waffen aus der Asservatenkammer?"
„Nää. Klopapia."

Der Fall blieb ungeklärt. Die Diebstahlserie hatte jedoch ein jähes Ende gefunden, nachdem man einer Empfehlung des Wirtschaftsministeriums gefolgt war, wo einem vertraulichen Vermerk zufolge ähnlich dramatischer Schwund zu beklagen gewesen war.

Abhilfe hatte ein radikaler Umstieg gebracht. Von drei- auf einlagig.

Während Freese das Verhältnis zu seinem Vorgesetzten überdachte, machte der sich daran, einem beiläufigen Hinweis seines Assistenten nachzugehen.

Eine Modedroge für Senioren.

Ehe er im zuständigen Dezernat schlafende Hunde weckte, würde er sich bei den Fachleuten vor Ort erkundigen. Bestimmt zählte Lengard zu den Stammkunden dieser Apotheke.

„Hosch die Kränk?“

Wie lange hatte Kommissar Günda das nicht mehr gehört. Er war drauf und dran, dem Sprecher vor Dankbarkeit um den Hals zu fallen.

Was wie die pure Distanzlosigkeit daherkam, war in Wahrheit echtes Interesse am Mitmenschen. Hier wurde nicht geheuchelt, nicht vorsichtig verklausuliert. Klare Frage, klare Antwort.
Hosch die Kränk?
Nein, ich beuge nur vor.
Aa, vasteh schun. Was hoschn fascht?

Diskretion gehört zu den Dingen, die in Glickerbach und im Dialekt allgemein klein geschrieben werden. Sehr klein.
Nicht jeder kommt damit zurecht. Wen geht das etwas an?
Halt, keine falschen Schlüsse. Es gibt auch hier klare Grenzen. *Hosch die Kränk?*, das bezieht sich auf harmlose Krankheiten wie *bissl vakält.*

Stehen beim Angesprochenen erkennbar Schmerzen im Vordergrund, lautet dagegen die durchaus mitfühlende Frage: *Hosche Wehwehle?*

Entsprechend beklagt man an dieser Stelle *Kopfweh*, *Zoohweh*, *Maageweh*. Oder man hat es – wie die meisten – *im Kreiz*.
Geht es um ernsthafte, schwerwiegende Erkrankungen, heißt es *Bisch malaad?* Dies bleibt dem vertraulichen Gespräch vorbehalten.

„Isch sach grad, hosch aa die Kränk?"

Ein feiner Unterschied hat sich bei dieser Fragewiederholung eingeschlichen, der dem aufmerksamen Leser kaum entgangen sein wird.
Isch sach grad rechtfertigt die erneute Frage durch den dezenten Hinweis, dass eine Beantwortung noch immer aussteht. In Zeiten von *Vagessales*[30] nicht mehr automatisch vorwurfsvoll gemeint. Der entscheidende Unterschied besteht im eingeschobenen *aa*. Wäre es bereits auf die erste Frage *Hosch die Kränk* zu einer befriedigenden Antwort gekommen, etwa *Isch bin als so mied*, hätte die Replik vermutlich gelautet *Des kennisch aa, hea, isch kehnt als razze bis hinnewedda!*
Da der Angesprochene hier nicht gleich Auskunft über den Grund seines Apothekenbesuchs erteilt, erkundigt sich der Fragende nun also erneut, diesmal schon hinweisend auf eigenes Malheur.

Wahrheitsgemäß bekannte Kommissar Günda, was ihn plagte: „Zuenne Naas!"

„Des kennisch guud. Isch krigg aa imma glei de Schnubbe."
Das wäre die letzte Gelegenheit, einer ausführlichen Schilderung der Krankheitsgeschichte samt Masern und Mumps zu entgehen, etwa durch ein verbrüderndes *Mia zwee sin schun zwee, hä? Machs guud, tschüssl!*

---

[30] Alzheimer

Kommissar Günda hätte bei anderer Gelegenheit keinen Moment gezögert, solch rettende Formulierung einzusetzen.
In diesem Fall jedoch überwog seine anhaltende Freude über die Erinnerungen weckende Bemerkung, und er entschloss sich zu einer Steilvorlage.
„Mach Sache, fuaschba!"

Ja, das war es in der Tat. Im Detail sah das so aus:
„Isch geh uff die Strooß – Schnubbe. In die Kneip – Schnubbe. Unna Leit – Schnubbe. Jetz kummts: isch mach de Raddio oo – Schnubbe. Irgenwann hawwisch mol die Naas voll ghabt. Bin isch zum Arzt, hawwisch gsacht: *Hea, was issn des, isch krigg imma glei de Schnubbe!*
Sescht der Sseckl: *Sie haben eine Allagie.*
Isch sach: *A nää, hea uff. Uff was?*
Seschta: *Guggemamol. Mache ma mol de Tescht. Do, Polle.*
Welli?
Alle. Un Tiea.
Alle?
Ä-ä, blouß die mit Hoa. Un Lebensmiddl.
Hea, un des mia, wu isch so aig gärn schnabulia. Isch froog: *Hä, Lebensmiddl? Alle?*
Außa Stähna[31]."

Hier stockte der Vortrag, denn der Schnupfengeplagte erwartete einen mitfühlenden Kommentar.
Kommissar Günda beließ es bei einem kurzen „Tststs", was seine Wirkung ebenso wenig verfehlte.
„Hawwisch misch mol genaua iwwawacht. Weesch, uff was isch alleggisch bin?"
Kommissar Günda wusste es nicht und bekannte das durch augenfälliges Runzeln der Stirn.

---

[31] Steine

„Infommazioone. Des is bogglhadd. Mia leewe jo innare Infommazioonsgsellschaft. Des is unnatriwwe. Die schidde disch zu! Du winselsch: *Nää, Gnade, isch bin heit schun ganz voll. Nänänää, do im hinnare Hirnlabbe, do is noch was frei. Des fille mia glei mol uff middare Stadisdik!*
Infommazioonsfreiheit, des hawwe die im Grundgesetz noch net ahne kenne. Mia brauche Freiheit *vun* Infommazioone!"
Das war allerdings ein Stichwort nach Kommissar Gündas Geschmack: „Do sachsch du was!"
„Dann heeßts allweil: *Kä Problähm, mach hald de Kadschde aus!*
A, wenn des so äfach wäa. Disch wolle jo mittlaweil alle infommiere. Aa die Leit. Du gehsch uff die Strooß, leeft ebba voabei. Du sachsch so bissl uvoasischdisch: *Un, wie?*
Schun gehts los. Ob du die kennsch odda net. Die vazehle, die schwätze, die babble un babble un babble. Hea, sgibt Leit, denne siehsch du des Alda net oo. Net weil die geliftet sin. Nää. Die hawwe so viel gebabblt. Do hawwe sich gaa kää Falde eilagere gekennt."

Kommissar Günda kam nicht umhin beizupflichten. Hier sprach ihm jemand aus der Seele. Wie oft hatte er es bei Zeugenaussagen mit Menschen zu tun, die in erster Linie froh waren, in ihm einen Zuhörer gefunden zu haben, der ihnen ausgeliefert war, solange sie ihm nur brisante Informationen in Aussicht stellten. Allzu oft ein leeres Versprechen.
Nun aber zur Sache: was wissen Sie über die Tat?
Welli?

„Des kennisch guud", seufzte er also aus tiefstem Herzen. „Awwa was willschn mache."

Der Schniefer verzog den Mund zu einem überlegenen Grinsen. „Des kannischda saache. Voa Kozzem hawwisch ähna fäddisch gmacht. Doch. Do hot mias glangt. Dea hot gebabblt un

gebabblt: *Ganz unna uns!* Pfff. Hea uff! Des hot dea schun fimfhunnat Mol vazehlt, des meiiksch du. Dea isch voll im Teckschd. Zwee Stund, drei Stund. Dann irgendwann: *So alla, des waas, tschüssl!*
Isch sach: *Mooment! Un wie seä des die annare?*
Gehts widda los. Awwa schun so bissl langsoma.
Zwee Stund späda: *Tscha, so is des Leewe eewe. Allo, isch deed dann mol misse misse.*
Awwa isch, isch lossen äfach net: *Äh, hoisch, misch deed mol indressiere, wie siesch du des iwwahaupt. Isch mähn poliddisch, gsundheitlisch, sporttlisch. Hä?*
Jetz wärds rischdisch hartt fa denn. Äschde Wiederholunge: *Ääh, hawwisch des schun gsacht?* Die Schnuut zieht so bissl Feede, kä schleschdes Zeische. Irgendwann bloß noch ähnzelne Wort, Blubba. Luft. Un dann is endlisch Schluss. Feiaowet. Ausgschwetzt. Dea dreht sich rum, will bloß noch fortt.
Isch sach: *Hoisch, isch kumm grad mit, vleischt fälda doch noch was ei!!!*"

Den letzten Satz quittierte er mit dröhnendem Lachen, in das Kommissar Günda aus vollem Herzen einfiel.

Ja, so geschieht es im Leben. Unverhofft begegnen wir Brüdern und Schwestern im Geiste. Finden uns plötzlich im Einklang. Erliegen dem überwältigenden Gefühl, mit einem Menschen umfassend übereinzustimmen. Jetzt und ganz bestimmt über den Augenblick hinaus.
So erging es in diesem Moment auch Kommissar Günda, der, dadurch unvorsichtig geworden, ein weiteres Bekenntnis nachschob: „Weesch, wassisch aa hab?"
Herbert Köhler nickte aufmunternd.
„Gabuddene Fieß!"
„Des kennisch guud. Weesch, wuhea isch des hab? Hä? Vun de Ooma. Vähdalischaseits. Isch kannda saache, die hot als Malea ghabt …"

Während er erneut ausholte, war er plötzlich beträchtlich näher gekommen. Kommissar Günda schwante nichts Gutes. Er scheute Berührungen nicht grundsätzlich, aber es gab eine Grenze.
Was er *net hawwe kann*, ist das *Ooodatsche*. Wenn jede Bemerkung eingeleitet wird durch einen besitznehmenden Griff. Vielleicht nur am Unterarm, der, sei es auch lose, so doch gepackt wird, um sich des anderen zu vergewissern.

Herbert Köhler war, wie sich eindeutig herausstellte, ein solcher *Oodatscha*. Einmal die Berührungsgrenze überschritten, unterließ er es fortan nicht mehr, bei jedem Satzanfang erneut zuzuschnappen. Denn die Hand ruht beim *Oodatscha*, wie der Begriff schon verrät, nicht etwa auf dem anderen, nein, sie sucht stets nur kurz den intensiven Kontakt, zieht sich dann wieder zurück, während ihr Besitzer den Gedanken zu Ende bringt, um nach der nächsten kurzen Zäsur dem Adressaten sogleich wieder zu nahe zu kommen, auf dass der niemals die Aufmerksamkeit vermissen lasse.

Schade. Flugs wie er gekommen war, entschwand er wieder.
Ja, der Zauber einer Begegnung ist meist flüchtig.

Die Höflichkeit gebietet es, den *Oodatscha* gewähren zu lassen, irgendwann hat man es schon überstanden. Kommissar Günda war über die Entdeckung jedoch zu enttäuscht, um sich nichts anmerken zu lassen. Als Herbert Köhler wieder einmal auf seinen Unterarm zuschnellte, zuckte Kommissar Günda zurück.
„Liewa net!“
„Waas?“
Auch das ein typisches Merkmal, der gemeine *Oodatscha* bemerkt seine ständige Kontaktaufnahme nicht.

Die Apothekerin kam ungewollt zu Hilfe.

„Was derfsen soi?"
„Nix, isch kumm grad Bluudruck fa zum messe."

Während Herbert Köhler die nächsten Minuten in engem Kontakt zum Blutdruckmessgerät verbrachte, konnte sich Kommissar Günda ihm endgültig entziehen und sein Anliegen bei der ausnehmend bemühten und überdies sehr ansprechenden Apothekerin vorbringen.

„Isch such, wie willischensaache. Fa äldare Leit … so was wu … so gsacht … wu äfach glicklisch macht."
„Kä Problähm, schun klaa, isch habs vastanne: *Ffiaagra.* Mia hawwe Inschdänt, Eckschdra Fodde odda ganz neu … grad en Moment", sie drehte sich in Richtung der zahlreichen Schränkchen, wo sich eine vollschlanke Dame zu schaffen machte, die Kommissar Günda irgendwie bekannt vorkam. „Conschdanze, hawwe mia noch vun demm neie *Ffiaagra Depoo* do?"
Und noch ehe Kommissar Günda etwas richtigstellen konnte, zeigte sich auch diese Dame überaus hilfsbereit: „Mussisch bschdelle, kä Problähm. Isch brings mogge oowet mit in de Rode Ochse un gebs de Marioon. Mia hawwe widda Stammdisch."

In Glickerbach schienen die üblichen Zeitbegriffe außer Kraft gesetzt zu sein. So viel Müßiggang entsprach eigentlich nicht Freeses Arbeitshaltung.
Es war dringend nötig, sich wieder dem Fall zu widmen. Getreu der Maxime des Kommissars, die ihm von Anfang an gefallen hatte: *Ää Woch nooch de Leisch, des muss lange!*

In Ermangelung konkreter Anhaltspunkte entschloss sich Freese zu einer bewährten Methode und klingelte an der nächstbesten Haustür.

Hansen
Keine Werbung!!!

Ein mürrischer Mann erschien hinter einer Gardine. Freese zückte seinen Ausweis und hielt ihn vor das Fenster.
Die Person entschwand.
Als sich minutenlang nichts regte, klingelte Freese erneut, dieses Mal deutlich länger.
Ein Schloss wurde hörbar unwillig entriegelt, und der muffelige Gesichtsausdruck hatte sich zu einer zornigen Miene verfestigt.
„Ich kaufe nichts, weder Staubsauger noch Honig. Und ich spende mein Leben lang schon mehr als genug."
„Kriminalpolizei, Fritjof Freese, Sokodo. Ich ermittle im Mordfall Peter Lengard."
Augenblicklich entspannte sich der Ausdruck des Mannes.
„Sagen Sie das noch einmal. Bitte!"
„Kriminalpolizei, Fritjof Freese, Sokodo, ich ermittle im Mordfall Peter Lengard."
„Ach, das tut so gut. Sie glauben gar nicht, wie froh ich bin, endlich wieder einen Menschen zu treffen, der keine Grunzlaute von sich gibt. Wissen Sie, ich wohne jetzt seit 17 Jahren hier, aber ich habe mich immer noch nicht daran gewöhnt. Unter uns, ich verstehe oft kein Wort. Ich nicke einfach im Zweifelsfall

oder lache oder beides, da liegt man selten verkehrt in diesem Ort."
Freese setzte zu einer Frage an. Vergebens.
„Ich kannte übrigens den Toten näher. Wir hatten ein ausgesprochen gutes Verhältnis. Ein Jammer. Mit ihm habe ich meinen einzigen Seelenverwandten verloren. Ein Weltenbummler. Wie ich. Wenn auch gesundheitsbedingt nunmehr vorwiegend von zu Hause aus. Wissen Sie schon, wer der Täter ist? Ach, nein, dann wären Sie ja nicht hier. Glauben Sie mir, ich könnte Ihnen so manches erzählen. Was hier so friedlich wirkt, ist in Wahrheit alles andere …"

Kommissar Günda hatte die Straße überquert und sich kurzerhand dazugesellt.
„Ah, der Herr Kollege, nehme ich an. Richtig, Kriminalpolizisten arbeiten ja immer im Team, das weiß man aus dem Fernsehen. Ich sage gerade, es ist so angenehm, so wohltuend, Menschen um sich zu haben, die normal sprechen."
Kommissar Günda hob die rechte Augenbraue.
„Ihr Kollege hat mir das gerade bestätigt, es ist nicht einfach, hier in diesem nicht gerade urbanen Raum mit diesen, wie will ich sagen, eher schlichten, unzivilisierten, ich hätte fast gesagt, wilden Gemütern, die eine Sprache an den Tag legen, die meine – ich darf wohl sagen – die unsere Ohren beleidigt. Habe ich recht? Die in unsere heutige Zeit einfach nicht mehr passt."
Freese fing einen Blick des Kommissars auf, der nichts Gutes verhieß.
„Ich sage immer, Dialekt gehört ins Völkerkundemuseum. Ich meine, wir leben in einer globalisierten Welt, wir sind rund um die Uhr weltweit vernetzt, aber hier scheinen die Uhren stehengeblieben zu sein, wenn man die Eingeborenen mit ihren Urlauten reden hört. Ich habe lange in Südbaden gelebt, da singen sie wenigstens, hier bellen sie mehr, als dass sie sprechen. *Woisch*, *hörsch*, *bischt*, Sie merken, ich kann das einfach nicht. Ich

werde es auch nicht lernen, ich will es auch nicht lernen, um ehrlich zu sein. Unter uns, was sind Sie für ein Landsmann? Nein, lassen Sie mich raten: Kassel? Braunschweig? Ich habe dafür ein Ohr."
„Eisenach."
„Hab ichs mir gedacht. Und der Kollege, wo kommen Sie her, wenn ich fragen darf?"

Freese unternahm den zaghaften Versuch, sich vor den Kommissar zu schieben, was dieser jedoch zunichte machte.
„Rejkjavik."
„Ein Isländer! Faszinierend. Island. Großartig. Landschaftlich. Kulturell. Muss ich unbedingt mal hin. Amtshilfe bestimmt! Lengard war ja viel unterwegs in der Welt. Isländisch, ist diese Sprache nicht sehr kompliziert? Verstehen Sie uns denn überhaupt? Vielleicht besser, weenn iiich gaanz laaangsaaaam spreeche?"

Abwartend blickten beide in Richtung des Kommissars. Wenn auch mit höchst unterschiedlichen Erwartungen.
Der legte seinen Kopf in den Nacken, winkelte das rechte Bein an und stieß unvermittelt einen dumpf grollenden Schrei hervor.
„Feiadunnawettlnochemol!"

Mit schreckgeweiteten Augen stürzte Bernd Hansen ins Haus zurück.

Hastiges Nesteln am Türschloss.
Stille.

Kommissar Günda legte sein Ohr an die Haustür. Unregelmäßige Atemzüge drangen durch das Holz, sogar für Freese hörbar. Der musste nun mitansehen, wie sein Vorgesetzter drei Mal klopfte.

„Hosch des vastanne???!!!"
Ein dumpfer Schlag. Ein hochdeutscher Fluch.
„Hea, alla, des langt fa heit!"

Es war Freese, der das nun folgende Schweigen der beiden Ermittler auf dem Rückweg ins Lagezentrum mit seinen Bedenken beendete.

„Und wenn er sich beschwert?"
„Hm?"
„Kann das nicht sogar internationale Verwicklungen geben?"
„Awa."
„Auf jeden Fall fürchte ich, wir haben soeben einen wichtigen Zeugen verloren."
„Fa waas?"
„Nun, dieser Hansen hatte offenbar ein sehr enges Verhältnis zu Lengard."
„Wer sescht des?"
„Hansen. Es klang, als hätte er einiges an Hintergrundinformationen über Glickerbach zu bieten."
„Un dodefoa schwätzt dea dia des Oa ab? Bissl deia, die Infommazioone."
„Tja, das dürfte sich damit sowieso erledigt haben. Mit seiner Kooperation können wir nicht mehr rechnen, der wird uns so schnell nichts mehr erzählen. Höchstens mir, aber da muss ich mich schon sehr ins Zeug legen, um die Situation wieder ins Reine zu bringen. Ich weiß nicht, ob mir das gelingen wird."
„Mach da kä Sogge, des iwwanämm isch. Pasööhnlisch."
„Und wie wollen Sie das anstellen? Ich glaube, jeglicher Druck von Ihrer Seite verfängt bei dem nicht mehr."
„Druck? Aba. Bessa. Viel bessa: Folda."
„Tschief, das meinen Sie jetzt nicht ernst."
Ein unverhohlenes Grinsen nahm Kommissar Gündas gesamte Mimik in Anspruch.

„Du wärsch sehe, dea wärd schun spreschle. Isch hab so mei Methode … Isch sach blouß *Sprachdusch*."

Vor Freeses geistigem Auge tauchte das Bild eines völlig verzweifelten Hansen auf, den der Kommissar immer wieder und wieder unbarmherzig mit einem Schwall mundartlicher Ausdrücke überschüttete.
„Mundart-Boarding?"
„Des hosch du gsacht."
„Das haben Sie tatsächlich schon einmal angewandt?"
„Was glaabsch du, wisso dass die disch zu mia gschickt hawwe …"

Kurz darauf tauchte in Glickerbach erstmals ein Gerücht auf: ein grausamer Dialektfanatiker habe sich bei der Kriminalpolizei eingeschlichen. Ausgebildet in einem Trainingslager extremistischer Sprachterroristen auf Island, vermutlich Exil-Kurpfälzer in der dritten Generation. Ganz so isoliert schien Hansen denn doch nicht zu sein.

Den von ihm ersehnten Solidarisierungseffekt hatte es jedoch nicht, wie schon der nächste Besuch im Roten Ochsen zeigte. Kaum hatte er die Gaststube betreten, erscholl der vielstimmige Ruf: „Hea, Tschief, hawwe Sie mol ä Dusch fa uns???!!!

Aber zurück zu den aktuellen Ereignissen in Glickerbach.
Die beiden Ermittler machten sich nun schon zur dritten Runde um den Marktplatz der properen Kleinstadt auf, besahen sich ausgiebig Gehwege, Laternen, Blumenschmuck und die Auslagen der wenigen Geschäfte. Ein betagter Dackel hatte sich zuerst an ihre Fersen geheftet, dann aber vorgezogen, die Kreisenden auf ihrem Parcours aus der ruhigen Warte eines Springbrunnens zu beobachten. Gelegentlich lugte aus dem einen oder anderen Fenster ein Schatten, aber alles in allem schien es, als hätten sich die Glickerbacher an die Anwesenheit der Kriminalpolizei gewöhnt. Was durchaus Kommissar Gündas Absicht entsprach.

„Do derfe sie net paiike!“

Eine belegte Stimme ertönte aus dem geöffneten Fenster des oberen Stockwerks eines gepflegten Fachwerkhauses, vor dessen Eingang ein aufwendig restauriertes Oldtimer-Cabrio stand.

„Wir wollen hier auch gar nicht parken“, erwiderte Fritjof Freese konziliant.
„Do derfe sie net paiike!“
„Schauen Sie, das ist gar nicht unser Fahrzeug, dementsprechend sind wir für Sie der falsche Adressat.“
„Do derfe sie net paiike!“
„Verstehen Sie kein Deutsch, sitzen Sie auf Ihren Ohren?“
Die Situation drohte zu eskalieren. Der unnachgiebige Bewohner des ersten Stocks machte gar Anstalten, den nächstbesten Blumentopf in Richtung des Uneinsichtigen zu schleudern.

Es oblag Kommissar Günda, die Lage zu beruhigen. Er schob sich an Freese vorbei und deutete auf das Cabrio.
„A, wua rescht hod, hodda rescht. Stimmt! Do derfe sie net paiike!“

„Gönau, do derfe sie net paiike“, echote der erste Stock, und der Blumentopf wanderte wieder an seinen angestammten Platz auf der Fensterbank.

„Ist das normal hier? Krieg der Blumentöpfe wegen eines nicht korrekt geparkten Autos? Am Ende herrscht hier auch noch Blutrache.“
„Apropoo“, unkte Kommissar Günda und deutete in die entgegengesetzte Richtung.

„Ist das Ihr Fahrzeug?“
Eine schon durch ihre schmucklose Fantasieuniform als solche ausgewiesene Gemeindevollzugsbeamtin hatte sich dem Schauplatz eiligen Schrittes genähert und musterte die Szene streng bis missbilligend. Ihre markerschütternde Stimme gab dem alten Vorurteil neue Nahrung, Dialekt klinge bei Frauen gerne etwas schrill.
„Da dürfen Sie nischt paiiken!“
„Stimmt, da dürfen sie nicht parken.“
Freese zeigte sich als gelehriger Schüler.
„Isch mache Sie darauf aufmerksam, dass jedes weidare Wort als Beamtenbeleidischung gewertet werden kann. Wia haben uns vaschdanndenn? Un jetz fortt mit dem Kaiisch! Awwa subbidoo!“

„A endlisch!“, zwinkerte Kommissar Günda seinem Assistenten zu. „Wärd aa Zeit, dass bissl Erroddigg ins Spiel kummt. Madame, Sie werre entschuldische …“
Er befleißigte sich einer sanft säuselnden Stimme, die ihm Freese gar nicht zugetraut hätte.
„Mia sin Kollegge, isch därf misch korzz vorstelle: Kommissar Günda. *Günda de Buu*. Un moin Assistent Freese – unna uns: net vun do.“
Die Züge der Gestrengen wurden milde.

„Aangenehm! Menzlaschweikatt, Gätruud Menzlaschweikatt."
„Menzlaschweikatt. Ou, äh, des is jo mol en schääne Dobblnoome."
„Nein, kein Doppelname. Ein Wort, isch bin nischt vaheiratet."

War da eine leichte Röte über Gertrud Menzlerschweikerts Wangen gehuscht?

„Ou, des, äh, wunnat misch awwa", Kommissar Günda nahm den Ball elegant auf. „Die Buuwe stehe doch bschdimmd Schlange."
„Hmhmhm", wiegelte die so Umgarnte schmallippig ab, „awwa isch bin wählarisch!"
„Des kennisch guud", erwiderte Kommissar Günda und strich sich versonnen über die hohe Stirn, die das lichte Haar nur noch mit Mühe säumte.

Freeses Recherchen ließen nicht lange auf sich warten.
„Der Wagen gehört einem gewissen Georg Ritter, 61, wohnhaft in Hockenheim, Inhaber mehrerer Diskotheken. Was treibt den ausgerechnet nach Glickerbach?"
„A, froochen hald, awwl kummda. Des issa bschdimmt."

Kommissar Günda deutete auf einen betont federnden Schrittes daherkommenden Lebemann im lässig flatternden Leinenanzug, eine Rose in der Linken, den Autoschlüssel in der lederbehandschuhten Rechten.
Augenblicklich verspürte Kommissar Günda eine herzliche Abneigung.

„Sauwa, des basst jo, des Knoddlkääschl un demm soi Härrsche. Reschbekt, die beide hawwe sisch guud ghalde. Seide Eiweiung vum Nüabuagring."

Georg Ritter bedachte die beiden Ermittler mit einem abschätzigen Blick und erteilte ungefragt Auskunft: „Leider muss isch Sie enttäuschen, meine Härrn. Dieses Schmuckstück ist uunvakäuflisch."

Sprachs, setzte zu einem Sprung über die Wagentür an, besann sich dann doch eines Besseren und wählte den herkömmlichen Weg. Zur Enttäuschung seiner schon schadenvorfreudigen Zuschauer.

Mit einem satten Wohlklang startete der Achtzylinder, und Georg Ritter fuhr von dannen. Ohne auch nur einen einzigen Blick in den auf dem hölzernen Armaturenbrett befestigten Rückspiegel zu werfen.

Es war an der Zeit, im Lagezentrum ein offenes Gespräch unter Männern zu führen.

„Hea mol, Freese."
„Ja, Tschief?"
„Wenn die Leit so schwätze, vaschdehsch du des eigendlisch alles? Odda simliersch[32] du als?"

Freese grinste unverhohlen.

„Auf, mia kannschs saache."
„Also, gut, Tschief, ich verstehe viel, aber beileibe nicht alles. Das gebe ich nicht immer zu erkennen, wie ich gestehen muss. Merkt man das etwa?"
„Nänää", bestätigte Kommissar Günda anerkennend, „du simliersch schun oddentlisch, des muss ma da losse. Awwa isch aa."
„Sie auch? Soll das heißen, Sie verstehen auch nicht alles?"
„Ach Gott, wiewillischnsaache", Kommissar Günda druckste. „Des kummt voa. Awwa bei mia liggt des net an de Sprooch. Unna uns", er senkte die Stimme, „isch hea langsoom schlescht. Isch glaab als, manschmol schalde mei Ohre äfach ab. Dann langts denne wahrscheins. Gugg mol, die hawwe schun so viel gheat."
„Nun ja", setzte Freese sorgenvoll an, „das können wir uns allerdings nicht erlauben. Eine fatale Kombination: Sie hören nichts, ich verstehe falsch, schon entgeht uns möglicherweise ein entscheidender Hinweis."
Er legte die gepflegten Finger seiner linken Hand geschlossen auf das markante Grübchen zwischen Mund und Nase, eine nach Kommissar Gündas Beobachtung häufig wiederkehrende Geste. Anfangs hatte er angenommen, Freese wollte damit einer

---

[32] simulierst

Überlegung besonderes Gewicht verleihen. Mittlerweile vermutete er etwas anderes.
„Gell, kann des sei, du schnubbasch gärn?"
„Schnuppern?", der Angesprochene wirkte irritiert. „Inwiefern schnuppern, wie meinen Sie das? An was?"
„A, on dei Griffl."
Wie ein ertappter Schuljunge ließ Freese die Hand augenblicklich sinken und hüstelte verlegen.
„Mescht jo nix. De ähne raacht, de anna schnubbat hald soi Griffl. Sgibt Schlimmares. Was annares, äh: wie riescht des eigendlisch?"
Kommissar Günda hob die Linke und bewegte seine Hand langsam in Nasenrichtung.
„Hm, Waldmeischda. Un Pärsching im Abgang. Härrliesch. Bei dia aa?"
„Können wir über etwas anderes reden?"
„Freese, mach disch mol logga. Du hosch hald en Tick. Net schlimm. Wemma wie mia zammeschafft, kummt des als raus. Isch eigendlisch aa?"
„Allerdings."
Freeses Antwort erfolgte einen Hauch zu schnell und ließ seine anschwellende Verärgerung erkennen.
„Ehrlisch? En Tick hawwisch? Wella?"
„Sie schweifen gerne ab."
Ja, das war nicht das erste Mal, dass ihm dies entgegengehalten wurde. Besonders im privaten Bereich. Dort erregte er des Öfteren den Unmut seiner Gesprächspartner, wenn er für sie wieder einmal ohne erkennbaren Grund das Thema wechselte. Nun, manchmal war eben alles gesagt. Meist aber kam ihm einfach urplötzlich ein Gedanke, der keinen Aufschub duldete, sich sofort und unbedingt Bahn brechen musste.
Warum sein Gegenüber dies nicht immer zu schätzen wusste, hatte er nie verstanden. Er selbst hatte es stets als spannend empfunden, einem fremden Gedankensprung zu folgen. Das

erschloss ein Gegenüber doch erst. Wie dachte der? Welche verschlungenen Wege nahm dessen Verstand?
Es bekam überdies einem Gespräch grundsätzlich gut, einander nicht über Gebühr zu bestätigen und rechtzeitig die Würze des Themenhoppings ins Spiel zu bringen. Und ist es nicht so, dass uns ständig, eben auch im Verlauf einer Unterhaltung, unzählige Gedanken durch den Kopf schießen?

In einem Interview hatte er von einem Schlagersänger erfahren, dass der während des routinierten Mimens zum Playback bevorzugt ans Essen dachte. Ausgerechnet in einer besonders schmachtenden Passage sei ihm kürzlich klar und deutlich eine Frikadelle vor dem inneren Auge erschienen. Saftig, appetitlich, zum Anbeißen wirklichkeitsnah. Einzig seine Professionalität habe ihn daran gehindert, sich in diesem Moment gierig die Lippen zu lecken. In Gedanken jedoch habe er die Frikadelle binnen der nächsten vier Takte verschlungen.

Ständig tauchen Erinnerungsfetzen auf, die wie von Zauberhand ohne jeden Zusammenhang mit der aktuellen Situation unversehens eingestreut werden. Szenen, Gerüche, Dialoge. Dazu Traumsequenzen, Trugbilder, ungetrübte Gefühlswallungen, die einen durchfahren, als habe man soeben das Programm durch unabsichtliches Drücken der Fernbedienung gewechselt. Spannend. Faszinierend. Unberechenbar.
Für einen winzigen Moment entspinnt sich ein unerwarteter Gedanke. Sollte es sich um einen bedeutsamen handeln, ist es da nicht recht und billig, diesen zumindest kurz zu äußern, um ihn nicht sofort wieder dem Vergessen anheimzugeben?

Wie neulich in dem Prozess gegen den Feinkosthändler, dem man vorwarf, seine Frau erst erdrosselt und dann hinter seinem Schrebergartenhäuschen vergraben zu haben. Während seiner Zeugenvernehmung auf die Frage, für wie glaubhaft er die

Einlassung des Angeklagten halte, von seiner Frau nach Verlassen des Hauses zum Besuch des wöchentlichen Spanisch-Volkshochschulkurses drei Tage nichts gehört und sich nichts dabei gedacht zu haben, entfuhr es Kommissar Günda unvermittelt: „Willst du mit mir geh'n?"

Die Erklärung dafür war denkbar einfach. Am Vorabend war es nach seinem montäglichen Tennisdoppel plötzlich um den deutschen Schlager gegangen. Keiner konnte später sagen, warum. Musik gehörte zu den Leib- und Magenthemen des Kommissars. Wenn er auch derzeit am allerliebsten gar keine mehr hörte, und das, nachdem er als junger Mann begierig alles aufgesogen und sehr bald seine bis heute gültigen Vorlieben entwickelt hatte. Die wiederum waren ihm mittlerweile so kostbar, dass er sie nur zu besonderen Anlässen genoss und die ewige Beschallung allerorten nur als quälend empfand.
War das am Ende sogar der wahre Grund für seine Schwerhörigkeit? Eine Musikallergie? Vielleicht sollte man über ein Menschenrecht, ein Grundrecht auf Stille nachdenken.
Schon wieder hatte er sich in einem Gedanken verloren.

Jedenfalls verdankte er seiner früheren Neugier auf alles Musikalische eine gute Repertoirekenntnis, selbst im Bereich des damals in seinen Kreisen so verpönten Schlagers.
Angepiekst zu diesem Thema, hatte Kommissar Günda einen um den anderen hervorgezaubert, dessen Sangeskünste ihm erwähnenswert schienen. Dazu gehörte eben auch Daliah Lavi. Trotz intensivsten Grübelns gelang es ihm nicht, aus seinem inneren Archiv zutage zu fördern, welchen berühmten Hit diese neben *Oh, wann kommst du?* und *Wer hat mein Lied so zerstört?* hervorgebracht hatte. Wie selbstverständlich hatten seine drei Tennispartner sogleich ihre Smartphones gezückt, um danach im Internet zu forschen. Es hätte fast zu einem dauerhaften Zerwürfnis geführt, als Kommissar Günda genau das strengstens

untersagte: „Griffl weg vun demm Kees! Des bring isch so raus!"

Die Umsitzenden im Vereinslokal, die um seine Profession wussten, zogen die Köpfe ein, als rechneten sie damit, dass nun gleich eine Dienstwaffe gezückt würde, um diese Forderung durchzusetzen. Letztendlich konnte man sich dann doch noch auf einen Kompromiss verständigen: „Noche Bierle!"

Ihn jedoch kostete das nicht nur den weiteren Abend, sondern die halbe Nacht, denn er kam einfach nicht auf den fehlenden Song.

Nun, im Zeugenstand, inmitten einer Gerichtsverhandlung, also denkbar fernab vom Schlagerthema, fiel es ihm plötzlich ein. *Willst du mit mir geh'n?*
Er musste sich zügeln, nicht den Refrain anzustimmen, so froh stimmte ihn diese erlösende Eingebung.

Der ausgebuffte Verteidiger rieb sich die Hände, die junge Staatsanwältin rang um Fassung, der erfahrene Richter hingegen lächelte nur milde. Er hatte schon des Öfteren das Vergnügen mit Kommissar Gündas Sprunghaftigkeit gehabt und wusste um deren Nützlichkeit bei Verhören. So mancher Verdächtige ließ in solchen Momenten der Irritation alle Vorsicht fahren und verrannte sich unversehens in Widersprüche, was schließlich in seine Überführung mündete.

„Daliah Lavi? Herr Kommissar, Herr Kommissar! Das hätte ich nicht von ihnen gedacht."
„Härr Vorsitzenda, die waa mää wie schää, stimmts?"
„Einverstanden. Können wir diesen Einwurf trotzdem aus dem Protokoll streichen?"
„Kä Problähm, die Sach isch aleedischt."

„Vielen Dank. Die Vernehmung des Zeugen wird fortgesetzt."

„Mää wie schää", was war das für eine wundervolle Formulierung.
„Sehen Sie, Tschief. Genau das meine ich."
Freese schüttelte verständnislos den Kopf.
„Hm?"
„Nicht Sie, Tschief, ich müsste *hm?* fragen. Ich sage *Sie schweifen ab,* Sie verdrehen die Augen, seufzen zwei Mal und antworten dann *Mee wie schee.* Oder so ähnlich."

Mit einer endgültigen Geste wandte sich Freese seinem Computer zu.

Seltsam. Da vergehen keine fünf Sekunden auf dieser Welt, und der Filmvorführer in unserem Kopf, unserem Herzen, unserer Seele, wo auch immer er steckt, dieser Filmvorführer zeigt uns genügend Stoff für *Das kleine Fernsehspiel* oder eine Jahre beanspruchende Therapie. Ging das jedem so? Wurde das im Alter stärker? Nach welchen Regeln wählt unser Hirn das Material aus? Vielleicht ist es wie in einer alten Jukebox, man drückt eine beliebige Tastenkombination, und das Gerät fischt sich darauf eine Schallplatte aus dem Fundus. Der Greifarm befördert sie in einer ungelenken, abgehackten Bewegung auf den sich bereits drehenden Plattenteller, der Tonarm senkt sich, und es ertönt: *Meine Art, Liebe zu zeigen, das ist ganz einfach Schweigen. Worte zerstören, wo sie nicht hingehören.*
Wie kam er nur immer wieder auf Daliah Lavi?
Und wie um alles in der Welt gelingt es den Menschen trotz solcher Vielfalt und Fülle, angesichts unablässig prasselnder Impulse, die uns ausmachen, wie gelingt es uns also trotz unserer verwirrten Hirne, miteinander zu kommunizieren?

„Äh, was annares – was seschtn die Ua?"

Eben. Gar nicht.
Aber wir bleiben im Gespräch. Immerhin.

„Freese, weesch was, du machsch fa heit Schluss do. Du packsch jetzat mol doin Krembl, un dann kannsch dehähm noch bissl rumgugge in doim Kruuscht. Misch deed indressiere, was hoddn de Schorle-Peda vorghabt in Gliggabach. Vleischt finsch was dodezu."
„Und Sie, Tschief, was machen Sie mit dem angefangenen Abend?"
„Isch? Isch geh bissl naus. Hoschun gseä? Sreat. Mia gfällt des, wenns im Summa reat. Ganz aiig. Bis mogge, kä Widdarädd!"

Er hatte den eher lahm Protestierenden schon fast aus der Tür bugsiert, als der erneut ansetzte: „Eines noch, Tschief."
Kommissar Günda ahnte Zeitraubendes. Freese hatte die Gabe, die großen Themen, die abendfüllenden Fragen für den Moment zwischen Tür und Angel aufzuheben.
„Wie sind Sie eigentlich zur Kriminalpolizei gekommen? Bei mir waren es Vorbilder aus meinem Umfeld."

Der Sprecher gehörte eindeutig zur großen Gruppe derjenigen, die ihrem Gegenüber in erster Linie eine Frage stellen, um selbst eine Antwort zu geben. Wie der geübte Gern-Erzähler weiß, gilt es hierbei, wesentliche Punkte auszusparen, um auf entsprechende Nachfrage endlich so weit ausholen zu können, wie es von Anfang an beabsichtigt war.
Den Umgang mit dieser Spezies gewöhnt, vor allem aber nicht geneigt, tieferen Einblick in seine eigene Sphäre zu gewähren, verhielt Kommissar Günda sich wunschgemäß.
„Vorbilda? Hea uff, indressant. Wea alles?"
„Nun, mein Vater ist Oberstaatsanwalt in Oldenburg, meine Tante Kriminologin in Kiel. Bei ihr habe ich schon als kleiner Junge in den Akten gestöbert. Bestimmt haben Sie sie des

Öfteren in Talkshows gesehen, von ihr stammt der aktuelle Bestseller *Evil Living – das Böse als Lebenselixier.* Nicht zu vergessen mein großer Bruder, ein erfolgreicher Pathologe."

An dieser Stelle begnügte sich der Kommissar mit stummem, jeden Wimpernschlag vermeidendem Blick, um wenigstens einen raschen Fortgang der Schilderung zu gewährleisten.
„Mein Bruder ist achtzehn Jahre älter als ich."
Kommissar Günda nickte, als habe er nichts anderes erwartet. Eine bewährte Regung, die gegenüber dem eigentlich angebrachten fragenden Gesichtsausdruck den Vorteil hat, dass sie weitschweifige Erklärungen zumindest nicht fördert.
„Es gab ein Schlüsselerlebnis. Er berichtete mir von einem Fall, der sich während seiner Ausbildung im privaten Umfeld zugetragen hatte. Ein Bekannter meines Bruders brachte ihm eines Tages die Nachbarskatze. Tot. Alle im Viertel waren zutiefst betroffen, das arme Tier war überfahren worden. In mühsamster Kleinarbeit konnte mein Bruder das Tatfahrzeug anhand der Reifenspuren identifizieren. Und nun raten Sie, wer der Täter war."
„Klaro, doin Bruda demm soin Bekonnde."
„Woher wissen Sie das, Tschief?", fragte Fritjof Freese verblüfft.
„Des Gschischtl kennisch."
„Ach ja? Woher?"
„Inschbekda Wanninga[33]."
„Wer?"
„Des waa jo mei groußes Vorbild. Sachda nix, isch weeß. Aa net so wischdisch. Mach, dass hääm kummsch, Freese!"
Kommissar Günda nutzte die kurzzeitige Verduztheit des Kollegen und schob ihn endgültig vor die Tür.
„Schääna Owett!"

---

[33] Inspektor Wanninger

Die Sonne zeigte sich noch zwischen den Wolken, aber schon prasselte der warme Sommerregen leise auf die Dächer. Kommissar Günda hatte unter einem verschlagartigen Bushäuschen Zuflucht gefunden. Der Verschnaufpause hätte es für ihn nicht bedurft, gerade deshalb war sie ihm hochwillkommen. Langsam gewöhnten sich seine Augen an die Dunkelheit, und er entdeckte zu seiner Linken eine ungelenke Inschrift:

Ich war hier! Klaus R. 7.3.12

Seltsam, dass Menschen ein Bedürfnis verspüren, sich überall zu verewigen. Wenn schon nicht im Goldenen Buch der Stadt, dann wenigstens auf der Rückwand eines Wartehäuschens. Dabei hinterlassen wir doch ohnehin so viel Bleibendes: Abfall, Bausünden, Schulden, gebrochene Herzen.

Beim genaueren Hinsehen im flackernden Schein der Flamme – Kommissar Günda war Nichtraucher, führte aber für alle Fälle mindestens eine Streichholzschachtel sowie ein Taschenmesser mit Zahnstocher, Lupe und Pinzette bei sich – fanden sich weitere Spuren menschlichen Lebens. Anhand der Inschriften ließ sich sogar das Errichtungsdatum des hölzernen Bauwerks ziemlich genau bestimmen, denn es gehört zu unseren Reflexen, frische, nicht befleckte Flächen ohne schuldhaftes Zögern verunzieren zu müssen. Die erste Eintragung stammte vom Oktober 2004. Sie war bereits ein wenig nachgedunkelt, aber noch ließ sich ziemlich gut erkennen, dass ein gewisser Rolf einer gewissen Selina leidenschaftlich zugetan war. Ein frommer Wunsch zum Leidwesen von mindestens einem der beiden, denn der oder diejenige hatte vergebens versucht, diese Feststellung mit heftigen Kugelschreiberstrichen zu tilgen. In diesem Fall ein Ding der Unmöglichkeit, denn die Information war nach althergebrachter Sitte in das Holz geritzt worden. Was die Konturen des Herzens geradezu bebend und damit besonders intensiv erscheinen ließ.

Das war die naheliegende Möglichkeit. Vielleicht aber war hier das gemeinsame Bekenntnis einem verschmähten Nebenbuhler übel aufgestoßen. Oder womöglich wollte nur ein aufmerksamer Leser darauf hinweisen, dass die Verbindung Rolf-Selina der Vergangenheit angehört.

Jürgen ist doof!

Das immerhin schien unumstritten. Sogar ein bekräftigendes Ausrufezeichen fand sich daneben, von dem selbst ohne grafologisches Gutachten ersichtlich war, dass es nicht vom Schreiber der schmähenden Feststellung stammte.
Darunter entspann sich ein regelrechter Dialog.

Jürgen ist doof!
Wella?
Sella
Stimmt

Rührend. In seiner schlichten Sanftheit. Gemessen an den heute üblichen derbsten Kränkungen eine fast zärtliche Beleidigung. Wie überhaupt in dieser luftigen Zuflucht erstaunlicherweise jegliche Obszönität in Wort und Bild fehlte. Ebenso wenig vermisste Kommissar Günda Telefonnummern mit dazu üblicherweise in Aussicht gestellten unappetitlich geschilderten Diensten.

Ganz in Gedanken wäre Kommissar Günda fast entgangen, dass er Gesellschaft bekommen hatte. Drei Jungs, eher zwölf als vierzehn Jahre alt, postierten sich vor dem Wartehäuschen. Im Regen.
„Auf, kummt nei, Buuwe!"

Seine einladende Geste erntete bei den Jungs Kopfschütteln.
„Awwa sreat doch."

Ein Bus hielt, die Tür öffnete sich, aber keiner machte Anstalten einzusteigen. Dafür lehnte sich die Busfahrerin zur Seite und wandte sich an den Kleinsten der drei:
„Hoisch, Jüagenne! Mia brauche noch was zum Nachtesse. Du gehsch zum Eikaafe."
Dem Angesprochenen entrang sich ein unverständliches Maulen.
„Kä Widdaredd, mia hawwe uns vastanne!"
Das Maulen wurde klagend.
Doch da hatte sich die Tür bereits geschlossen. Mit einem tuschartigen Geräusch setzte sich der Bus in Bewegung.

„Hoffentlich sind wir bald weg."
„Ja, ich kanns auch kaum erwarten. Wann zieht ihr um?"
„Keine Ahnung. Vielleicht überhaupt nicht, heißt es plötzlich."
„Hä? Aber die haben doch schon alles geplant: Zelt, Stadtkapelle, DJ."
„Pf, fällt wohl aus, die Abschiedsparty."

Kommissar Gündas Neugier war geweckt. Handelte es sich etwa bei diesem eher unscheinbaren, umzugswütigen Knaben um den geistig anerkannt Minderbemittelten aus dem Wartehäuschen?

Er hoffte auf ein erhellendes Gespräch zwischen den Jungs, wurde jedoch enttäuscht. Kaum hatte sich der Regen gelegt, zückten alle ihre Smartphones und vertieften sich tippend. Fünfzehn Minuten vergingen, ohne dass ein hörbares Wort gewechselt worden wäre.
Wie auf ein Zeichen ließen sie plötzlich die Arme sinken und schlenderten gemeinsam von dannen.
Später, wenn die Geschäfte längst geschlossen hätten, würde er

sie wiedersehen. Dann zu fünft, zwei Mädchen hätten sich dazugesellt. Sprachlos gockelnd und gickelnd vor dem alten Bahnhof, und jeder hätte wieder nur Augen für das kleine, flache, farbig umrandete Ding in seiner Linken.

Und doch, auch auf diesem Wege werden Freundschaften und Beziehungen angebahnt, geführt und beendet. Das erschien dem Kommissar gleichsam unumkehrbar wie verhängnisvoll.

Sein Mitgefühl jedoch galt in diesem Moment einer anderen Person, die zur gleichen Zeit darbend zu Hause säße.
Denn Kommissar Günda war sich nun sicher, von wem die schmähende Inschrift in Wahrheit stammte. Es war die hungrige Busfahrerin höchstselbst gewesen, die so Kontakt zu ihrem Sohn suchte, ihn auf diesem Wege dazu bringen wollte, ihr wie früher sein Herz auszuschütten.
Doch sie wusste nur, wo er sich mit seinen Freunden gerne aufhielt. Aber sie ahnte nicht mehr, wo er war.

Kommissar Günda zückte seinen Stift und setzte unter *Ich war hier! Klaus* R. sein federndstes *Isch aa!*

Ein einsamer Kasten am Wegesrand. Der *Info-Point* der Gemeinde Glickerbach. Direkt hinter dem ersten obligatorischen Kreisverkehr.

Wo früher hinter dem Ortsschild eine großformatige Straßenkarte hing, umrandet von rührend-handgemalten Anzeigen örtlicher Versicherungsvertreter, Dachdecker und Eisdielen, findet sich heute an jedem Ortseingang ein *Info-Point.* Denn der Besucher hat dank Navigationssystem nicht mehr Mühe, einen Adressaten ausfindig zu machen. Aber er giert, so haben es Marketingberater entdeckt, vornehmlich zu ihrem eigenen Wohl, er giert danach zu erfahren, wie sich die Gemeinde dargestellt wissen möchte.

Weil man darüber niemals Einigkeit erzielt, wird eine Agentur beauftragt, die über enorme Erfahrung bei der Herstellung von Image-Filmen verfügt. Zu den zahllosen überglücklichen Referenzkunden gehören gebeutelte Ansiedlungen in unmittelbarer Nähe von Kläranlagen, Kernkraftwerken und Einflugschneisen, die für schamlose Schönfärberei gerne tief in die Tasche gegriffen haben.

Hinter dem *Erfolgsteam Paradiso* verbirgt sich eine Ansammlung chronisch verkannter Kreativköpfe, die sich für diese Tätigkeit selbst hassen, wovon der *Spirit* des Unternehmens hauptsächlich zehrt. Der Gründer Paolo Potemkin (bürgerlich Jens Pflüger) hat eine der vielen aus öffentlichen Töpfen üppigst finanzierten, unbemerkt überflüssigen Kreativschmieden mit Auszeichnung absolviert. Wie selbstredend sämtliche seiner Mitstudenten. Seine Abschlussarbeit *Hängt ihn doch noch höher* über Jesus' bis dato unbekannten Zwillingsbruder Joey lief während der Filmfestspiele in Cannes mehrmals täglich in einem Vorortbistro auf einem Schwarz-Weiß-Fernseher, bis dieser zum Abschluss des Festivals planmäßig implodierte. Bei der Anschlussproduktion *Satans Ei des Kolumbus* stieg überraschenderweise die Europäische Filmförderung, der Junge Film Babelsberg, Debut im Ersten sowie das ökumenisch geförderte Projekt *Kirche Light* nach drei Jahren aus. Zähe Verhandlungen über eine Abfindung mit Hinweis auf bestehende Verpflichtungen bei den internationalen Kurzfilmtagen in Smorlensk bescherten schließlich Potemkin eine mobile Studioausstattung aus verschollen geglaubten *Verstehen Sie Spaß?*-Beständen. So ließ sich auch der Verlust seines Partners verschmerzen. Dem ehemaligen Kabelträger bei *Wetten, dass...?* waren Proporzränke auf Landesebene zugute gekommen, er wurde zur Überraschung vieler, nicht zuletzt seiner eigenen, Professor für Mittlere und Neue Abspann-Geschichte.

Film und Text werden durch Paradiso prinzipiell unabhängig voneinander konzipiert und realisiert. Das garantiert Frische und Lebendigkeit, was den Gemeinderat in Glickerbach bei der Erstvorführung zunächst skeptisch gestimmt hatte – Wort und Bild passten nie zusammen –, dann jedoch umso mehr überzeugte, als erkennbar wurde, dass Sitzungsimpressionen ebenso Eingang gefunden hatten wie verdiente Betriebe und Geschäfte der Gemeinderäte und Vereinsfunktionäre.
Der geneigte Seher erfreut sich nun also an langen Kamerafahrten durch menschenleere Straßen, immer wieder unterbrochen durch jähe Blicke auf verwaiste Spielplätze, trostlose Auslagen und grundlos winkende Glickerbacher Prominenz.
Dass der Sprecher dem Werk eine etwas schwülstige Note verliehen hat, selbst bei der Schilderung diverser Wäldchen, Wiesen und Scheunen – die freilich nie im Bild auftauchen -, konnte kaum verwundern, verdiente der doch sein Geld vornehmlich mit der Synchronisation einschlägiger Filme. Für die Glickerbacher Entscheider jedoch fand sich gerade in diesem Sprecher ein weiterer Pluspunkt für Paradiso, handelte es sich doch um einen Schauspieler, der sich in solch legendären Produktionen wie *Zwischen zwei Badeärzten* und *Verloren unter Kokosnüssen* einen Namen gemacht hatte, an den sich nun

wenigstens die Glickerbacher erinnerten.

Für Diskussionen sorgte anfangs das mehrmalige Auftauchen eines Ex-Ministers, der sich völlig unverständlich und zusammenhangslos über Reinlichkeit als Wirtschaftsmotor äußert. Dahinter steckt der intern als genial gepriesene Paradiso-Kunstgriff, ein zufällig ergattertes Interview anlässlich der Laubsauger-Fachmesse *LAUSAU 2008* in jeden Imagefilm einzubauen. Unmut erregte dabei nicht etwa der fehlende Bezug zu Glickerbach, sondern die Tatsache, dass dieser ehemalige Minister mittlerweile eine Haftstrafe wegen fortgesetzter Beihilfe zum Subventionsbetrug verbüßt.

Doch die Aufregung war nicht von Dauer. Denn folgt man der Anweisung *Drück mich!* auf dem Bildschirm des Info-Points, so geschieht schon geraume Zeit – nichts.
Was Wunder, verspürt doch der intuitiv reagierende Bildschirm gar keinen Impuls infolge der schmierig-glibbrigen Beschichtung, die sich in kürzester Zeit angesammelt hat. Weniger verursacht durch Touristen und potenzielle Investoren denn vom Glickerbacher Nachwuchs. Manches Kleinkind hat sich hier verewigt. So ist ein undurchdringliches Gemisch aus Schmutz, Schweiß, Schleim und Nahrungsresten entstanden. Dem unbedacht den Bildschirm Berührenden wird damit zwar der Kunstgenuss verwehrt, aber es bleibt ihm immerhin ein haptisches Erlebnis.
Das musste auch Kommissar Günda feststellen, bekanntermaßen jedem Computer geradezu feindselig gesonnen. An diesem herrlichen Platz am Stadtrand aber, umgeben von farbenfrohen Blumen zum Selberpflücken, umweht von einem lauen Abendsommerlüftchen, konnte er der Versuchung einfach nicht widerstehen und war für einen Moment wie *en klääne Buu.* Und der muss eben immer und überall *druffdrigge.*

Es war ein untrügliches Zeichen, wie wohl er sich hier fühlte, Kommissar Günda wachte erholt und voller Tatendrang auf.
Das Frühstück hatte ihm behagt, nicht zuletzt durch Marion Helche, die ihm im ansonsten wiederum leeren Gastraum Gesellschaft geleistet und ihn mit Hintergrundinformationen versorgt hatte, die er allerdings noch nicht recht einzuordnen wusste.

Dabei wurde ihm bewusst, dass er *eine* Glickerbacherin von vornherein wie selbstverständlich aus dem Kreis der Verdächtigen ausgeschlossen hatte: seine Hauptbezugsperson im Ort, Marion Helche. Warum eigentlich? War das der altbekannte Frauenbonus? Verstärkt durch einen besonders hohen Sympathiewert? Ihre Auskunftsfreudigkeit jedenfalls war es nicht. Die sollte ihn eher misstrauisch stimmen. Es konnte folglich nichts schaden, einen Versuchsballon steigen zu lassen.

„Hea mol, Marioon, wu waasch du eigendlisch, wie de Schorle-Peda hie gmacht worre is?"
„Isch? Uff de Schul."
„De gonz Daag?"
„Hajo."
„Was mache?"
„A, länne."
„Waas?"
„Iffentmännätschment[34]."
„Fa waas?"
„Drei Mol därfe Sie roode, Tschief."
„Iffents fa zum mache?"
„Gönau."
„Im Rode Ochse?"
„Awa. Des hea isch eh ball uff."

---

[34] Eventmanagement

„A nää!“, Kommissar Günda war ehrlich entsetzt. Er war froh um jede ungestylte, naturbelassene Gaststube mit einer Bedienung, die nicht seine Enkelin sein könnte, und er fand Gefallen an der Vorstellung, auch nach Abschluss des Falles hier ab und an einzukehren. Aber er hatte auch eine Vorstellung von der Mühsal im Gastronomiebetrieb.
„So hartt?“
„Bogglhartt, Tschief.“
„Schaad, Marioon, aiig schaad.“
„Isch bin froh.“
„Weje waas?“
„A wejem Allibbi.“
„Klaaro, nommaal.“
„Nää, annaschda. Isch wäa schun so bissl draurisch, wenn isch fa Sie gaa net in Frooch kumme wäa.“

De Rode Ochse un kä Marioon? Pfff. Kommissar Günda mochte gar nicht daran denken. Doch sogleich blickte er hoffnungsfroh in die Zukunft.
„Weesch was, Marioon?“
„Na?“
„Vleischt machisch aa mol soä klähnes Iffent …“
„Saache Sie grad Bscheid zu mia, isch wäa debei. Wu wären des donn?“
„A do!“
„Im Rode Ochse?“
„Wu sunscht?“

Kommissar Günda beschloss, sich bei seinen Ermittlungen weiter treiben zu lassen. Freese würde die Fakten beisteuern, er seine *Intuizioon.* Hatte die sich nicht gerade wieder bewährt?

Er ließ den Blick über den Marktplatz wandern. Seine Wahl fiel auf den gegenüberliegenden Blumenladen.

Die Türglocke tat widerwillig ihren Dienst, doch niemand war zu sehen. Kommissar Günda schaute sich um. Ein kleiner, schmucker Laden, die Regale übersät mit allerlei liebevoll arrangierten Pflanzen und Figuren. Seine Aufmerksamkeit landete schließlich auf einem imposanten Steinlöwen, der wie ein stoischer Wächter neben dem Durchgang zum Gewächshaus thronte.

„Entschuldigung, hat ein bisschen gedauert, ich bin alleine im Laden, und ich muss noch den Blumenschmuck für eine Hochzeit fertigmachen. Kann ich Ihnen helfen?"

Renate Berger fischte mit der gummibehandschuhten Rechten nach einer Strähne, die sich bei der Arbeit aus dem Haarreif gelöst haben mochte, und blickte Kommissar Günda aus ihren dunkelbraunen Augen aufmerksam an.

„Ja, äh, isch wollt, äh, wiewillischensaache …"
„Lassen Sie mich raten: Blumen. Da sind Sie bei mir richtig", lachte Renate Berger, und um ihre Augen legte sich eine Spur zarter Fältchen.
„An was hatten Sie gedacht?"
„Äh, Rose. Bessa gsacht, äh, dea Seftl vun geschdan, dea wu die Ros gekaaft hot …"
„Ach so, Sie sind von der Polizei."
„Stimmt."
„Sie wollen gar keine Blumen kaufen."

„Nää", Kommissar Günda blickte betreten zu Boden, „awwa wennisch schun mol do bin, kannisch ruisch …"
„Ich schlage vor, Sie stellen ihre Fragen, ich habe wirklich viel zu tun. Ja, ich kannte den Toten, ich habe die eine oder andere Pflanze für seinen Garten geliefert. Ein freundlicher Zeitgenosse. Entsetzlich, was da passiert ist. Noch etwas?"
Kommissar Günda verspürte plötzlich Mühe, sich zu erinnern, was ihn hierher geführt hatte, rang um Konzentration, fixierte erst seine Schuhe, dann den steinernen Löwen und vermochte doch nur, einen einzigen klaren Gedanken zu fassen: „Uua![35]"
Zu seinem Entsetzen jedoch hörte er sich sagen: „Hea, alla, des langt fa heit!"
„Umso besser", entgegnete Renate Berger spitz und machte auf dem flachen Absatz kehrt.

[35] Was für eine bezaubernde Frau!

Freese wartete bereits im Lagezentrum und hatte das Nebenzimmer mit allerlei technischem Gerät in Beschlag genommen.
„Tschief, ich habe etwas Hochinteressantes entdeckt. Es existiert ein Werbefilm für Glickerbach."
„Saach blouß, du hosch denn Kaschde zum Laafe gekriggt."
„Welchen Kasten?"
„A, denn Info-Krembl, odda wie ma des heeßt. Isch hab des net noo gebrocht."
„Der *Info-Point* am Stadtrand? Ach so, nein, das ist unergiebig. Standard, so etwas gibt es heute überall. Eigentlich ganz nett, super-einfach. Touchscreen. Die Oberfläche reagiert auf Berührung. Rein intuitiv zu bedienen."
„Gönau des hawwisch geduu. Roin intuitiief hawwisch als gedriggt un druffgebatscht – nix. Blouß Glibba. Uääh!"
Kommissar Günda schüttelte sich.
„Wie dem auch sei, da handelt es sich ja nur um einen Image-Film im Auftrag der Stadtverwaltung. Ich meine etwas ganz anderes. Ein Werbefilm für das *neue* Glickerbach. Im Internet. Und raten Sie mal, wer dort spricht!"

Um den Kollegen nicht unnötig auszubremsen, verkniff sich Kommissar Günda, auf Bruce Willis, Otto Waalkes oder Wolfgang Kretschmann zu tippen. Stattdessen blickte er ausnehmend interessiert. So hoffte er jedenfalls.

„Peter Lengard! Was sagen Sie nun?"
„Sauwa. Un was mähndan, de Schorle-Peda?"
„Der Film ist eine einzige Werbung für … Nein, ich verrate nichts. Das sollten Sie sich selbst ansehen!"

Knapp fünf Minuten dauerte die Präsentation, Lengard auf seiner Terrasse sitzend, den Blick in die Kamera gerichtet, die er offenbar mittels einer Fernbedienung steuerte.

„Wie, wo und mit wem wollen wir alt werden? Rechnen Sie mit Ihren Kindern? Meinen Sie wirklich, das funktioniert? Sie stehen eines Morgens bei denen auf der Matte: *Hallo, liebe Kinder, ihr wisst ja, ihr seid meine Erben, aber erst einmal möchte ich noch ein bisschen bei euch wohnen. Wie, wie lange? Na, so 20, 30 Jahre!*

Nein! Lasst uns unsere Zukunft selbst in die Hand nehmen. Kommt nach Glickerbach! Lebt hier mit euresgleichen!
Garantiert kein junges Gemüse, keine Karrieristen, keine Spätpubertierenden.

Wenn du 50 bist, Minimum, und wenn du weißt, was du noch vom Leben willst, dann bewirb dich jetzt für *Glickerbach High End*. Schriftlich! Handschriftlich!!!
Ich garantiere, jede Bewerbung wird von mir persönlich geprüft. Nach einer ersten Auswahl besuchst du mich dann zu einem Vorstellungsgespräch.
Mir geht es um Lebensqualität. Meine. Deine. Unsere. Dafür brauche ich Menschen, die zueinander passen.
Hast du auch die Nase voll davon, alles erklären zu müssen, trotzdem nie verstanden zu werden? Dich selbst mit über 50 immer noch zu rechtfertigen für deinen Lebensstil, deinen Geschmack, deine Vorstellung vom Wohlergehen, deine Lebenslust, deinen Lebenshunger?

Wir haben so viel schon erlebt, wir wissen alles und nichts. Wir sind erfahren und weiter neugierig. Aber alles müssen wir uns nicht mehr antun, oder?
Es ist an der Zeit. Wir wollen nicht länger ertragen, dass uns andere erzählen, wie wir zu leben haben.
Für selbstbestimmte Lebensfreude und eine gehörige Portion frischen Wind in Zukunft. Auf gehts, komm nach Glickerbach!
Und wenn wir hier feststellen, wir passen nicht zusammen, dann ist auch das eine wichtige Erkenntnis. Dann geh, und such

woanders weiter! Wir werden fündig, weil wir wissen, was wir wollen und vor allen Dingen: was nicht.

Ich habe vielleicht nicht alles in meinem Leben richtig gemacht, ich habe ganz bestimmt jede Menge Fehler gemacht. Wie wir alle. Aber eines konnte ich schon immer: die richtigen Menschen zusammenbringen.

Hier in Glickerbach sollen sich die finden, die zusammengehören. Damit das Beste noch kommt.
Dafür will ich sorgen! Denn das haben wir uns verdient.

Ihr und euer Peter Lengard"

„Dea hots druff", Kommissar Günda konnte seine Anerkennung nicht verhehlen, „do will isch aa hie."
„Und der kann sogar Deutsch!"
„Hä? Wie mähnschen du des jetzat?"
„Peter Lengard", referierte Freese unbeirrt, jetzt ganz in seinem Element, „Peter Lengard plante nach meinen Recherchen tatsächlich eine Seniorensiedlung in Glickerbach."
Ein wohliger Schauer der Erkenntnis durchflutete Kommissar Günda.
„Do gugg noo. Hosch du net was gsacht vunnare *Aldahle GmbH*? Ä-ä, Freese. Des heeßt *Aldale! Aldale*!"
„Wie dem auch sei, als sich Widerstand regt, geht er in die Offensive. Die anstehende Bürgermeisterwahl sieht er als seine Chance, der Amtsinhaber tritt nicht mehr an. Lengard lässt sich kurzerhand als Kandidat aufstellen.
Was ursprünglich als kleine Siedlung außerhalb geplant war – ich habe ein bisschen auf Lengards Computer gestöbert –, das wird jetzt zu einem ganz Glickerbach umspannenden Projekt. Sie haben recht, der Mann war, wie Sie sagten, ein Visionär. Wenn auch in ganz anderer Hinsicht, als Sie dachten.

Sein Wahlprogramm beinhaltet ein einziges Thema: aus Glickerbach soll ein Städtchen ausschließlich für Bewohner über 50 werden. Die Alten können bleiben, die Jungen überlassen ihre Wohnungen und Häuser den älteren Neubürgern.
Stellt sich natürlich die Frage, wieso sollten die Jungen überhaupt gehen?“
„O, *die goe vun self*, hodda gsacht“, ließ sich Marion Helche aus dem Thekenraum vernehmen, die der Unterhaltung mit Interesse gefolgt war.
„Und das ist nicht alles. Jeder Neubürger muss sich, wie gerade gehört, um das Wohnrecht *bewerben*. Und das hat er sehr ernst genommen. Alleinige Auswahl: Peter Lengard.“
„Misch wollda net“, seufzte Marion Helche.
„Klaro, zu jung“, schmeichelte Kommissar Günda.
„Ä-ä, isch bin Kkrrönnemeya-Fähn. *Uuupossibl* hodda gsacht, *uuuupossibl.*“
„A, wua reschd hod, hodda reschd“, murmelte Kommissar Günda.
„Rudolf Rentschler scheint mir im Übrigen reichlich voreilig, was seine Favoritenrolle anbelangt. Es ist mitnichten so, dass Lengard chancenlos war. Laut Auskunft der hiesigen Makler haben etliche der Jungen ihre Umzugs- und Verkaufsbereitschaft signalisiert. Die witterten alle ein gutes Geschäft. Das stellte ihnen Lengard in Aussicht.“
„Un die Alde, was hawwe die gsacht, Marioon?“
„Aldale! Aldale!“, erwiderte die und drohte neckisch mit dem erhobenen rechten Zeigefinger. „Grad waa isch doch noch so jung!“
„Ou, jetz hosch misch awwa vawischt, jetz werrisch grad bissl schennant. Nänää, Schätzl, du bisch ähni vun de Knackischde, wu isch gseä hab, einwandfrei! Odda, Freese? Sach dei Sach! Nick hald. Simma widda guud, Marioon?“
„Hajo, Tschief. Ou, wie willischn saache, am Ofang net so. Awwa dann waare die meischde schun begeischdat. Weil de

Schorle-Peda, dea hot jo subba Ideä ghabt fa Gliggabach."
„Nämlich?"
„Die drei Kärnwahlvaspreschle ware: *Mähna free time*, *Longer Kärwe* un *Free tanking for alle who schaffe mit*."
„Dann wäa jo eigendlisch alles ideaal fa eisch gloffe, odda?"
Kommissar Günda ahnte, dass es einen Haken geben musste.
„Wie mas nimmt. Paa Leit ware dodefu net so begeischdat."
„Wea beischbielsweis?"
„Zum Beispiel dieser Georg Ritter", warf Freese ein. „Im Zuge einer Versammlung zur Bürgermeisterkandidatenvorstellung soll es zu einem heftigen Schlagabtausch zwischen Ritter und dem Opfer gekommen sein."
„Des hawwisch aa gheat. Awwa do hawwisch schaffe misse", bestätigte Marion Helche.
„De Schorle-Peda wärd mia imma symbadischa. Wisso?"
„Nun, Georg Ritter hat im Gewerbegebiet von der Gemeinde eine großzügige Fläche erworben und plant seinerseits den Bau eines gigantischen Veranstaltungszentrums. Offenbar gab es da, gelinde gesagt, einen erheblichen Interessenkonflikt zwischen den beiden. Ich finde, wir sollten uns diesen Ritter mal vorknöpfen."
„Do binnisch debei. Guude Idee, mache ma. Awwa äschda mol hawisch was zum aleedische."
„Nämmlisch?", erkundigte sich Marion Helche vorwitzig.
„Spaiigl."
„Bringe Sie mia bissl was mit, Tschief?"
„Hajo, Schätzl. Wie viel brauchschn?"
„Sgibt Subb. Ach Gott, zäh Pund deedisch saache, des meeßt lange. S is Maiikt, grad ums Eck, newebei gsacht."
„Isch weeß", bestätigte Kommissar Günda und schwelgte zwinkernd zu Freese gewandt: „Dea is barühmt, de Maiikt vun Gliggabach. Aiig barühmt. Des musch gseä hawwe. Ubedingt."

In der Tat, Freese staunte nicht schlecht: Brot, Käse, Wurst, Obst, allerlei regionale Leckereien, aber auch Wagenladungen mediterraner Köstlichkeiten, für deren Abtransport die Kundschaft *Gugge*, *Dudde* und *Haffe* bereithält, um damit duftend beladen den Nachhauseweg anzutreten. Vielleicht eine kurze Rast unterwegs, umhüllt von verlockenden Gerüchen, die man sich beim Verschaufen an der Straßenecke erst wieder vergegenwärtigen muss; denn der Mensch gewöhnt sich zu schnell an alles, was ihm behagt.

Der Markt erfreut sich in Glickerbach so großer Beliebtheit, dass er erst zwei, bald drei Mal wöchentlich und mittlerweile täglich außer sonntags stattfindet.

Auch Kommissar Günda fühlte sich sofort heimisch inmitten der einladenden Buden, Stände und Zelte. Fritjof Freese erwies sich als erstaunlicher Kenner der Gemüseszene, wobei es ihm speziell die exotischen Gewächse angetan hatten.
Wohingegen Kommissar Günda vornehmlich den deftigeren Genüssen zugetan war. Und so schoben sich die Ermittler von *Vasuchale* zu *Vasuchale*, denn der Platz zwischen den beiden Kirchen war für einen späten Vormittag unter der Woche erstaunlich bevölkert. Offenbar tummelten sich auch etliche *Ausseväddische* auf dem Glickerbacher Markt.
Unbedarfte Beobachter hätten meinen können, die beiden drängten sich hier zu ihrem bloßen Vergnügen. Tatsächlich jedoch folgte auch dies Kommissar Gündas Strategie der informellen Nachforschung, und so hieß es bei allen Verlockungen weiterhin *Aare un Ohre uff.*

Ein Stand war regelrecht umlagert. Kommissar Günda dirigierte seinen Assistenten in dessen Richtung.

De Schuhschda isch do!

In dicken Lettern prangte es leuchtfarben auf einem badehandtuchgroßen Emailschild, das vor dem Ladekasten eines Piaggio Ape baumelte. Jenes dreirädrige Gefährt, das schon durch sein bloßes Auftauchen beim Betrachter für Urlaubsgefühle sorgt. Hier akustisch unterstützt durch einen rostigen, näselnd-quäkenden Lautsprecher in Hornbauweise, aus dem zur Freude der Umstehenden Musik erscholl: *Azzuro*, *Volare*, *That's amore* und *Nessun Dorma* lösten sich regelmäßig ab.

Doch nicht Eis oder Pizza bot man hier feil. Ein Familienbetrieb, ursprünglich aus Apulien, jetzt beheimatet in Seckenheim, bot seine handwerklichen Dienste an. Wer genau hinhörte, der konnte vernehmen, dass Vater und Sohn des kurpfälzischen Dialekts durchaus mächtig waren. Sofern sie sich untereinander verständigten. Sobald sie sich jedoch in einem Kundengespräch befanden, versahen sie ihre Worte mit betont italienischem Akzent, was ihre Anziehungskraft für die Marktbesucher noch bedeutend steigerte.

Zwei Werkbänke waren thekenartig neben dem Mini-Lkw aufgebaut, hinter denen die Schuster residierten. Der eine für die Annahme, der andere für die Abholung zuständig. Kommissar Günda fragte sich unwillkürlich, ob die Verantwortlichkeit auch gelegentlich wechselte.

Sorgfältig waren die Schuhe paarweise aufgereiht. Reparaturen, und das war das Erfolgsrezept, Reparaturen wurden nicht etwa sofort, in Rekordzeit, binnen Minuten erledigt. Hier auf dem Markt legte keiner Hand an Absätze und Sohlen. Vater und Sohn nahmen sich der Schuhe erst in der heimischen Werkstatt in Seckenheim mit aller Ruhe und Gewissenhaftigkeit an. Rechnung und Buchhaltung übernahmen Mutter und Großmutter väterlicherseits, wie Kommissar Günda vermutete.

Als die Reihe an ihnen war, blieb nur noch Platz für ein einziges Paar Schuhe. Fritjof Freese wollte gerade zu einer Frage ansetzen, als ihn Kommissar Günda mit einem mahnenden Blick zum Schweigen brachte, um sich sogleich an den Schuster zu wenden: „Wie viel?"
„Wasse?"
„Absätz. Die gheere mol gmacht."
„Fumfe. Due fumfe."
„Donn zähne zamme?"
„Genaue."
„Des is in Orddnung. Kannsch mache."

Und zu Freeses Erstaunen bückte er sich, entledigte sich geradewegs seiner Schuhe und stellte diese auf die provisorische Theke, was der Schuster ohne erkennbare Regung zur Kenntnis nahm. Der besah sich sodann die Fußbekleidung eingehend, runzelte die Stirn und deutete auf die Schnürsenkel.
„Stimmt, Bendl bräuscht isch aa neie. Wie viel?"
„Fumfe."
„Gebongt. Bissl butze, boliere wäa aa net schlescht."
Der Schuster nickte.
„Fimfe?"
„Stimmte."

„Tschief, wollen Sie jetzt etwa so durch die Stadt laufen?"
„Strimpfisch? Aba. Die zieh isch glei aa aus."
Freese war fassungslos.
„Barfuß?"
Der Schuster schüttelte energisch den Kopf.
„Do hosch rescht, isch kanns a net hawwe, wie dea schwätzt. Freese, des heeßt *barfießisch*. Meiik da des mol. Barfießisch. Worttaat Advärb, Endung isch. Annares Beispiel: utzlisch, schnäägisch, hopfisch, dabbisch. Vastehsch?"
Der Schuster nickte und zauberte unter der Theke ein Paar

Sandalen hervor.
„Bisse mogge."
„Fimfe?"
„Neine. Fa umme. Naturalmente, Seniore Kommissario."
Kommissar Günda bemühte sich, Überraschung zu zeigen.
„Ou, hot sischs schun rumgsproche. Gut, dass dus sachsch. Moin Assistent Freese, derdo, dea hätt mol zwee, drei Froore zu dia. Awwa reg disch net uff. Des issn Ofänga. Sprachlisch gseä."
„Finito!"
Der Schuster klatschte in die Hände.
„Heae, allae desse langte fa heite."

Er bedeutete seinem Sohn, die zu reparierenden Schuhe im Laderaum zu verstauen, während er sich zu einem Gespräch zurückziehen würde.
Bei einem frischen Espresso aus der dreiradeigenen Maschine gab Schuster Salvatore Freese Erstaunliches zu Protokoll. So bemerkenswert, dass dieser sich veranlasst sah, den Kommissar umgehend ins Lagezentrum zu bitten.
Etwas verschämt zog er sich dazu in eine Ecke zurück, von der er hoffte, sie sei nicht einsehbar, und zückte ein Gerät, das ihm Kommissar Günda mit der Bemerkung *Awwa blouß fa Notfäll!* zugesteckt hatte.
Über ein Handy verfügte dieser schon, aber in aller Regel meldete sich nur eine Frauenstimme – *Der Teilnehmer ist nicht erreichbar. Bitte versuchen Sie es zu einem späteren Zeitpunkt noch einmal.*
Darauf angesprochen erklärte er entweder, das sei einer wichtigen Vernehmung geschuldet oder aber *de bleede Aggu lea.*
Einmal mehr. Fritjof Freese hatte den Verdacht, dieser Akku würde erst gar nie aufgeladen.
Er hatte darauf bestanden, angesichts solcher Probleme zumindest eine Möglichkeit zu schaffen, sich direkt und verlässlich ins Benehmen setzen zu können, schließlich arbeite man im Team.

Darauf hatte ihm Kommissar Günda mit bedeutungsschwerer Miene einen kleinen schwarzen Plastikkasten überantwortet. Wie Freese fassungslos feststellen musste, handelte es sich um ein Sprechfunkgerät. Angeblich aus MAD-Beständen, Freese vermutete eher, es stammte aus der Spielzeugtruhe eines Neunjährigen.

Indes, es tat seine Dienste. Und so wandte sich Freese mit dem vereinbarten Code an seinen Vorgesetzten.
„Assi für Günni, Assi für Günni. Günni, kommen. Over."
Es vergingen keine fünf Sekunden.
„Was gibts? Äh, ouwa!"
Zum Glück schien niemand das aufdringlich schnarrende Geräusch gehört zu haben.
„Umgehendes Treffen im Lagezentrum. Over."
„Wisso?" Kracks. „Hea, Freese, bisch du des?"
„Ja, hier Fr… Assi."
„Ou. Jetz heedischs halwa vagesse: ouwa! Glei zwee Mol."
Kurzerhand beendete Freese an dieser Stelle den mühevollen Dialog: „Neue Erkenntnisse. Heiße Spur. Over. Und aus."

„Akku leer!“, Freese deutete mit gespielter Empörung auf den klobigen kleinen Kasten auf dem Schreibtisch, als ihn Kommissar Günda nach dem Grund für das abrupte Beenden des konspirativen Ortsgesprächs fragte.
„Schaad, grad wu ma uns so schää vaschwore hawwe. Spijoon un Spijoon. Kennsch des?“
„Nein. Zur Sache, Tschief“, Freese brannte darauf, seine neuesten Erkenntnisse zu skizzieren. „Ich bin geneigt, von einem Durchbruch zu sprechen. Unser Fall erhält durch die Zeugenaussage des Schusters eine ganz neue Wendung.“
„Aha, vazehl!“
„Nun, die beiden Schuster sind jeden Tag hier. Was sie heute einsammeln, liefern sie morgen am Stand repariert aus. Und jetzt kommts, Tschief. Die beiden waren auch am Tattag …“
„Was fa bleedes Wort“, murmelte Kommissar Günda unhörbar.
„… und zur Tatzeit hier. Der Zeuge Salvatore will beobachtet haben, dass zwei Personen – vielleicht ein Pärchen, da war er sich nicht sicher – jedenfalls, dass sich zur Tatzeit zwei Personen mit *Teppichen* in Richtung Lengard-Villa bewegten. Was sagen Sie nun, Tschief?“
„Du bisch so goldisch, Freese.“

Der war sich nicht über den Komplimentsgehalt dieser Äußerung im Klaren und fuhr vorsorglich mit dramatisch ansteigender Betonung fort: „Das bedeutet, wir müssen in eine völlig neue Richtung ermitteln.“
„Mach Sache.“

Falls Kommissar Günda Freeses Euphorie teilte, so ließ er sich das jedenfalls nicht anmerken.

„Ich habe bereits veranlasst, dass von Seiten der Fahndung das Augenmerk auf sämtliche fahrenden Teppichhändler in der Region gerichtet wird. Ich erwarte jeden Moment erste

Ergebnisse, Namen, Daten, derzeitige Aufenthaltsorte. Mit etwas Glück können wir morgen eine erste Gegenüberstellung vornehmen. Eine erstaunliche Wendung, meinen Sie nicht, Tschief?"
„Doch, doch."
„Sie sind noch verhalten?"
„Bissl. Un des Motiv, Freese?"
„Ohne Vorurteile bedienen zu wollen, versuchter Raub. Oder aber", Fritjof Freese sprudelte jetzt geradezu vor Eifer, „Lengard zeigte sich womöglich von einer herablassenden, beleidigenden Seite gegenüber den Teppichhändlern. Ein Wort ergab das andere. Lengard wurde ausfallend, vielleicht war Alkohol im Spiel. Sein Gegenüber, vielleicht auch ein Heißsporn, ließ sich nichts gefallen und zückte ein Messer."
„Un alles weje denne Debbisch. Traggisch, so traggisch", ergänzte Kommissar Günda auffallend bedrückt.
„Ja, Tschief, die menschliche Seele ist unergründlich, das wissen Sie doch am besten."
„Des stimmt alladings."
Kommissar Günda wirkte fast träumerisch.

„Sgibt blouß ä klähnes Problähm."
„Nämlich?"
Fritjof Freese war bereit, jeden Zweifel zu zerstreuen.
„Die Debbisch. Wie hawwe die ausgseä?"
„Nun, ich verstehe den Sinn Ihrer Frage nicht. Wie so ein Teppich eben aussieht. Wahrscheinlich wird man von seinem Muster nicht viel gesehen haben, solche Teppiche werden zusammengerollt."
„Un wie hawwe die die Debbisch transborddiat? Uff de Schulda? Huggepack? Odda mim Schubbkärschl?"
„Nein", Freese begegnete den Einwürfen des Kommissars mit unveränderter Ernsthaftigkeit, „die wurden nach Zeugenaussage unter dem Arm getragen."

„So grouße Debbisch unnam Aam?“
„Nun, vielleicht waren das eher kleine Teppiche.“
„Vleischt sogga ganz klähne Debbisch …“
Freese war irritiert.
„Was tut das zur Sache, wie groß die Teppiche gewesen sind. Teppich ist Teppich.“
„Eewe net, Freese. Wenn du owets ins Bett schlupfsch, was nimmschn dann mit. – A hoffentlisch net die Muddi.“
„Das geht nun doch ein bisschen zu weit, Tschief.“
„Hosch rescht. Annaschda. Was brauchsch du im Bett, dass du net friere dusch?“
„Eine … Decke?“
„Falsch, en Debbisch! Mia saache *Debbisch* dodezu. Mia gehe soggaa ins Schwimmbad mim *Debbisch*.“

Langsam dämmerte es Freese.
„Sie wollen sagen, dass unser Zeuge lediglich beobachtet hat, wie ein Pärchen zwar in Lengards Richtung gelaufen ist, aber das aller Wahrscheinlichkeit nach auf dem Weg zu irgendeinem Badesee in der Umgebung?“
„Gönau!“
Einen Moment herrschte betretenes Schweigen zwischen den beiden Männern. Bis Freese doch noch einen letzten Versuch startete: „Moment, Tschief. Von mir aus sagen Sie hier zu einer Decke und sogar zu einem Handtuch *Teppich*. Aber wie bezeichnet man dann einen richtigen Teppich?“
„A, des is doch klaa, Freese. Des, des issn Debbisch!“

Eine angespannte Stille machte sich zwischen den Ermittlern breit. An Freese nagte die gerade erlittene Schmach. Es gärte in ihm. Hatte er das nötig? Sich mit diesem komischen Dialekt herumzuschlagen, mit Spezialausdrücken, die man maximal im Umkreis von fünf Kilometern kannte? Er sprach immerhin fließend Englisch, Französisch, Spanisch, leidlich Schwedisch und konnte sich sogar notdürftig im Ungarischen verständigen. Gab es für ihn wirklich keine wichtigeren Aufgaben, als die unterschiedlichen Bedeutungen von *Däppich* in Rettigheim, Leimen und Mückenloch auseinanderzuhalten?
Er mochte es sich nicht eingestehen, aber er sann auf Rache.
„Tschief?"
„Hm", Kommissar Günda blätterte abwechselnd in fünf Notizblöcken.
„Neulich las ich ein Protokoll von Ihnen."
„Mach Sache …"
„Eine Frage: haben Sie das selbst geschrieben?"
„Was stehdn drunna?"
„Na, Ihr Name."
„Allo."
„Aber offengestanden, das klingt so gar nicht nach Ihnen."
„Hä?"
„Nun ja, ich wusste gar nicht, dass Sie auch … Hochdeutsch können?"
„Du weesch viel net."
Kommissar Günda fischte eine handliche Plastikdose aus seiner Aktentasche und förderte aus dieser ein gewelltes, bräunlich glänzendes Rechteck zutage, das er sorgfältig auf einem Taschentuch ausbreitete.
„Linzatortt – die bescht, wu du finne kannsch."
„Ah, Linzertorte", erwiderte Freese mit Kennermiene, „die habe ich auch schon einmal bei uns in der Kantine gegessen."
„Pfff, Linzatortt bei uns in de Kantien? Kannsch vagesse geje die."

„Welche Bäckerei?“
„Kähni. Priffaat. DBrenzingas Ssussl hot sich selbschdännisch gmacht dodemit.“
Genüsslich schob sich Kommissar Günda ein Stück in den begierig geöffneten Mund.
„Sieht ja wirklich lecker aus.“
Freese schien sich der Hoffnung hinzugeben, probieren zu dürfen, was sein Vorgesetzter bemerkte, aber großzügig übersah.

Es entstand eine längere Pause, in deren Verlauf Freese mitansehen musste, wie sich Kommissar Günda ein ums andere Stück einverleibte. Er vertiefte sich in das immer noch in Frage stehende Protokoll, um keine Peinlichkeit aufkommen zu lassen.

„Soot, des wäas widda fa denn Muunet.“

Die beiden waren mittlerweile so eingespielt, dass der Kommissar Verständigungsprobleme seines Assistenten auch ohne ausdrückliche Nachfrage sofort erkannte.
„Muunet. Mansche saache a Moonat. Mir gfeelt Muunet bessa, des klingt irgendwie … exodischa. Stimmts, Freese?“
Der nickte müde.
„Allo, ähmol im Muunet krigg isch fun de Ssussl soä Linzatortt. Weil isch derre mol gholfe hab. Die hot so bissl Problähme ghabt. Mit derre iam Ex.“
„Ja, das hört man immer wieder. Männer, die ihre Ex-Partnerin klammern, drangsalieren, die einfach nicht loslassen können.“

Freese schien auf einmal sehr engagiert, und in Kommissar Günda keimte der Verdacht, auch sein Assistent hatte sich einen ähnlichen Vorwurf schon einmal gefallen lassen müssen.

„Nänää, der hot soggaa zimmlisch guud loslosse kenne. Isch deet saache, des is ähna vun de beschde Loslassa iwwahaupt.

Awwa er hot sein ganze Krembl äfach bei de Sussl glosst. De ganze Kella gschdobbde voll mit Kruuscht.“
Kaupause.
„Hawwisch mol bissl mim Voggels Roina gschwätzt …“
„Wer ist das jetzt wieder?“
„A, de Ex vun de Sussl. Kennisch vun fria. Vum Hannball. Uff jedn Fall, bin isch in die Ros …“
„?“
„Die Kneip bei mia ums Eck. Kummt de Voggels Roina rei. Hawwisch glei mol gwunge: *Hogg disch.* Un dann hawwisch demm eigschenkt: *Hea, isch hab gheat, dei Sussl hoddn Neie!*
Sachda: *Pf, vun mia aus, mescht mia nix weidas.*
Sachisch: *Des is guud. Isch hab schun bissl Ängscht ghabt weje dia.*
Guggda misch so oo: *Wisso?*
Weil derre ian Neie, dea is jo total begeischdat vun eiam, isch mähn, vun de Sussl iam Kella un de Garaasch. Die reinscht Goldgrub, sachda. Dea hot Kondakde in de Ural. Die stehe do druff.
Uff mei alde Reife?
Scheinz.
Die zwee roschdische Kotfliggl vum Käffa?
Des wäre gonz gsuchte Sammlastick bei de Urala. Wie dei Klaffia.
Hea uff. Des gibts net. Des hot jo gaa kä Seide. Die hawwisch ausgebaut, dorttmols, wie isch mei Hausbaa draus gmacht hab.
Schun zwee Indressende, mähnda, zwonzischdausend mindeschdens.
Isch sachda, Freese, den Voggels Roina hots halwa zalegt.
Die Tapedereschde? Die zwee alde Audobaddarie? De utzlische Vorhong vun meinare Donde, des gonze Glumb wolle die hawwe?
Alles.
Des Feddabedd, wu de Ungl Luis drin gstorwe is? De Kanoneoffe, de Benzinkanischda, wu isch neinesibzisch in Griescheland debei ghabt hab, wu isch mich nimmi drau denn fa zum uffmache? De Backoffe, sauschwea, vun de Ua-Ua-Ua-Ooma mit denne gammlische Reschde drin? Des alles vakeeft dSussl?
De Sussl ian Professa, bessa gsacht. Der sescht, wahrscheins geht des

meischde soggaa fa zum vasteigare. Ssossebiess.
En Professa hot die? Un der hots needisch, misch auszumschlachde? Isch wärd Härsch!
Un de Rescht kummt ins Musseum. Wenn des de Beuys noch alebt hätt, sachda.
Am näggschde Daag steht de Voggels Roina mit zwee Leit unneme Hako mit Ohänga bei de Sussl. Kella, Garaasch, alles lea. Beserei.
Un seitdähm kriggisch Linzatortt. Un jetz du widda!"

Fritjof Freese sah mit Sorge, dass sich Kommissar Günda nun auch über die spärlichen Reste des Kuchens hermachte.

„Äh, wie ist das jetzt mit dem Protokoll? Sie schreiben das wirklich selbst?"
„Net direkt. Unna uns. Isch diktier des."
„Diktieren, wem?"
„De Annelies. Die waa mol Dreggdarin[36] uff de Schul."
„Dreck-Da-Rien?"
„Chef-Fraa. Seitdähm freet die sisch, wenn sie bissl was schaffe kann. Isch diktiea, die iwwasetzt des. Un zwar simuldahn, moin Liewa. Des hot die druff.
Äh, was annares, willsch du eigendlisch a mol soe Vasuchale vun derre Linzatortt?"

Das kam nun doch unverhofft, und Freese konnte sich ein vorfreudiges Strahlen nicht verkneifen.

„Oukay, im näggschde Muunet. A-inna misch."

Und hingebungsvoll führte sich Kommissar Günda auch die letzten Krumen zu Gemüte.

---

36 Direktorin

Von draußen erhob sich ohrenbetäubender Lärm.
„Tschuldischung“, Marion Helche erschien in der Tür. „Do sin Leit fa de Schorle-Peda. Was sollischn mache?“
„Des wärdd jo imma indressanda, als rei mit denne.“
„Hm, schwierisch“, entgegnete die Wirtin, „des wäre bissl viel.“
„Wie viele?“
„Fuchzisch. Mindeschdens.“

Der Parkplatz vor dem Roten Ochsen war übersät mit schweren Motorrädern; gepflegt blitzende, teure Maschinen, deren sattes Blubbern jede Unterredung unmöglich machte.
Fritjof Freese gestikulierte wild. Der Lärm verebbte.

Als die letzten Maschinen verendeten, stieg einer der Fahrer aus der vorderen Reihe ab und kam o-beinig staksend auf die beiden Ermittler zu.
Ein dünner, fast fadenhafter, eisgrauer Zopf wand sich über edel gealtertem Leder. Kurz vor den beiden Ermittlern wurde der Helm gelüftet und zum Vorschein kam ein etwa 70-jähriger Mann, braungebrannt, und zeigte im Zuge eines strahlenden Lachens eine Reihe überaus regelmäßiger Zähne.
„Ungarn“, tippte der Kommissar fachmännisch.
„Der Mann?“
„Nää, die Zäh.“
„Wir suchen Peter Lengard, wir sind verabredet“, erklärte das Altleder launig.
„Was wollen Sie von ihm?“
„Wir sind daran interessiert, Anteile seiner Firma zu erwerben.“
„Das trifft sich gut. Fritjof Freese, Kriminalpolizei, Sokodo. Wir interessieren uns ungemein für diese Firma Aldale. Und ganz besonders für alle Geschäftspartner von Peter Lengard. Es tut mir leid, wir ermitteln in einem Verbrechen. Wir werden jeden einzelnen von Ihnen vernehmen müssen. Keiner darf Glickerbach verlassen.“

„Prächtig", entgegnete der Nicht-mehr-ganz-so-Easy-Rider erwartungsfroh, „genau das hatten wir vor. Hierbleiben. Und zwar für immer."
„Schon gut, Tschief, ich mach das", seufzte Freese schicksalsergeben.

Aber insgeheim freute er sich über die Aussicht, die nächsten Stunden ausnahmsweise hochdeutsch zu verbringen.

Wie stark prägt uns Sprache?

Erziehung, Erbanlagen, soziales Umfeld, Klima, deren Einfluss wird gerne erforscht. Wie aber steht es um die Wirkung der Sprache auf die Persönlichkeit eines Menschen?

Wird sich jemand, den ständig Sächsisch Sprechende umgeben, anders entwickeln als einer, der allein dem Bayerischen ausgesetzt ist? Unabhängig von den Menschen, einzig im Hinblick auf das so gänzlich anders gesprochene Wort und dessen besondere Klangfarbe.

Würde das bedeuten, dass ein gebürtiger Schwabe, rechtzeitig verpflanzt in norddeutsche Gefilde, also bevor er auch nur *ein* schwäbisches Wort vernimmt, Friese werden kann? Oder muss? Mit allen zugeschriebenen Eigenarten. Wird der Menschenschlag auf diese Weise maßgebend bestimmt?

Denn unsere Regionen zeichnen sich nicht nur durch höchst unterschiedliche Mundarten aus, zugleich sind deren Bewohner auch von der Mentalität her grundverschieden.
Spricht das nicht für ein enges Zusammenspiel von Sprache und Wesen? Für die Macht der Sprache? Nicht des Wortes. Schon gar nicht des Inhaltes. Es finden sich in Deutschland viele Dialekte, von denen Außenstehende nicht einmal sagen können, ob es sich um eine Sprache handelt oder bloß um eine hörbare Mutation der Sprechwerkzeuge.

Immerhin setzt jeder Dialekt eine bestimmte Lautbildung voraus. Das bedingt den Sitz der Stimme. Aber auch die Haltung und damit Ausstrahlung und Persönlichkeit des Sprechers.

Gewisse Dialekte können nun einmal nicht geflüstert werden, benötigen eine bestimmte Lautstärke. Dröhnen, gellen, singen, knattern auf einem Ton. Streuen Laute ein, die, für sich genommen, keinerlei Bedeutung hätten, ohne die jedoch diese Sprache nicht auskäme. Kommissar Günda war übrigens überzeugt, einen Sprachgenossen am bloßen Grunzen erkennen zu können.

Wie in der Liebe ist der Mensch bei der Dialektwahl nicht frei. Es widerfährt ihm. Übermannt ihn. Ohne Rücksicht auf Präferenzen, dem Willen entzogen.
Geschieht das stets mit dem Effekt der Persönlichkeitsprägung? Jetzt, da unsere Dialektvielfalt dramatisch im Verschwinden begriffen ist, täten wir gut daran, diesen Bereich menschlicher Entwicklung wissenschaftlich zu beleuchten. Vielleicht wäre Glickerbach dafür ein geeigneter Ort. Hier sprachen auffallend viele Dialekt. Woran das wohl lag? Zufall oder eben Wesenszug?

Aber vermutlich war es dafür selbst in Glickerbach schon zu spät. Bei aller Sentimentalität und Sympathie musste Kommissar Günda einräumen, dass seine Einschätzung wesentliche Bereiche des öffentlichen Lebens aussparte. So wusste er weder, wie es in Schule und Kindergärten klang, noch ahnte er, wie die jungen Glickerbacher sprachen und dachten. Immerhin hatte Peter Lengard mit seinem Projekt einen Nerv getroffen. Nicht den der Heimatverbundenheit, sondern den des Geschäftssinns. Etliche wären schnöder finanzieller Vorteile wegen fortgezogen. Wie war es dann wohl um ihre Verwurzelung bestellt?

Wenn er ehrlich war, wollte Kommissar Günda dem gar nicht auf den Grund gehen. Die Furcht vor der Enttäuschung, dass es doch so war wie überall, hielt ihn davon ab.
Und so beschäftigte er sich in diesem stillen Moment, bevor der allabendliche Trubel im Roten Ochsen begann, lieber weiter mit der abstrakten Idee von der Macht der Sprache. Nicht zuletzt durch die Vorkommnisse mit seinem Assistenten. Der tat ihm

schon ein bisschen leid. Schließlich gab er sich doch einige Mühe. Und Kommissar Günda nahm beileibe keine Rücksicht auf den Sprachfremdling. Er würde ihn loben. Schon bald.

Welche Auswirkungen haben also die ersten Laute, die wir vernehmen, ohne sie zu verstehen?
Gibt es einen Effekt wie bei einer neugeborenen Ente, die das erste Wesen, das sie sieht, automatisch und für alle Zeiten als Mutter betrachtet?

Isch wärd varrickt, nochen Buu! Gugg misch mol oo! Wassinnendes fa Hoa? Roud? Vun mia hot dea des net!

Zack – prompt ist da ein ewig-echter Kurpfälzer geschaffen, mit Leib und Seele der *Regioon* verschrieben.
Eine schöne, aber auch eine beunruhigende Vorstellung. Je nach Landsmannschaft.

Nein, da bedarf es wohl einer dauerhaften, umfassenderen Ansprache. Bis zu welchem Lebensalter bleibt dieser Einfluss wirksam? Bedarf er der permanenten Auffrischung? Ebbt er sonst ab, verpufft gar vollends?

Fremdsprachen lernen wir als Kind in der Schule, um später auf dem Campingplatz radebrechend *ön backett* zu ordern.
Langsam, korrigierte sich Kommissar Günda. Er war schon wieder drauf und dran, seine eigene Kindheit und Jugend zum Maßstab zu machen. Dabei gab es mittlerweile doch geradezu die Pflicht, ins Ausland zu gehen, möglichst bereits im Kindergarten erste Austauscherfahrungen mit *Young Business Vorschools* in den USA zu machen. Hatten sich die jungen Leute heute gefälligst so lange außerhalb ihres Herkunftslandes herumzutreiben, bis sie auch das letzte Fünkchen Heimatgefühl verlören. Vielleicht nur folgerichtig in einer Zeit, in der

Beziehungsunfähigkeit als Vorzug im Bewerbungsgespräch gilt.

Sprache ist Heimat, davon war Kommissar Günda überzeugt. Aber wo liegt das Zuhause, wenn die Muttersprache *Business-English* heißt?

Dialekt ist jeder Fremdsprache voraus. Dialekt kann man nicht lernen. Obschon viele behaupten, sie hätten Talent dafür. Es genügten Tage, ja, Minuten, und sie würden automatisch in jeden beliebigen Tonfall geraten.
Ach was! Für die Ohren der Einheimischen klingen diese Sprachversuche grausam, vergleichbar denen des Touristen, der nach dem Italienurlaub seine Bestellung in der heimischen Pizzeria einleitet mit den ersten Takten von *Fällitschitta!*
Ist es nicht immer und überall nur die Aussicht auf Umsatz, die uns Lob beschert?

Wie kam Kommissar Günda überhaupt auf diese abwegigen Gedanken, die ihn so hartnäckig von den anstehenden Überlegungen zum Mordfall Lengard abhielten?

Nun, wie viele von uns beschlich auch Kommissar Günda von Zeit zu Zeit der Gedanke, er sei ein heimliches Findelkind.
Dabei stammte er aus einem ohne Einschränkungen intakt zu nennenden Elternhaus. Doch gewaltig blieb der Unterschied zu seinen nächsten Verwandten. Nicht zuletzt war er der einzige in diesem Kreis, der immer und überall klar und bekennend Dialekt sprach.

Als Gegenbeispiel wäre zuvorderst Holger zu nennen, von dem man Kommissar Günda glauben machen wollte, *des wäa en Kusseng zu mia.* Dieser angebliche Angehörige war zutiefst überzeugt, reinstes Hochdeutsch zu sprechen. Gerade in der Öffentlichkeit. Eine Einschätzung, die außer ihm niemand teilte.

Die Nase rümpfte man jedoch mit Bedacht nur hinter vorgehaltener Hand, denn Holger war einflussreicher Geschäftsführer eines erfolgreichen Solarunternehmens. Ein lupenreiner *Zelfmädmänn*, wie er sich selbst betitelte. Seine Geschäftsbeziehungen führten ihn andauernd nach Asien, weshalb seine Frau Janine, von ihm zartfühlend *Dschanninne* genannt, ihre Abende allein mit den beiden Kindern in einem dieser trostlosen Neubaugebiete verbrachte, dessen schmuck-uniformierte Reihenhäuschen täglich aus dem Boden schossen. Wie die Bäume bei *Asterix*, nachdem man mit Zauberkastanien um sich geworfen hat. Besiedelt von vorwiegend jungen Familien auf der Durchreise. Sesshaft im Dreijahrestakt.

Hinzu kam das tiefe Unverständnis, mit dem man Kommissar Günda auch heute noch bei Familienfesten begegnete. Angefangen von der Berufswahl über seinen Lebenswandel bis hin zu seinen immer etwas tragischen endenden Frauengeschichten.

Anfangs hieß es, er käme ganz nach seinem Großvater. Der war schon früh verstorben, und er hatte nur vage Kindheitserinnerungen an ihn: *Stumbe*, *Krickstock*, *Huuschde*, *Hietl*[37]. Immerhin.

Was wusste man denn schon von seinen Vorfahren, ganz zu schweigen von denen jenseits der vorletzten Generation?
Spielten die nicht auch eine gewichtige Rolle für die Persönlichkeitsprägung?

Er bewunderte kopfschüttelnd einen Kollegen bei der Spurensicherung, der jede freie Minute damit verbrachte, Ahnenforschung zu betreiben. Bei allem Eifer, über Stand und

---

[37] Hütchen

Beruf, Konfession und Kinderzahl gingen die erlangbaren Informationen nicht hinaus.
Wie viel interessanter wäre es zu erfahren, wie unsere direkten Vorfahren vor 100, 200, 500 Jahren gefühlt und gedacht haben, wie ihr Alltag aussah, wie sie miteinander redeten, wie sie das Leben bewältigten?

Da sind die künftigen Generationen fein heraus. Ein gewaltiger Schatz wird ihnen zur Verfügung stehen. Abermilliarden Daten, Dokumente, Fotos, Videos. Keller, Speicher und Festplatten voll mit dem, was wir in unserem Leben angehäuft und geäußert, womit wir uns irgendwann beschäftigt haben. Eine unendliche Materialfülle, die ihnen ermöglichen wird, uns, die wir ihnen in der Menschheitsgeschichte vorangingen, umfassend wie keine Generation zuvor zu ergründen. Und so werden unsere Kinder und Kindeskinder dereinst das alles staunend betrachten und dem Entrümplungsunternehmer zurufen: *Davon kann ich mich beim besten Willen nicht trennen – komm, mach du es!*

„Was is de Mensch?"

Kommissar Günda stützte den Kopf auf seine rechte Hand und schaute erwartungsvoll in Marion Helches Richtung. Die schien ihn nicht gehört zu haben.

„Isch sach, ouououou."

Das war eindringlich genug, nun endlich blickte sie fragend in Kommissar Gündas Richtung.
„Was gibtsn, Tschief? Problähme?"
„Net direkt."
„Isch kumm glei riwwa, gradn Moment."

Mit geübten Handgriffen verlieh sie Zapfhahn, Spüle und

Tresen den gewohnt-ansprechenden Glanz und schleuderte das dafür benutzte Tuch gekonnt in den dafür vorgesehenen Eimer, gut drei Meter von ihr entfernt.
Selbst das vermochte Kommissar Günda nicht aufzuheitern.

„Hm? Was ischn lous?“, Marion Helche zog einen Stuhl vom Nebentisch heran und setzte sich dem Hadernden gegenüber.
„Kumma?“
Kommissar Günda nickte.
„Wisso? Was issn bassiat?“
„Nix. So hald. Isch hab so bissl des aame Dia[38]. Kennsch du des aa?“
„Hajo, Tschief, reggelmäßisch.“
Merkwürdigerweise sah man Marion Helche in diesem Moment ihre 38 Jahre besonders wenig an.
„Mach Sache. Isch eigendlisch net. Koomisch.“
„Tschief, in demm Alda kummt des bei de Männas als. Des is nommaal.“
Sie legte die Stirn teilnahmsvoll in Falten.
„Bidde?“, Kommissar Günda musste sich keine Mühe geben, Entrüstung zu zeigen. „Was heeßtn des, *in demm Alda*?“
„S is wies is, Tschief. Die Hoa wachse nimmi sou, blouß noch in de Oa un in de Naas. De Ranze geht dodefoa aussennanna.“
Kommissar Günda blickte instinktiv an sich herab.
„Sie sin hall nimmi jung, Tschief! Isch vasteh des. Do denkt ma schun so bissl nooch. Was so alles waa.“
„Hm.“
„Was hätt soi kenne.“
„Hm.“
Marion Helche blühte regelrecht auf.
„Was nimmi geht.“
„Hm.“

---

[38] das arme Tier

„Was nimmi wärdd."
„Hm."
„Was noch kummt."
„Hm."
„Vleischt."
„Hajo."
„Wemma aiig viel Glick hot."
„Weesch was, Marioon? Jetz geht mas schun glei bessa. Donge!"

Marion Helche strahlte.

„Gärn gscheä. Unn wenn widda mol was is …"
„Weeß isch Bscheid, vun wemm isch des DDT krigg. Awwa jetzat äschda mol …"
„Ä Bierle?"
„Gönau."

Kommissar Günda nahm sich vor, die therapeutischen Fähigkeiten der Wirtin nicht weiter in Anspruch zu nehmen.

„Ää, was annares, was hot eigendlisch de Schorle-Peda als vazehlt?"
„Dea? Gaa nix. Außa, wenna Schorle ghabt hot."
„Un wann waa des als?"
Marion Helche überlegte.

„Eigendlisch nie."

„Guten Morgen, Herr Kommissar, schon so früh auf den Beinen?“

Die Blumenhändlerin drapierte gerade frische Gladiolen vor ihrem Schaufenster, als sich Kommissar Günda nach einem kurzen, gedankenversunkenen Spaziergang unversehens vor ihrem Laden wiederfand.

„Morsche, Frau, äh …“

„Berger, Renate Berger. Verzeihen Sie, ich war gestern ein wenig überspannt, der Schock.“

„Klaaroo, des vasteh isch voll.“

„Ach ja? Trotz aller Routine keine Abgestumpftheit?“

„Hm, ach Gott, wiewillischnsaache …“

Wieso fiel es Kommissar Günda unter diesen Blicken so schwer, halbwegs vernünftige Sätze von sich zu geben?

Ein junger Mann betrat schlurfend das Blumengeschäft, ganz wie ihn der Gott des Planeten *Tunichtgut* erschaffen hatte.

Einer dieser Lethargie-Träger, die seltsamerweise stets einen Energy-Drink mit sich führen, obwohl sie doch gegen dessen Inhaltsstoffe offensichtlich immun sind.

Kommissar Günda ahnte augenblicklich, wie dessen Zukunftspläne aussahen: den ganzen Tag mit einem Dutzend maximal bikinibekleideter Mädchen im Swimmingpool liegend, umnebelt von einem Mix hirnfräsender Drogen, auf den glorreichen Bremsspuren von *50 Cent* oder wie die örtlichen Rapper eben alle hießen, und er beschloss, dieser Karriere frühzeitig ein Ende zu bereiten.

„Hea, *Fiffdie Pickls*, musch du net ind Schul? Schulschwänze, des koscht!“

„Entschuldigung“, unterbrach Renate Berger leise, „das ist mein Sohn. Er hat vor fünf Jahren Abitur gemacht und wohnt bis zum Beginn seines Studiums noch ein bisschen bei mir.“

„Weesch, was misch uffregt? Weesch, was misch so rischdisch

uffregt? Des! Fa die Mädlin is des schun fuaschbaa mit denne ganze Buuwe, die wu bei de Muddi bleiwe. Awwa was soll ischn saache. Do willsch du bissl bussiere, schwänzlt die gonz Zeit derre ian Soohn rum, des is jo bogglhart!"
Diesen Gedanken behielt Kommissar Günda wohlweislich für sich. Angestrengt arbeitete er an einem möglichst aufgeschlossen wirkenden Gesichtsausdruck, gekrönt von einem bewundernden Lächeln für diese mustergültige Symbiose. Letzteres geriet allerdings etwas schief.
„Markus arbeitet. Abends. In der Musikbranche. Nicht wahr, Markus?"
Da war er, der Blick der sorgenden Mutter, die sich so von etwas überzeugen wollte, was sie selbst am allerwenigsten glaubte. Ein Blick, den Kommissar Günda von etlichen Elternvernehmungen nur zu gut kannte.
„DJ", stieß dieser Hoffnungsträger des 21. Jahrhunderts tonlos hervor.
„Ou", prustete Kommissar Günda, „dann kann jo nix bassiere. Isch hab ganz korzz bissl Ängscht ghabt um mei Rende. Awwa jetz binnisch beruischt."
Er hatte sich einfach nicht beherrschen können und rechnete nun fest mit seiner sofortigen Bestrafung. Verachtende Empörung, der ewige Bannfluch unbedingter mütterlicher Parteinahme für den doch so Wohlgeratenen würde ihn treffen. Zu seiner Überraschung zeigte Renate Berger ein einverständliches Lächeln. Welch unverhofftes Geschenk!
Kommissar Günda wandte sich dessen ungeachtet vorsorglich zum Gehen, verharrte dann doch für einen kurzen Moment.
„Ja?", erbot sich Renate Berger.
„Ää … Alla!"

Klong! Kling! Klong!
„Lumbe, ald Eisse!“

Wer verdiente sich denn da ein Zubrot, mit einer heiseren Glocke bewaffnet, den schäbigen Zylinder schräg auf dem Kopf?
Wie ein Totengräber im Western auf der Suche nach dem nächsten Duell zog dieser einsame Mann einen klapprigen Leiterwagen über den dampfenden Asphalt durch die spätnachmittägliche Hitze von Glickerbach. Einzig die hellgelben Gummihandschuhe deuteten darauf hin, dass er vielleicht doch nicht sonderlich interessiert war an dem, wonach er so lautstark verlangte.
An jedem Hauseingang machte er Halt, stützte seine Rechte Luft holend in die Hüfte, um sich kurz darauf nach den Plastikbehältern zu bücken, in denen die Glickerbacher ihre bis auf den letzten Tropfen geleerten Glasflaschen der Wiederverwertung zuführten. Ordentlich aufgereiht standen sie in den grauen Körben und warteten auf ihre scheppernde Abholung durch die städtischen Entsorgungsbediensteten.

Doch zuvor durchstöberte dieser in regelmäßigen Abständen krakeelende Mann sorgfältig die Hinterlassenschaften. Zumeist handelte es sich um Behältnisse für Alkoholhaltiges, nur gelegentlich um solche für Essig oder Öl. Höchstselten fanden sich Pfandflaschen, deren Vergütungstauglichkeit dem Besitzer wohl entgangen war.
Solche angelte der Zylinderträger zielsicher heraus und legte sie mit Bedacht in seinen Leiterwagen, der jedoch bislang kaum mehr als einem Dutzend Flaschen Lager bot. Die Glickerbacher waren offenbar sehr aufmerksam, wenn es darum ging, Geld zu erlösen, und sei es in noch so geringen Beträgen.
Was Freese befremdete, der emsige Sammler hielt jeden Korbinhalt fotografisch fest.

Kurzerhand entschloss er sich, das Geheimnis dieser Vorgehensweise zu lüften, und tippte dem Leergutarchivar auf die Schulter, als dieser gerade eine Flasche nach eingehender Musterung seufzend wieder in den Abfallkorb legte.

„Doch keine Pfandflasche?“
„Ä-ä. Des deischt manschmol, grad bei denne klähne. Hea!“, die Miene des Sammlers verfinsterte sich. „Des is mei Reffia! Dass des glei mol klaa is. Hosch des vastanne?“
„Keine Sorge. Fritjof Freese, Kriminalpolizei, Sokodo. Was machen Sie da eigentlich?“
„Ou, Bollezei? Isch des jetzat vabodde? Pandflasche zum sammle?“
„Nein, nein, ich wundere mich nur. Wenn ich recht beobachtet habe, fotografieren Sie die Flaschen.“
„Blouß die oone.“
„Ohne was?“
„A, Pand.“
„Ganz recht, Sie fotografieren die Einwegflaschen. Das meine ich. Aber warum?“

Wie so oft, wenn man arglos die Aufklärung eines rätselhaft erscheinenden Sachverhalts erbittet, erlangt man umfassende Kenntnis vom Leben und Wirken des derart seltsam Handelnden. Als hätte der sein Tun als bloßen Köder geworfen, das Interesse an seiner Person zu wecken.

Und so erfuhr Fritjof Freese nach einem kurzen Abriss über die sportlich erfolgreiche Kindheit und Jugend vom Schicksal des ehemaligen Leiters der seit nunmehr zehn Jahren aufgelösten Glickerbacher Lokalredaktion. Dem Angebot einer Versetzung in die Zentrale, Abteilung *Fastnacht und Umzüge*, hatte er widerstanden, dem des vorzeitigen Ruhestandes nicht.
Der Preis war mit einer gescheiterten Beziehung infolge des

plötzlichen Ehe-Erlebens und der nicht mehr schreiberisch abreagierbaren chronisch-schlechten Laune hoch.

Am meisten aber hatte Gisbert Schindelmeyer, besser bekannt unter seinem Kürzel *degis*, der Bedeutungsverlust zugesetzt. Buhlten Lokalpolitiker und Vereinsfunktionäre zu seinen Redakteurszeiten immerfort um seine Gunst, genoss er wie selbstverständlich allerorten bevorzugte Behandlung bei Platzwahl, Arztbesuch und kaltem Buffet, so sah er sich von heute auf morgen all dieser Privilegien beraubt. Was er noch immer als zutiefst undankbar und ungerecht empfand, hätte er doch im Dienst genügend Gelegenheit gehabt, zum *Zoores gewwe, neizumbatsche*, wenn die *Hannebambl do* den Anforderungen der Allgemeinheit wieder einmal nicht annähernd gerecht wurden. Als Hüter und Wächter, Mahner und Visionär im Dienste von Demokratie und Meinungsfreiheit hatte er Jahr um Jahr treu und aufopferungsvoll *sisch krumm un bugglisch gschafft.* Was Augstein für den *Spiegel*, Nannen für den *Stern*, Schwarzer für *Emma*, das war Schindelmeyer für die *Glickerbacher Umschau*, wie die Lokalseiten zu seinem Leidwesen etwas provinziell überschrieben waren. Da es in Glickerbach nicht immer ausreichend Stoff für seine ambitionierte spitze Feder gab, machte er sich irgendwann an Kommentare zu überregionalen Ereignissen, besprach Landespolitik, aber auch Länderspiele und den ersten Golfkrieg. Der Niedergang setzte ein, als der neue Chefredakteur seinen Artikel über den Auftritt der Rolling Stones in Berlin mangels lokalem Bezug ohne Rücksprache kurzerhand kippte. Dabei hatte Schindelmeyer in seiner täglichen Kolumne *Glickerbach, Deutschland und die Welt* ausdrücklich einen Vergleich mit den Glickerbacher *Dschdouns* aufgenommen, bei dem übrigens die hiesigen Rock-Urgesteine leicht die Nase vorn hatten, was nicht zuletzt am charismatischen Sänger Gisbert *die Mick* Schindelmeyer lag, der selbstredend im Artikel nicht namentlich erwähnt wurde. Schindelmeyer wusste, was der

Neutralität des Journalisten geschuldet war.

Weniger als Zubrot, mehr um seiner Chronistenpflicht in dieser Welt weiter Rechnung zu tragen, war er vor vier Monaten dazu übergegangen, die Glickerbacher Trinkgewohnheiten mittels ihrer Überreste zu erfassen und auszuwerten. Eine zugegeben mühevolle Aufgabe, die allerdings schon bald in ein Buchprojekt münden würde, Arbeitstitel *Gluck, Gluck, Glickerbach*.
Nein, mit Rachebedürfnissen habe das nicht im Geringsten zu tun, hier gehe es ausschließlich um eine längst fällige Milieustudie mit Allgemeingültigkeit. Namen würden genannt, aber aus Datenschutzgründen nur Spitznamen.
Sein Werk werde dabei sowohl saisonale wie auch geschlechts- und strukturspezifische Besonderheiten berücksichtigen.
Signifikant und bahnbrechend sei beispielsweise die Beobachtung, dass nach einem Auszug der erwachsenen Kinder der Alkoholkonsum nicht etwa, wie man vermuten könne, schwände, sondern in aller Regel steige. Und das erheblich.

Ja, erklärte Schindelmeyer, bevor Freese die Nachfrage stellen konnte, es komme durchaus vor, dass Flaschen für besonders Hochprozentiges dem Nachbarn untergeschoben würden, um ihn, den unbestechlichen Erfasser, zu verwirren. Aber letztlich gelänge da keine Verzerrung der Statistik. Schließlich werde nach seiner Beobachtung in Glickerbach seit Menschengedenken Gleiches mit Gleichem vergolten.

„Do beispielsweis“, Schindelmeyer deutete auf den Korb zu ihren Füßen, „des wäa des Glumb vum Seegas Schorsch. Do gugg: zwee Whisky, wie letscht Woch, zäh, elfe, zwelfe Rotwoi, bissl wennischa worre, dodefia Wodga, alda Schlabbe. Viere. Vier Fläschlin! Dea is umgstigge. Des mussisch glei mol dogmendiere[39]."

Gisbert Schindelmeyer zückte seine handliche Digitalkamera, ordnete die Etiketten in Sichtrichtung, drückte den Auslöser und betrachtete das Ergebnis auf dem kleinen Bildschirm mit einem wohlgefälligen Grunzen.

„Hea, Schindl, was gibtn des?"

Ein hochroter Kopf war im hastig geöffneten Fenster des Hauses erschienen.

„O, reg disch ab, Schorsch. Musch hall wennischa abbumbe!"
„Net weje dia, du hosch en Soggeschuss, des wisse mia jo. Awwa dea Hannebambl do!", er deutete auf Freese, der, nichts Gutes ahnend, eilends in seiner Hosentasche nach seinem Ausweis forschte.

„Wea issn des? Hä? Was solln des? Is dea vleischt vum Schtrietfjuh[40]? Obacht! Des gibt!"
„Awa, Schorsch. Dea is blouß vun de Bollezei. Dea mescht nix."
„A, sachs doch glei. Härr Wachdmeischda, ehrlisch. Isch hab nix gedrunge. Des waa alles moi Fraa. Un derre ian Bruuda. Dea schluggt als wieä Loch. Soll isch sie eisch mol nausschicke?"
„Wen?"
„A, moi Fraa. Un derre ian Bruuda!"
„Nein, danke, ich denke, das wird nicht nötig sein."
„Schaad. Un sunscht?"
„Nichts, vielen Dank. Sie können sich ruhig wieder an Ihre Arbeit machen."

---

39 dokumentieren

40 Streetview

Georg Seeger schloss sichtlich enttäuscht das Fenster, und Freese fürchtete, durch dieses unbeabsichtigte Zwischenspiel den Kontakt zum Zeugen Schindelmeyer verloren zu haben. Denn noch hatte er die interessanten Fragen nicht gestellt. Genau besehen hatte er keine einzige Frage gestellt, aber Gisbert Schindelmeyer dafür jede ihm genehme unaufgefordert beantwortet.

„Haben Sie eigentlich bei Herrn Lengard auch Ihre Studien betrieben?"
„Beim Schorle-Peda? Hajo, des glaabsch awwa."
„Und? Wie stand es um dessen Alkoholkonsum?"
„Dea? Oh liewi Zeit. Dea bräuscht en eigene Condähna. Was do als gsoffe worre is. Nimmi nommaal. Awwa ähns muss ma demm losse."
„Was?"
„Blouß Schorle. Awwa im Ohma."
„Im was?"
„A so, vasteh schun, du bisch vun Monnem. Fa disch: im Ähma".
„Worin?"
„Vastehsch du kä Deitsch, im Ooiima."
„Schorle? Im Eimer?"
„Ehrlisch? Wue?"

Unsere Wahrnehmungen sind nie deckungsgleich. Aber können sie derart unterschiedlich ausfallen?

Ja.

„Guggemoldo", dachte Kommissar Günda, als er Georg Ritter mit Rudolf Rentschler vor dessen Haus stehen sah, froh um die Ablenkung.
Seine Gedanken kreisten unermüdlich um die Begegnung mit Renate Berger. Er kannte das gut. *Heedisch blouß, wisso hawwisch net* … Das Hadern mit verpassten Gelegenheiten gehörte zu seinen Spezialitäten. Hinderte ihn am Schlaf, machte nicht vor seinen Träumen Halt und holte ihn, wenn er Pech hatte, noch vor dem Frühstück wieder ein.
Es war aber auch fatal. *Alla!* Das passte zwar immer und überall, aber es war hier doch überhaupt nicht angemessen. Hätte er sie nicht einladen können? Oder vorladen? Wegen Verwirrung *vunneme alde Sseckl* in einem besonders schweren Fall?

Alla! Hätte er es wenigstens gehaltvoll, bedeutungsschwer klingen lassen, mit einem zärtlichen Unterton. Aber nein. Es musste ja auch noch beiläufig daherkommen. *Ma sieht sisch. Odda aa net. Egool. Mia doch worscht.*

Auf der anderen Seite, war das nicht sogar notwendig? Seiner Rolle, seinem Amt, seiner Aufgabe vollauf entsprechend?
Ja, das war es, ganz ohne Zweifel.
Schönreden. Eine unterschätzte Fähigkeit.

„Ah, der Herr Kommissar, wollen Sie etwa zu mir?"
Rudolf Rentschler wirkte betont entspannt.
„Herr Ritter und ich hatten gerade eine lange geplante Unterredung, aber er wollte ohnehin soeben aufbrechen."
„Genau", schaltete der sich herablassend ein, „einen schönen Tag noch, die Härrn!"
„Mooment! Haldemol! Langsoom. Zu Ihne wolldisch sowiesso aa noch, HäRidda."
„Von mia aus! Bringen wirs hinda uns."
„Do?"

„Isch habe nischts zu vabärgen, und mein Anwald ist ja sozusagen schon voa Ortt."
„Ian Anwald? Des is jo indressant."
Rudolf Rentschler mühte sich abzuwiegeln.
„Es gab den einen oder anderen Fall, den ich für Herrn Ritter übernommen habe, vorwiegend Bausachen, aber über ein aktuelles Mandat verfüge ich nicht. Ich lasse die Herren also gerne allein."
„Nänää", beharrte Kommissar Günda, „bleiwe Sie ruisch. Des basst ganz guud. Sooot! Zwische Ihne, HäRidda, un demm Schorle-Peda solls so bissl Händl gewwe hawwe, hawwisch gheat."
„Eine kleine Auseinandersetzung höckschdens."
„Hm. Wisso?"
„Nun, bei der Vorstellung der Bürgermeisterkandidaten breitete dieser Lengard seine abstrusen Pläne von einem Rentnerdorf aus. Und isch habe mir erlaubt zu fragen, wie isch in diesem geriatrischen Umfeld meine Pilgerstätte *Tii Än Ssii* für die Jugend der Metropoolregioon betreiben soll. Das ist ja unzumuttbaa."
„Tii Än was?"
„Tja, das habe ich mir schon gedacht, dass das an Ihnen vorbeigegangen ist, Härr Kommissaa", schmunzelte Georg Ritter schulmeisternd, „isch habe bereits Filialen in Düsseldoaf, Münschen, Hambuag, Ballien, auf Ibizza und Mallockaa. Isch sage nur Wudstock, Maddala, Sän Fränzisgo. Diese Aufbruchstimmung, der Beginn einer neuen Epoche. Laaf, Piess änd Mjusick, das ist die Dreieinischkeit, an die isch glaube. *Tii Än Ssii* steht für mein Lebens-Moddo: *Tumorroo newwa kamms.*
„Des war de beschde Witz seit Langem", prustete Kommissar Günda. „Awwa en kalde. *Tumorroo newwa kamms*, weesch, was des is? Des is ähna vun de gröggschde Iatüma iwwahaupt. Un im Unnaschied zu Ihne, HäRidda, hot Ian Hals, Ian faldische, denn Iatum aa schun bemeiikt."

Georg Ritters Lippen kräuselten sich säuerlich, und er zupfte bemüht unauffällig an seinem fleischfarbenen Halstuch.

„Allo, vun mia aus *Tii Än Ssii*, bessa gsacht, Disko hald."
„Disko, isch bidde Sie, damit lockt man heutzutage niemanden mehr hinter dem Ofen voa. Isch plane einen Ganz-Jahres-Indoa-Bietsch-Klöbb für zähn- bis fünfzischtausend Besucha, eschda Importt-Sand vun Balli, Salzwasserlagune. Dazu exoodische Drinks, exoodische Frauen, exoodische Früschde, exoodische Tiere. Es wird unter anderem eine Ogginal-Galapagos-Schildkröten-Siedlung geben. Un iwweraal nadierlisch Paady, Paady, Paady!!!"
„Olwa, olwa, olwa. Un wie sehe Sie des als künfdiga Bürgameischda, HäRenschla?"
„Nun", entgegnete der jovial, „ich habe natürlich gleich erkannt, welche enormen finanziellen Vorteile die Unternehmungen des Herrn Ritter für unsere kleine Stadt hätten. Eine Riesen-Chance, gerade für den Einzelhandel."
„Klaroo, Optik-Hella, des brummt, Uhre-Ursl, Sonjas Mangl-stubb, die geä ab. Des Café voam Rothaus, so viel Linzatortt hawwe die im Leewe noch net vakaaft, alles Goldgruuwe. Un bsunnas die Reinigungsgschwadda, die wu moggens um fimfe oorücke misse, weil die Leit nochm Feiare noch so bissl in die Voagärdde reiare. Härrliehsch."
„Mit Verlaub, Härr Kommissaa, meine Zielgruppe ist das junge, gebildete Afda-Wöck-Publikum."
„Des sin die Schlimmschde."
„Die werden ihre Wöck-Leif-Bälänz am Strand von Gliggabach ins Gleischgewischt bringen. Das sind konkräde Investitioonen in die Zukunft, wohingegen Lengard mit seina trostlosen *Flörtt-Oase Fünfzischplus* Vaspreschungen gemacht hat, von denen kein Mensch weiß, wie sie finanziert werden sollen."
„*Lugge ma*, hodda gsacht", flötete die allzeit aufmerksame Marion Helche im Vorbeiradeln. „*Lets gugg*, hodda gsacht!"

„Äh, Marioon, du mol langsoom“, rief ihr Kommissar Günda hinterher, „un was hoddn de Schorle-Peda gsacht zum *Tii Än wasweessnischnochmol?*“

„*Färzz wiss Wooking Schdicks*[41]*!*“

Während Ritter und Rentschler einträchtig missbilligend ihre Köpfe schüttelten, konnte Kommissar Günda dem durchaus etwas abgewinnen.
„A, des gfellt mia aa bessa.“
„Bidde?“, versetzte Georg Ritter unwirsch.
„Isch seh des grad voa mia: de Biitsch vun Gliggabach. Vonnedroo soe Rieseschild *Georg Ridda präsendiat: FWWS – Färzz Wiss Wooking Sschdicks!* Sie werre noch barühmt, HäRidda! Glaawe Sie mas. Isch spüa des.“
„Wärs des dann?“, erwiderte Ritter frostig.
„Isch glaab schun. Wisso?“
„Nun, isch dachte, wenn Sie schon einem erfolgreischen Geschäftsmann die kostbare Zeit stehlen, haben Sie vielleischt auch noch eine wischdische Frage an misch.“
„Nämmlisch?“
„Wo isch waa? Zur Tatzeit?“
„Indressant. Do wisse Sie jo mähna wie mia. Kenne Sie die so gönau, die Tatzeit? Mia nämmlisch net, HäRidda. Hammia grad en klääne Fehla gmacht, kann des soi?“
„Isch habe keine Zeit füa Fehla. Isch weiß nischt, wann diesa Lengard umgebracht worden ist. Isch weiß bloß, dassa nischt mehr gelebt hat, wie isch in Gliggabach angekommen bin.“
„Un wu ware Sie voahea, wennisch mol froore däärf?“
„Das dürfen Sie gärnn, Härr Kommissaa. In Monnheim. Da ist meine Maschine aus Ballien nämmlisch überpünktlisch gelandet. Enttäuscht, Härr Kommissaa?“

---

41 Krigge

Dass Ritter ein Alibi zu haben schien, verwunderte den Kommissar nicht weiter. Dass sich dessen Bedauern über Lengards Tod in Grenzen hielt, ebenso wenig. Eher schon das Verhalten des nun einzig aussichtsreichen Bürgermeisterkandidaten Rentschler während des vorangegangenen Schlagabtausches. Kommissar Günda hatte ihn nicht aus den Augen gelassen. Abwartend, zögerlich hatte er dem Ganzen beigewohnt, ohne auch nur geringste Anstalten zu machen, sich einzumischen. Tarnte er eiskalte Berechnung auf diese Weise gekonnt hinter zur Schau gestellter Unsicherheit?

„Isch enttäuscht? Bissl, HäRidda. Awwa blouß ä klää, klää bissl. Mia seä uns. Sie bleiwe jedenfalls do, in de Neeh, dass des mol klaa is.“
„Keine Sogge, Härr Kommissar, isch habe hier genug zu tun. Wir können ja jetzt in die heiße Planungsphase gehen.
Endlisch!“

Es war wie beim Schwangersein. Einmal mit diesem Thema befasst, sah man überall demnächst Gebärende.
Und so fiel Kommissar Günda auf seinem Weg ins Lagezentrum schlagartig auf, wie viele Rollatoren, Gehhilfen und einsitzige Fahrzeuge für 6 km/h Höchstgeschwindigkeit bereits das Glickerbacher Straßenbild prägten. An einigen der Fahrzeuge schien beträchtlich *gfummelt worre* zu sein, so forsch, wie die durch die Straßen preschten. Kommissar Günda grinste anerkennend und nahm sich vor, auch sein späteres *Joggl-Kääschl oddentlisch zum djuhne*[42].
Auch, dass die meisten Läden mit seniorenfreundlichem Sortiment aufwarteten, passte plötzlich ins Bild.
Entweder es hatten sich bereits etliche ältere Neubürger angesiedelt, was er bezweifelte, oder aber Glickerbach brauchte gar nicht so viel fremdes altes Blut, um ein Paradies *fa die Vollreife* zu werden. Der Lauf der Zeit, der natürliche Gang der Dinge hatte Lengards Plänen ersichtlich längst in die Hände gespielt.

Und ausgerechnet hier wollte dieser Ritter ein pulsierendes, juvenil-knuspriges Partyleben etablieren? Kommissar Günda mochte sich gar nicht vorstellen, wie an jedem Wochenende Heerscharen in Glickerbach einfielen, um feiernd weit mehr zu vergessen, als sie je erlebt hatten.

War das andernorts ähnlich und schon der Beginn einer allgemeinen Rentnerrepublik? Na, und wenn schon? Überall bedauert man den Geburtenrückgang, die drohende Vergreisung der Gesellschaft. Wie einäugig. Wenn man sich in Brennpunkten dieser Welt um die öffentliche Sicherheit sorgt, was wird verhängt? Ein Verbot für männliche Besucher unter 45. Aus gutem Grund. *Uff die Labb, uff die Schnuut*, das hat sich

---

[42] tunen

irgendwann erledigt. Alte machen deutlich weniger Ärger, führen schon mangels Kondition selbst keine Kriege und sind in diesem Land mittlerweile die einzigen, die neue Autos kaufen, die keine Geschäftswagen sind. Sie bevölkern Kreuzfahrten, Autobahnraststätten und zahlen für Konzerte ihrer noch älteren Idole hoffnungslos überteuerte Eintrittspreise. Alte wollen bei allem ihre Ruhe, und wenn sie einander verklagen dürfen, ist ihrem letzten Bisschen Aggressionspotenzial Genüge getan.

Sie müssten genau besehen auch keinem mehr etwas beweisen. Zumal der Beweis keinen mehr interessiert. Genau da aber liegt das Problem. Sie stehen nicht zu sich. Kommissar Günda war da keinen Deut besser. *Weesch, was misch uffregt? Weesch, was misch so rischdisch uffregt? Nix.*

Schön wärs. Es gab noch so vieles, das ihn aufbrachte. Allem voran die Riege selbsternannter Comedians, die austeilen, solange sie selbst weit genug entfernt sind vom Objekt ihrer Häme.

Kommissar Günda bedauerte, nicht mehr erleben zu dürfen, wie auch diese schon in wenigen Jahren von der nächsten Rotzlöffelgeneration vorgeführt werden, der Lächerlichkeit preisgegeben, weil nicht mehr Herr ihrer Bewegungen und Sinne.

Nur zu gerne malte er sich aus, wie der eine oder andere der eben noch aktiven Dreckschleudern irgendwann irgendwo auf einer Pflegestation liegt. Wie er, schon ewig in Vergessenheit geraten, beharrlich von seinen früheren Heldentaten in längst pleite gegangenen Arenen berichtet, die das ihn windelnde Personal nur erträgt mit dem Mantra *Vazehls de Klobrill!*

Und wie ihm schließlich die einzige persönliche Ansprache des Tages zuteil wird: *Move your ass, Alda!*

Jammerschade. Sie werden wahrscheinlich nicht einmal mehr zur Kenntnis nehmen können, dass ihre wesentliche Lebensleistung darin besteht, diesen Umgangston gang und gäbe werden zu lassen.

Zu seinen Lieblingsszenen im Fernsehen gehörten Auftritte von Altrockern jenseits der 50. Das lächerliche Haarteil ebenso eindringlich gefärbt wie der spärliche Restschopf und so gar nicht zum immer teigiger werdenden Teint passen wollend. Genau das, worüber man sich in Jugendjahren bei Schlagersängern *scheckisch glacht hot.*

So sehr er sich an Derartigem ergötzen konnte, es war ihm bewusst, wenn er solche Gedanken noch hatte, war sein Lebensziel nicht erreicht: Gelassenheit.

Oder aber, und diese Einschätzung gefiel ihm weitaus besser, für ihn galt immer noch: *de Günda un alt? Im Leewe net!*

„Is dia eigendlisch uffgfalle, Freese, denn Schorle-Peda hot kähns rischdisch gekennt, awwa drotzdähm wara net ubeliebt. Obwohl dassa kähn Gliggabacha waa."
Im Lagezentrum suchte Kommissar Günda den erhellenden Austausch mit seinem Assistenten.
„Sie wollen mir jetzt hoffentlich keinen Vortrag halten, was für ein weltoffener Menschenschlag der gemeine Glickerbacher ist. Danke, das habe ich schon zur Genüge genossen."
„Nää, annaschda. Weesch was misch mol indressiere deed?"
„Na?"
„Wemm demm soi Villa fria gheat hot."
„Nun, das lässt sich herausfinden."
„Brauchsch net, hawwisch schun. Zwee Schweschdare hawwe des ghabt, Zwilling. Neinzisch sin sie worre, dann sin sie gstorwe. Korrz hinnennanna. Kä Kinna, kä Vawandte. Die Villa war hunne, vollischt. Dann is des Glumb vasteigat worre. An de Schorle-Peda. Fa fascht nix. Dea hot des donn bissl in Schuss gebrocht. Awwa jetz kummts. Rischdisch Geld hodda jo kähns ghabt, des is vorhea alles druffgange, wie dea iwweraal rum is …"
„Und wie hat er das finanziert? Über Banken? Das muss ich gleich recherchieren."
„Losses. Die wares net, die Bange, die ware zu dabbisch dodezu. Nää, die Gliggabacha hawwe demm Geld gewwe. *Kraut-Finne* heeßt ma des."
„Kraut, welches Kraut? Eine Hanfplantage, ein Tabakimperium? Also doch Drogen!"
„Kraut, kennsch des net? Kraut, ach Gott, wiewillischensaache. Wenn du ä Subba-Idee hosch, awwa kä Geld. Dann suchsch du dia ä Kraut. Die Krautleit, die gewwe dia Bimbes. Du machsch dei Sach, un wenn des guud leeft, krieje die oddntlisch was dodefoa. Des kummt vun de Amerigoona."
„Ach so, Tschief. Sie meinen Crowd. Crowdfunding."
„Sachischdoch. Kraut-Finne."

„Eigentlich dürfte dann keinem von denen Lengards Tod gelegen kommen", schlussfolgerte Freese. „Deshalb herrscht in dieser Stadt auch so eine Katerstimmung. Die *Senioren-Sause*", Kommissar Günda blickte bei diesem Begriff etwas pikiert drein, „ist zu Ende. Bei der Gelegenheit, Tschief, ich habe durch Zufall etwas sehr Interessantes erfahren. Der Alkoholkonsum im Hause Lengard muss gewaltig gewesen sein. Den Spitznamen trug er aus gutem Grund."
„Hea uff", widersprach Kommissar Günda feixend, „isch hab was annares gheat. De Schorle-Peda hot scheinz gaa nix gsoffe."
„So?", entgegnete Freese skeptisch. „Und wie kommt es dann, dass bei Lengard nach Angaben der Entsorgungsverantwortlichen Schorle in rauen Mengen vertilgt wurde?"
„Ganz äfach, Freese: Kinna un Bsoffene sin ealisch. Des Schorle-Petze[43] …"
„… gehörte zur Aufnahmeprüfung ins Dorf!"
„Gönau, du hoschs."
„Raffiniert."
„Un aa legga dodezu. Weesch was, Freese, jetz hawwisch grad son klähne Dorscht."

Wie auf Stichwort erschien Marion Helche in der Tür.
„Tschuldischung, do sin Leit fa eisch. Vumm Fänseh."
Keiner der beiden Ermittler zeigte sich überrascht. Es war nur eine Frage der Zeit gewesen, bis sich Vertreter der überregionalen Medien auf der verzweifelten Suche nach täglichen Absonderlichkeiten des Mordfalles in Glickerbach bemächtigen würden.

„Jetz net", erklärte Kommissar Günda kategorisch.
„Wieso nicht, Tschief?", hielt Fritjof Freese aufgeschlossen dagegen. „Wie ich beobachtet habe, ist ein Fernsehteam schon

---

[43] trinken

den ganzen Tag in der Stadt unterwegs."
„Dänne vazehle mia nix."
Kommissar Günda zeigte sich stur.
„Schön, aber wieso drehen wir den Spieß nicht einfach um? Wir sollten uns die Erkenntnisse der Medienfuzzis zunutze machen. Vielleicht haben die etwas herausgefunden, was für uns von Interesse ist. Lassen Sie mich nur machen!"
„Vun mia aus."

Freese übernahm die Regie.
„Schicken Sie die Leute herein, Frau Helche!"
Kommissar Günda nickte auf deren Zögern bestätigend und nestelte hektisch an Hemd und Frisur.
„Mooment. Un, wie seh isch aus, Marioon?"
„Kamma losse."

Die Journalistin mochte kaum an die 30 sein, was Freeses Eifer erklärlich machte.
Kommissar Günda eröffnete die spontane Pressekonferenz.
„Ou, hallole!"

Seine Begrüßung ging ins Leere.
Kaum hatte Jennifer Lobesam das Nebenzimmer im Roten Ochsen betreten, begann sie, in ihr Smartphone zu sprechen.
„Ich stehe hier im Lagezentrum der ermittelnden Polizei. Es herrscht hektische Betriebsamkeit. Ein Mord hat diese idyllische Kleinstadt in Furcht und Schrecken versetzt. Alle fragen sich, wann wird er wieder zuschlagen. *Das Phantom. Der Schlitzer. Der gnadenlose Ripper.* Die Ermittlungen laufen bereits auf Hochtouren. Es ist mir gelungen, den Chef-Kommissar jetzt exklusiv zu den ersten Ergebnissen zu befragen."
Erwartungsvoll richtete die Journalistin ihr Smartphone auf Fritjof Freese, ohne den Blick vom Bildschirm zu wenden.
Mit der Linken bedeutete sie ihm, seinen Vortrag zu beginnen.

Ohne zu zögern erging sich Freese darauf minutenlang in allgemeinen Schilderungen über Aufgabe und Vorgehensweise der Kriminalpolizei und vermied dabei, auch nur irgendetwas über Opfer, Tathergang oder den möglichen Täter verlauten zu lassen. Kommissar Günda beobachtete dieses Kunststück mit wachsender Bewunderung.
Der junge Kollege sprach ebenso druckreif wie inhaltsleer, den Blick stets direkt in das Gerät gerichtet, sich seiner Telegenität vollauf bewusst. Hatte die Journalistin Freese zunächst mit ausgestrecktem rechtem Arm von oben gefilmt, so erlahmten mit zunehmender Dauer offenbar ihre Kräfte, und sie ließ den Apparat langsam sinken. Freese folgte wie selbstverständlich der Bewegung, ohne das Objektiv aus den Augen zu verlieren. Mittlerweile hatte er dazu seinen Kopf schräg legen müssen. Kommissar Günda versuchte, diese Haltung nachzuahmen, und geriet unvermutet in den Fokus.
„Entschuldigung", unterbrach Jennifer Lobesam rüde, „Sie sind im Bild."
„Un? Wie seh isch aus, Schätzl?"
Ein verächtlicher Blick traf den Kommissar.
„Ich bin nicht Ihr *Schätzel.* Und ich wäre Ihnen dankbar, wenn Sie sich jetzt aus dem Bild entfernen würden. Ich arbeite für drei führende Nachrichtenmagazine, und ich habe für Ihre Sperenzchen keine Zeit."

Sie positionierte die Kamera erneut unmittelbar vor Freeses Gesicht, der die Unterbrechung genutzt hatte, sich vom tadellosen Sitz seiner Frisur zu überzeugen.

Kommissar Günda schob sich nun zielstrebig vor die Linse.
„Weesch, was misch uffregt? Weesch, was misch so rischdisch uffregt? Nix. Awwa was isch net hawwe kann: Uuheeflischkeit. Äschda mol: *Hallole.* Isch bins, de Günda. Un *isch* bin do de Tschief."

Augenblicklich vollzog sich ein Wandel. Die Journalistin sprach jetzt ihrerseits wieder in die Kamera, die Stimme dramatisch senkend.
„Wie wir soeben erfahren, hat der Hauptkommissar bereits einen Verdächtigen verhaftet. Wir befinden uns mitten im entscheidenden Verhör. Geben Sie den Mord zu?“

Abrupt richtete Jennifer Lobesam das Gerät auf Kommissar Günda.
Der öffnete langsam den Mund.
„Buu!“
Die Journalistin zuckte kurz, hatte sich aber sofort wieder gefangen.
„Sie sehen, liebe Zuschauer, der Hauptverdächtige macht einen auffallend verwirrten Eindruck. Drogeneinfluss? Nehmen Sie Drogen?“

Kommissar Günda schaute zu Freese, der erstmals etwas hilflos wirkte.
„Bissl.“
„Oder sind Sie noch im Rausch der Tat? Ich habe, wenn ich ehrlich bin, und das bin ich immer zu Ihnen, liebe Zuschauerinnen und Zuschauer, ich habe Angst, fürchterliche Angst. Denn ich habe erhebliche Zweifel am Geisteszustand dieses Mannes. Gehen wir der Sache auf den Grund. Welchen Wochentag haben wir heute?“
„Dunnaschdaag.“
„Sie hören es, auffallende Artikulationsstörungen. Vielleicht auch eine Persönlichkeitsspaltung. Zweifelsohne stellt dieser skrupellose Mann eine Gefahr für die Öffentlichkeit dar, der ich mich für Sie jetzt und hier aussetze. Wirre Blicke, ständige Unruhe, dieser Mann ist eine tickende Zeitbombe. Was sagt die Polizei? Warum trägt dieser brutale Killer keine Handschellen, Fußfesseln, eine Zwangsjacke? Herr Kommissar!“

Freese, der sich ohne Vorwarnung ins Bild gerückt sah, stammelte etwas von Freiheitsrechten und Unschuldsvermutung und dass die Polizei alle erdenklichen Maßnahmen ergreife, die Bevölkerung zu schützen.
„Uffschneidales“, stöhnte Kommissar Günda ebenso ansatz- wie tonlos.
„Was meint er?“
Jennifer Lobesam setzte ihr *Scary-Movie*-Gesicht auf.
„Herr Kommissar, was bedeutet dieses Wort? Ist es das, was ich vermute? Ein Live-Geständnis, das wäre fantastisch. Noch einmal, bitte!“
„Uffschneidales!“
Kommissar Gündas Stimme wurde eindringlicher.
Freese rang um eine Erklärung.
„Das … äh … ist … äh, bedeutet nichts. Ein Verb wird hier substantiviert, indem man *les* anhängt. Aus aufschneiden wird Aufschneiderles. Ganz normal.“
„*Ganz normal!* Sie haben es gehört, wir haben es offensichtlich mit einem *ganz normalen Serienkiller* zu tun. Und das nächste Opfer? Das kann jeder von uns sein. Bleiben Sie dran. Jennifer Lobesam aktuell. Brandaktuell!“

Die Journalistin verstaute das Equipment in ihrer Jackentasche.
„Nicht schlecht, Jungs. Wir sehen uns.“
Und wie sie gekommen war, entschwand sie und ließ Fritjof Freese bedröppelt zurück.
„Und jetzt, Tschief?“
„Bin isch im Fänseh! Hejscha[44] gehts nimmi.“

[44] höher

„Was haben Sie sich bloß dabei gedacht?"
Schweigen.
„Ist Ihnen eigentlich klar, was das für Folgen haben kann? Ich dachte, ich sehe nicht richtig!"
Schweigen.
„Sie blamieren uns bis auf die Knochen. Aber ich garantiere Ihnen, Sie haben sich bei dieser *fabelhaften Aktion* um Kopf und Kragen geredet. Haben Sie dazu nichts zu sagen? Sie sind doch sonst nicht auf den Mund gefallen! Was für eine Schlagzeile: *Kurpfälzer Cop – ein Serienkiller?*"
„Äh", korrigierte Kommissar Günda behutsam, „bessa gsacht *Kurpälzer Kult-Kopp.*"

Oliver Theisens Gesichtsfarbe spielte nun ins Karmesinrote.
„Des hawwe die gsacht", ergänzte Kommissar Günda beschwichtigend. „Hot de Freese mia gsacht, isch kenn misch jo dodemit net so aus."
„Und da sind Sie womöglich auch noch stolz drauf, Sie *Kult-Schwachkopp*. Haben Sie eine Vorstellung, was hier im Präsidium los ist? Das Telefon steht nicht mehr still. Der Staatssekretär hat sich eingeschaltet. Und es ist ja beileibe nicht das erste Mal, dass Sie auffällig werden. Aber das ist mit Abstand der Gipfel. Glauben Sie nicht, dass Sie diesmal ungeschoren davonkommen. Ich mache Sie für alle Folgen haftbar. Der Imageschaden für uns ist gar nicht zu ermessen. Rechnen Sie bloß nicht damit, dass ich mich wieder schützend vor Sie stellen werde. Meine Geduld ist am A…! Und zwar endgültig!"

Theisen atmete tief durch und brachte seinen nun schon Minuten bebenden massigen Leib mit Mühe wieder unter Kontrolle. Kommissar Gündas direkter Vorgesetzter war bald zehn Jahre jünger, aber gut 50 Kilogramm schwerer – pro Karriereschritt zwölf, tippte er, kein Ende abzusehen. Wehmütig dachte er an Theisens Vorgänger. Horst Petermann hatte jahrelang die schützende Hand über seinen wohl eigenwilligsten Mitarbeiter gehalten und kurz vor dem Ruhestand als eine seiner letzten Amtshandlungen die Sokodo geschaffen. Wie er das in Zeiten strikten Sparkurses bewerkstelligt hatte, blieb bis heute sein Geheimnis.

„Von Ihnen, Freese, hätte ich übrigens auch anderes erwartet. Wieso haben Sie nichts unternommen? Weshalb haben wir Sie denn dort eingesetzt, wenn es Ihnen noch nicht einmal gelingt, einen solchen Schwachsinn zu verhindern?“
Die beiden Gescholtenen senkten pflichtschuldigst ihre Köpfe.

„Ist man schon von Medienseite auf Sie zugekommen?“
„Bissl.“
„Was heißt das? Präzise, Freese!“
„Nun, es gibt Anfragen von *Brisant*, *Explosiv* und *Beck* …“
„Dea?“, Kommissar Günda schüttelte energisch den Kopf. „Zu demm Owwahannebambl geh isch net hie, des kannsch denne glei mol saache.“
„Sie gehen überhaupt *nirgendwohin*, um genau zu sein. Es wird eine einzige Pressekonferenz geben. Die werde ich persönlich einberufen. Und leiten. Ihre vornehmste Aufgabe wird dabei folgende sein: den Mund halten! Haben wir uns verstanden?“
Kommissar Günda hatte ein feines Gespür entwickelt, wann eine Antwort gewünscht war. Hier offenkundig nicht.

Zwei Stunden später drängten sich an die 50 Journalisten im Konferenzraum des Präsidiums.
Nach einer kurzen Begrüßung widmete sich Theisen dem, wie er es nannte, *Schnitzer von Glickerbach*, eine wohlerwogene Pointe aus der Feder seines persönlichen Referenten, die er mit einem selbstgefälligen Lacher als solche noch erkennbarer zu machen suchte. Ebenso wort- wie gestenreich beschwor er die hochkomplexe, bis an die Grenzen der Belastbarkeit gehende

Polizeiarbeit, die bisweilen ihren Tribut verlange. Selbstverständlich handele es sich bei Kommissar Günda um einen erfahrenen und verdienten Mitarbeiter. Er habe jedoch, vielleicht auch im Hinblick auf sein fortgeschrittenes Alter, hier die notwendige Professionalität vermissen lassen. Man wolle die geschätzte Kollegin nicht kritisieren, aber sie hätte die Überforderung des Ermittlers erkennen können. Ihre forsche Vorgehensweise habe das bedauerliche Fehlverhalten fatalerweise noch begünstigt. Kein Vorwurf. Der gehe in vollem Umfang gegen den ermittelnden Kommissar, der seine Schuld eingeräumt und Besserung gelobt habe. Man bitte an dieser Stelle um Entschuldigung und werde dafür sorgen, dass künftig kompetente Mitarbeiter der Kriminalpolizei Rede und Antwort stehen. Er selbst, Theisen, erkläre sich dazu jederzeit bereit.
Kommissar Günda wirkte bei all dem äußerst gelassen. Wer ihn jedoch kannte, der ahnte, was in ihm vorging. Er hatte *soen Hals*. Soeben wollte er dem Luft machen, als ihm Freese unerwartet beisprang.
Theisen hatte die Pressekonferenz gerade für beendet erklärt: „Wenn es keine Fragen mehr gibt, dann wollen wir uns jetzt wieder unserer Arbeit zuwenden. Es gibt viel zu tun, packen wir es an!“, da reckte Fritjof Freese triumphierend seinen Laptop.
„Eine Million Klicks. Sie können uns gratulieren. Das dürfte damit zu einer der erfolgreichsten Aufklärungskampagnen aller Zeiten werden.“
Oliver Theisen, der bereits im Aufbruch begriffen war, schnappte nach Luft und betrachtete Kommissar Günda unverhohlen feindselig. Der hob unschuldig dreinblickend die Hände.

„Und Sie alle, meine Damen und Herren“, fuhr Freese fort, „Sie alle sind uns auf den Leim gegangen. Dieses Video wird das Referenzbeispiel für die Gefahren und Risiken der grenzenlosen Informationsgesellschaft um jeden Preis. Erlauben Sie mir,

Ihnen kurz zu schildern, wie uns dieser Medien-Coup gelungen ist.
Diese spätestens jetzt den meisten von Ihnen bekannte Kollegin platzt also unangemeldet und unaufgefordert in unsere hochbrisante Teambesprechung. Wir sind – das darf ich sagen, ohne den Ermittlungserfolg zu gefährden – wir sind der Lösung des Falles bereits beträchtlich näher gekommen und waren gerade dabei, die künftige Strategie festzuzurren.
Ein kurzer Blick zwischen mir und Kommissar Günda genügte in diesem Moment, um unsere Aktion zu starten. Ich darf vorausschicken, ich habe viele Monate als Pressesprecher der Polizei in Chicago gearbeitet und meinen Chef schon geraume Zeit vorbereitet, dass auch wir hier in Deutschland dem Raubtierjournalismus mit unkonventionellen Methoden beikommen müssen. Damit sind natürlich nicht Sie gemeint. Wir wissen Ihre verantwortungsvolle Arbeit zu schätzen. Schwarze Schafe gibt es überall."

Im Saal hatte sich spätestens mit der Erwähnung Chicagos aufmerksame Stille breit gemacht, der sich sogar Theisen anschloss. Bei ihm kein gutes Zeichen.

„Gewiss hatten wir auch ein wenig Glück, denn die Kollegin war nun wirklich denkbar unvorbereitet und überfordert. Ich nehme an, Sie kennen alle solche Vertreter Ihrer Zunft, nicht wahr?"
Beifälliges Gegrummel, vereinzelte Lacher.
„Kurz und gut, es ist mit dieser kleinen spontanen Scharade gelungen, uns die Unbedarftheit der so *investigativen* Kollegin zunutze zu machen. Bitte, gehen Sie mit ihr nicht zu hart ins Gericht. Denn, wie Sie alle wissen, der Nachrichtendruck ist groß, und wie Sie spätestens jetzt bestätigen können, mein Chef verfügt über ganz erstaunliche darstellerische Fähigkeiten."
Kommissar Günda, der die Situation zunehmend genoss, winkte bescheiden ab.

„Seinem rückhaltlosen Einsatz, seiner Improvisationsgabe ist es zu verdanken, dass wir über das Internet mit Breitenwirkung auf die Problematik vorschneller Verurteilungen hinweisen können. Auch und gerade angesichts der besonders anfälligen, gerade erst heranwachsenden Journalistengeneration. Ehrgeizig, unerfahren und den faszinierenden Möglichkeiten weltumspannender Sofort-Verbreitung von Nachrichten umso leichter erlegen. Ganz zu schweigen von den daraus resultierenden Schwierigkeiten bei unseren Ermittlungsarbeiten. Denn noch sind Täter oder Täterin nicht gefasst. Und darum geht es uns doch in erster Linie, das wollen wir nicht vergessen. Ich denke, ja, ich hoffe und bin nach dieser Aktion sehr zuversichtlich, dass wir dabei auf Ihre tatkräftige Unterstützung zählen können."
Beifälliges Nicken.
„Ich räume allerdings ein, Kommissar Günda sollte an einem arbeiten: an seiner manchmal etwas zu großen Bescheidenheit. Unter uns, wir hier im Haus fürchten, dass er demnächst vom *Tatort* abgeworben werden könnte …"

„Hea,Tschief! Auf! Mach mol die Hack nei!"
Es war die Stimme von Berthold Zuber, Lokalredakteur aus Schwetzingen und eigentlich für Sport zuständig, der mit seinem Einwurf dafür sorgte, dass herzhafter Beifall erscholl, der jede Spannung im Saal endgültig beseitigte. Sieht man von einem Beteiligten ab.

„All das wäre uns natürlich nicht gelungen", Fritjof Freese setzte eine wirkungsvolle Pause, „all das wäre uns kaum gelungen, wenn nicht auch unser beider Chef mitgespielt hätte. Ihm gilt unser ganz besonderer Dank!"
Oliver Theisen antwortete mit einem süß-sauren Lächeln. Kommissar Günda bedachte seinen Assistenten mit einem warnenden Seitenblick. Er war lange genug dabei, um zu wissen, was dieses Lächeln zu bedeuten hatte. Fritjof Freese, der soeben

noch Gehätschelte, würde sich von nun an in einem Boot mit Kommissar Günda befinden. Ein Boot, das es aus Theisens Sicht schon lange zu versenken galt. Wenn der dies jemals aus den Augen verloren haben sollte, fortan würde es zu seinem Lebensziel auserkoren sein.

„Hea, Freese, du hosch was guud bei mia!"
Als sich die Meute verflüchtigt hatte, nahm Kommissar Günda seinen Assistenten anerkennend beiseite.
„Und was habe ich gut, Tschief?"
„En Bumba. Awwa zärttlisch. Loss disch mol drigge!"

Die Vorfälle um den vermeintlichen *Schlitzer von Glickerbach* hatten vielfältige Auswirkungen.

Innerhalb des Präsidiums kam es zur Lagerbildung. Drei Hauptgruppen waren zu unterscheiden. Da gab es zum einen die traditionellen *Gündarana*, vornehmlich Kolleginnen und Kollegen, die ihre Polizeilaufbahn mit Kommissar Günda begonnen hatten und mit denen rasch eine tragfähige Ebene gefunden war, die bis heute verband. Nicht zuletzt über die Sprache, über die gemeinsame Heimat. Hatte es anfangs erhebliche Vorbehalte gegeben – stammte etwa ein Kollege aus einer anerkannt schlecht beleumundeten Gemeinde -, so sorgte der Arbeitsalltag bald für ein Zusammengehörigkeitsgefühl, das sich über solche Grenzen spielend hinwegsetzte. Spätestens mit Theisens Auftauchen und seiner offen zur Schau getragenen Abneigung gegen jeden Dialekt war ein bollwerkartiges Wir-Gefühl entstanden.
Theisen hatte noch versucht, die Sokodo in letzter Minute zu verhindern, schien sich irgendwann jedoch damit arrangiert zu haben, war er doch auf diesem Wege den unbequemen *Querbabbla* los.

Der Abschied damals aus der Zentrale geriet nüchtern. Kommissar Günda räumte seinen Schreibtisch und verließ das Präsidium nahezu unbemerkt. Erika Sundermann, nunmehr Theisens Bürovorsteherin – *Isch krigg de Aff mit demm, awwa was sollischn mache?* –, hatte gewunken und ihm bedeutet, kurz auf sie zu warten. Als sie ihm einen verschlossenen Umschlag überreicht hatte, drückte sie einen ungelenk-flüchtigen Kuss auf seine rechte Wange, worauf Kommissar Günda weder gefasst noch wofür er gewappnet war.
„Isch deed disch jo mitnämme, Schätzl, awwa dea Owwa-hannebambl dodrowwe …“
Sie legte den rechten Zeigefinger auf die vollen Lippen.

„Pscht. Un äschda uffmache, wenn du dehähm bisch. Vasproche?"

Kommissar Günda tat wie ihm geheißen und entdeckte zu Hause mit Wonne eine Einladung zum *Kroine mit Woine*[45].

Noch am selben Abend trafen sie sich, die *Gündarana*, in einem Edesheimer Weingut, um den Anlass gebührend zu beweinen und zu betrinken. Woraus eigentlich eine feste Einrichtung werden sollte. Man fand sich dort in der ersten Zeit sogar jeden Abend, bald noch einmal die Woche und nun immerhin am ersten Donnerstag des Monats ein. Doch auch da musste man damit rechnen, der einzige aus diesem Kreis zu bleiben.
Zeit und Alltag waren über den Trennungsschmerz und die anfänglich so unverbrüchliche Erbitterung hinweggegangen.

Eines jedoch hatte Bestand. Sooft Kommissar Günda im Präsidium auftauchte, wurde er freudig begrüßt, auch wenn kaum jemand Zeit für ihn hatte.
„Ruuf hald oo, Günda, bevor dass du kummsch. Dann rischdischs ei fa disch."

Und so blieb es meist bei einem ausgedehnten gemeinsamen Mittagessen in der Kantine mit begrenztem Sättigungseffekt. Nicht des Appetits oder der Qualität der Speisen wegen, es galt dort einfach in einem fort, alte Weggefährten zu begrüßen.

„Ou, de anna. Was meschen du do, Günda?"
„Isch bin blouß uff Bsuch. Selwa?"
„Isch? Isch schaff wie en Brunnebutza!"

Außerdem bot die Kantine ideale Gelegenheit, neueste

---

[45] Weinen mit Weinen

Entwicklungen im Haus – *uumeeglisch!* – sowie die aktuelle Karriereleiter zu beleuchten.
„Hosch schun gheat? Dea Sseckl do hinne, dea wu grad beim Dessea rumfingat, dea fliegt die Trepp nuff."
„Hea uff! Dea Sseftl? Des gibts net."
„Hajo, wennischdas sach."
„Wie kummtn des?"
„A, du weesch, wies is. Dea schlupft demm Theise als hinnenei."

Hatten ihm früher Kolleginnen und Kollegen bei dieser Gelegenheit ihr Herz ausgeschüttet, ihn unverhohlen um seine Sonderstellung beneidet, so kam es bald immer häufiger vor, dass es nicht mehr um die Arbeit, um das Binnenklima und notwendige Veränderungen ging – *Wenn isch was zum saache heed …*

Stattdessen eröffneten die Weggefährten das Gespräch mit einer Zahl.
„Siwwe. Siwwene hawwisch noch. Un wenn isch Glick hab, losse die misch vleischt aa fria … Un du, Günda? Wie lang muschen du eigendlisch noch schaffe?"
Der Angesprochene war um eine Antwort verlegen.

Der Gedanke an den Ruhestand war ihm nie tröstlich oder gar verlockend erschienen. Seit die ersten Kollegen jedoch keine Zahlen mehr nannten, sondern nur noch vielsagend die rechte Hand hoben, um die noch zu absolvierenden Jahre anzuzeigen, bemerkte er, wie ihn Unbehagen beschlich. Er hatte vor, bis zum Lebensende zu arbeiten. Genau genommen fielen in seiner Vorstellung Lebens- und Arbeitsende gleichsam naturgesetzlich zusammen. Er konnte sich einfach nicht vorstellen, irgendwann ausgemustert zu werden. Aber immer mehr sprach dafür.

Vielleicht sollte er doch langsam über einen Plan B nachdenken.

Eine andere Gruppe bildeten diejenigen, mit denen Kommissar Günda eine lang gehegte gegenseitige Abneigung verband. Wie so oft entstanden aus männertypischen Ränkespielen, Mut- und Machtproben, Eifersüchteleien, aber auch aus noch nichtigeren Anlässen, längst unklärbaren Missverständnissen oder schlichter Antipathie auf den ersten Blick.

Hier gab es eine bemerkenswerte Entwicklung. Seit Kommissar Günda mit seiner Sokodo ausgelagert war, nicht mehr zum festen Gefüge des Polizeiapparates gehörte, seitdem waren die meisten der starr geglaubten Feindschaften einer milden Betrachtung gewichen. Die gemeinsame Vergangenheit, nun verklärt und beschönigt, überstrahlte so manche Dauerfehde, und es geschah nicht selten, dass ein einst verlässlicher Gegner sich bei Kommissar Gündas sporadischen Besuchen in der Kantine zu ihm gesellte und ihn verbrüdernd beiseite nahm: „Hosch duus guud!"

Kommissar Günda betrachtete dies belustigt, fasziniert und fast gerührt, denn auch er ertappte sich dabei, wie sich sein eigenes Bild von Kollegen im Laufe der Jahre wandelte. Die Erfahrung hatte ihn allerdings gelehrt, seine Erwartungen an andere bei entscheidenden Konfrontationen im Zaum zu halten. Bei aller Offenheit, bei aller Herzlichkeit wusste Kommissar Günda, er war und blieb ein Einzelgänger, wenn auch bestens integriert. Ein allseits anerkannter Eigenbrötler, der schlussendlich allen ein Rätsel aufgab. Wobei die wenigsten, da machte er sich nichts vor, jemals das Bedürfnis verspürten, sein Geheimnis umfassend zu lüften. Man hätte eigentlich nur gerne gewusst, wie es um sein Privatleben bestellt war, das er so sorgfältig abschottete. Eine Ehefrau gab es wohl nicht, immerhin das war Stand der Ermittlungen, die hier wie in jedem Gemeinwesen fortlaufend angestellt wurden.

Die zweite Gruppe schlug sich – nicht immer öffentlich erkennbar – erwartungsgemäß auf die Seite der *Gündarana*. Gewiss begünstigt durch die fehlende Perspektive im Haus. Das Ende der Karriereleiter war längst erklommen, die Aussicht auf das Danach einzig verbleibendes Lebenselixier. Im Besonderen wurde dies befördert durch das unübersehbare Wachsen der dritten Gruppe, des mächtigen Lagers der *Günda-who*?

Er erinnerte sich gut, wie es ihn und seine Leute belustigt hatte, als die ersten Jüngeren aufgetaucht waren, hoffnungsfroh, unsicher und sich durchaus an den Älteren orientierend. Kommissar Günda selbst hatte ja *mim Horscht* einen väterlichen Kollegen, den er stets gerne zu Rate zog.
Ein solcher plante er für die Nachrückenden auch zu werden.
Zu seiner Überraschung kam er jedoch kaum in die Verlegenheit. Und je mehr sich das Altersgefüge zugunsten der Jüngeren verschob, desto weniger schien seine Einschätzung von Belang. Zwar deckte sich das durchaus mit seiner eigenen Geschichte, er hatte stets gegen alles und jeden opponiert. Mit Vorliebe gegen vor sich her getragene Erfahrungen und Verdienste. Er hatte sich auf die Auseinandersetzung mit nachfolgenden Generationen durchaus gefreut, legte es nicht selten geradezu darauf an. Aber hier lag der Fall anders. Gegen ihn wurde nicht opponiert, er wurde *ig*noriert. Man setzte sich mit ihm nicht auseinander, man tat ihn ab.

Dann gab es die ersten Vorgesetzten, die jünger waren als er. Kommissar Günda hatte in dieser Hinsicht nie besonderen Ehrgeiz entwickelt, insofern machte er seine eher gemächlich verlaufende Karriere niemandem zum Vorwurf, nicht einmal sich selbst.
Spätestens jetzt setzte eine Entwicklung ein, die ihn nicht zuletzt veranlasst hatte, das Angebot der Sokodo anzunehmen. Er wurde nicht bekämpft, er wurde nur noch belächelt. Nicht als

eigenwilliger Ermittler, sondern als schrulliges Auslaufmodell. Wenn er sich bei Sitzungen früher mit der Autorität seines Eigenbrötlertums der Aufmerksamkeit sicher sein konnte, etwa durch ein den gerade Referierenden entzauberndes *Isch kanns nimmi heere*, so spürte er nun, wie seine Einwürfe als unpassend, ja, als störend empfunden wurden.

An die Spitze dieser Gruppe hatte sich mit Theisen jemand gesetzt, der die Machtspielregeln perfekt beherrschte.
Kommissar Günda hatte es sich eigentlich vorgenommen, die Hintergründe von dessen steiler Karriere bloßzulegen. Sein Aufleben, sein Aufblühen in der Sokodo, *seiner Sokodo*, ließ dieses von Rachegelüsten getriebene Bedürfnis jedoch immer mehr in den Hintergrund geraten und irgendwann gänzlich verschwinden.

Dazu kam, dass Theisen zwar von allen Seiten *beschlupft* wurde, es bestand für Kommissar Günda aber nicht der Hauch eines Zweifels, dass ihn dieselben, soeben noch aus den Endorganen hervorlugend, im nächsten Moment dem Erstbesten zum Fraß vorwerfen würden, sobald die Zeit gekommen war. Und eines jeden Zeit würde kommen.

War das nicht die eigentliche, tröstliche Gerechtigkeit des Lebens?

In der Kantine des Polizeipräsidiums trafen nun alle Gruppen aufeinander. Kommissar Günda schaute vorfreudig auf die Uhr.
Zähne, neine, achde, siwwene, sechse, fimfe, viere, drei, zwee, ähns, un loss gehts!
In der Tat, wie eh und je ergossen sich Schlag Zwölf die pünktlich Unterzuckerten gleich scharenweise in den nun vom Klappern der Gedecke widerhallenden Speisesaal.
Das wiederum einte hier alle.

Eine Gruppe Mittdreißiger – oder frisch Konfirmierter? Kommissar Günda tat sich zunehmend schwer mit deren Alterseinordnung – bewegte sich auf ihn zu und machte Anstalten, sich neben ihm niederzulassen. Was ihn verwunderte, denn allzu einladend hatte er gewiss nicht gewirkt.

„Da hinten."

Der wie seine Kollegen baumlange Sprecher deutete mit dem Kopf in Richtung der vierten, bislang unerwähnten Gruppe, die als neutral galt, weil alles und jeden begrummelnd.
Dort im Eck saßen die Pensionäre an ihrem Stammplatz.

Falls sich Kommissar Günda nicht täuschte, hielt ihn sein Gegenüber also nicht nur für längst pensionsreif, sondern zugleich für nicht mehr in der Lage, den ihm zugewiesenen Platz überhaupt noch zu *finden.*
Er wunderte sich gerade, weshalb es in Kantinen so selten zu Amokläufen kam, als Fritjof Freese erschien: „Finn, Philipp, Marvin, Tom. Darf ich vorstellen: Kommissar Günda!"

„Cool!"

Auch am Ort des Geschehens hatte sich das öffentlichkeitswirksame Mediengastspiel der beiden Ermittler herumgesprochen.

Zum ersten Mal wurde Kommissar Günda dessen gewahr, als eine Gruppe junger Mädchen von der anderen Straßenseite kichernd in seine Richtung deutete. Zuerst sah er sich um, denn er konnte sich beim besten Willen nicht vorstellen, deren Aufmerksamkeit geweckt zu haben. Hinter ihm befand sich die Bäckerei Gorenflo, in deren Schaufenster auf einem dreistufigen blauen Samttuch vorwiegend *Bräzzl*, aber auch ein paar *Salzweck*, *Wassaweck* und *Millischweck* wie auf der hilflosen Suche nach irgendeiner Ordnung lungerten.
Kommissar Günda vermutete erst Deko-Ware, entdeckte beim genaueren Hinsehen aber so viele Details, die Backwerk um Backwerk unterschied, dass er auf in Würde gealtertes Mehlgut tippte. Womöglich längst versteinert, doch noch immer attraktiv für das eine oder andere naschsüchtige Insekt.

Brout & Müabs vun do beim Goreflo

An diesem griffigen Slogan sollten sich die Werbetreibenden dieser Welt ein Beispiel nehmen. Kommissar Günda war sehr angetan, und das passierte selten. Immerhin hatte er selbst vor vielen Jahren aus einer gewissen Orientierungslosigkeit erwogen, den Beruf des Werbetexters zu ergreifen. Er hatte sogar ein vierwöchiges Praktikum in einer Agentur absolviert. Auch das sehr ungewöhnlich, denn in jener Zeit war nicht nur in seinen Kreisen jede Form von Werbung verpönt. Er war hauptsächlich angetreten, die Produkte ehrlich, ungeschminkt, mit all ihren Schwächen anzupreisen, im Grunde also, sie bloß objektiv vorzustellen; schon mit einer gewissen, nennen wir es Pfiffigkeit, aber eben verbraucherfreundlich und für die Hersteller guten Gewissens vertretbar.

Und er war sicher, dass die Welt auf genau diese *Werbung ohne Werbung* gewartet hatte. Eine Selbstüberschätzung, wie man sie wohl nur als knapp Zwanzigjähriger an den Tag legen kann. Oder muss?

Damals war er schnell an seinen eigenen Ansprüchen gescheitert, noch mehr aber an den Vorstellungen der Kunden, die mit seiner Art des werblichen Understatements rein gar nichts anzufangen wussten.

Seine erste und zugleich letzte Kampagnenidee, die er, einem Krankheitsfall sei Dank, unfassbarerweise gleich einem namhaften Autohersteller präsentieren durfte, brachte ihm die Anerkennung des Teams und den Kampagnenchef an den Rand eines Herzinfarktes; was vielleicht die wichtigste Rolle für das Lob aus den eigenen Reihen spielte.

In jener Zeit ohne Powerpoint und Beamer hatte er eine Collage auf einem gelben DIN-A1-Karton vorbereitet. Ein mit Wachsmalstiften gezeichnetes Porträt des Flaggschiffs eines Premiumherstellers. Zugegeben, Zeichnen war nie seine Stärke, aber es ging ja nur um einen Entwurf, und bei Leuten vom Fach durfte man Vorstellungskraft getrost voraussetzen. Über der Luxuslimousine das weltbekannte Logo, ausgeborgt von seinem WG-Mitbewohner, der weiland ein auf dunklen Wegen ergattertes Original an einer Fahrradkette um den Hals trug. Was dem Ganzen eine enorme Dreidimensionalität verlieh, die allerdings bei der anschließenden Diskussion in den Hintergrund geriet.
Da konzentrierte man sich stattdessen auf den unstrittig prägnanten Slogan des Jungwerbers: *Eigenlob stinkt.*
Schräg über dem Fahrzeug, fliehend gesetzt, die Buchstaben wie bei einem Erpresserbrief in den dicken Lettern einer überregionalen Tageszeitung. Das Wort *stinkt* korrespondierte hierbei

grafisch elegant mit den Auspuffwölkchen, die er eigens rußend gen Himmel hatte steigen lassen.
Ja, das konnte man auch ganz anders verstehen. Gerade diese Doppelbödigkeit seines Entwurfs hatte ihn in Zeiten wachsenden Umweltbewusstseins mit besonderem Stolz erfüllt.
Der Kunde in Gestalt des stellvertretenden Marketing-Chefs war erst sprachlos, dann umso wortreicher empört und drohte, das komplette Budget für sämtliche Projekte zu stornieren, falls diese bodenlose Frechheit nicht augenblicklich und vollständig vernichtet würde. Womit der impertinente Jungwerber gemeint war.

Kommissar Günda begrub in diesem Moment seine bis dahin gehegten Karrierepläne, versenkte sich, während die Tiraden auf ihn einprasselten, in Gedanken an die schönen Dinge des Lebens und schenkte seinem Gegenspieler zwar nicht seinen Entwurf, dafür ein großes Wort: „Suvarään isch annaschda. Säärvelaa!“

In der Zwischenzeit hatten die Mädchen ihre Smartphones ausgerichtet und versuchten, ihm mit ihren gereckten Daumen etwas zu bedeuten. Kommissar Günda fasste das als Kompliment auf. Wie er später von Freese erfuhr, war es weit mehr: sie *liketen* ihn sogar.
Dazu stießen sie ein einsilbiges Geräusch aus, das er erst nach angestrengtem Hinhören identifizieren konnte: „Buh!“
Auch das erschloss sich ihm zunächst nicht, aber er verbuchte es als unter Jugendlichen anscheinend gerade üblich, Lob und Kritik miteinander zu verbinden. Nicht ganz neu, diese *Ich-fand-es-toll-aber*-Kombination, die zum Standardrepertoire jedes Führungsseminars gehört. Und die ihm weit sympathischer war als die vulgär-zerstörerischen Ausbrüche der Richter und Henker in den heutigen Casting-Shows.

Wobei Kommissar Günda bekennen musste, dass er selbst als Feedbackgeber kaum taugte. Seine Reaktion auf die Leistung anderer blieb für die meisten mysteriös. Und nur wer erfahren war im Umgang mit ihm, der wusste, wie man sein *Hmpf, Ahmpf oder Hmpfffff* jeweils zu deuten hatte.

Als Kommissar Günda endlich verstanden hatte, dass die Mädchen ihn aus dem legendären Internet-Video zitierten, setzte er erst an, sie zu korrigieren. Was hier zur kultischen Äußerung erhoben wurde, das war doch nur sein weithin unbekannter Nachname: *de Buu.*

Er hätte ja zu gerne gewusst, woher der Name kam, wie adlig seine Herkunft tatsächlich war. Am Ende gehörte ihm das Heidelberger Schloss? Oder wenigstens der Hirschbrunnen im Schwetzinger Schlosspark?
Einmal hatte er sogar einen Versuch über das Internet gestartet, Verwandte und Vorfahren zu finden. Was dazu geführt hatte, dass er ein gutes Dutzend Angebote bekam, eine üppige Erbschaft anzutreten. Gegen eine noch üppigere Vorauszahlung an ein Bankhaus in den Karpaten.
Vielleicht war diese Ahnensuche eher eine Aufgabe für Freese. Er würde ihn gelegentlich darauf ansetzen.

Günda de Buu. Der Kommissar musste schmunzeln. Mit Mitte 20 hatte er offiziell beschlossen, das *de* zu verlagern. Da war ihm die Welt längst zuvorgekommen, hieß es doch seit Menschengedenken allerorten: *Awwl kummda, de Günda!*

Er tat ihnen den Gefallen, nahm Position ein und schürzte die Lippen: „Buu!“
Elf Mal, bis jede ihre Aufnahme im Kasten hatte. Als die Mädchen Anstalten machten, die Straße zu überqueren, um zu ihm zu gelangen, deutete er auf seine Uhr und nahm Reißaus.

Gemächlich. Denn ein wenig genoss er schon die leicht hysterische Aufmerksamkeit.

Erstaunlich, wie so etwas entstand. Ob es Lengard mit seinem *Hellole, they call me de Schorle-Peda* ähnlich ergangen war?
War das auch die eigentliche Triebfeder seines späteren Tuns? Lächerlich. Welcher erwachsene Mann konnte dem schon allen Ernstes erliegen. Er beschleunigte seine Schritte nun endgültig, und die Mädchen sandten ihm ein letztes *Buuhuhuu!!!*

Hoffentlich hatte das niemand beobachtet. Aber Freese.

„Wissen Sie, was ich hier in Glickerbach merkwürdig finde, Tschief?"

Die Ereignisse um die vorübergehende Medienhysterie hatten ihren Zeitplan gehörig durcheinandergewirbelt, aber zugleich etwas Erfreuliches bewirkt. Sie hatten sich einander angenähert. Wenn auch die persönlichen Gemeinsamkeiten weiter in engen Grenzen blieben, jeder betrachtete den anderen seitdem weit wohlwollender.
Und so fiel Kommissar Günda auf Freeses Frage zwar eine ganze Menge ein, er hatte eher Mühe, sich etwas vorzustellen, was der hier nicht merkwürdig fände. Um ihn nicht in falsches Fahrwasser geraten zu lassen, kam er ihm entgegen.
„Un?"
„Wieso hat eigentlich keiner etwas beobachtet?"
„Hm?"
„Finden Sie es nicht eigenartig, dass die Tat am helllichten Tag geschah, mitten in Glickerbach, gewissermaßen vor aller Augen, aber niemand will etwas beobachtet haben?"
„Un was heeßt des?", stachelte Kommissar Günda seinen Assistenten an.
„Vielleicht stecken mehrere dahinter."
„Gonz Gliggabach! Gönau! Du hoschs! Awwa wer aleedischt die Sach? Hm. Do hawwe die wahrscheins gelost."
„Machen Sie sich ruhig lustig, Tschief."
„Nänää, als weida, des gfällt mia."
„Tatsache ist, wir haben es mit einer für diesen Ort spektakulären Tat zu tun. Wir befinden uns in einem kleinstädtischen Gefüge, in dem die soziale Kontrolle noch in allen Bereichen funktioniert. Jeder kennt jeden. Jeder weiß, was der andere gerade anstellt. Es gibt keine Auffälligkeit, die nicht entdeckt wird. Und da will keiner auch nur irgendetwas bemerkt haben, was im Zusammenhang mit der Tat stehen könnte? Das ist für meinen Geschmack sehr, sehr seltsam."

„Fa misch aa, do stimmt was net. Awwa waas?"
„Gesetzt den Fall, jemand hat etwas beobachtet. Was könnte er für einen Grund haben, uns, die ermittelnde Polizei, nicht zu informieren? Um den Täter zu schützen? Weil man mit ihm unter einer Decke steckt?"
„Odda?"
„Oder weil es sich um einen prominenten Täter handelt, den man aus Gemeinderäson nicht der Strafverfolgung ausgesetzt sehen will."

Kommissar Günda schätzte diese Art des lauten Denkens. Das war eine Methode, die ihn schon häufig auf die entscheidende Spur gebracht hatte. Nun hatte er endlich jemanden, mit dem es sich zu denken lohnte, weil der selbst in der Lage war, *bissl rumzumspinne*.

„Odda?"
„Weil man so etwas nicht tut in Glickerbach. Man arbeitet nicht mit der Polizei zusammen."
„Hm", Kommissar Günda war skeptisch, „des glaawisch net. Hosch du des Gfiehl, die mauare all? Blouß weje uns?"
„Nein, das habe ich nicht."
„Dann gheat des glei mol gschdrische. Auf, Buuwl, weida. Wisso vazehle die nix, obwohl dass die was wisse?"
„Weil sie Lengard nicht mochten?"
„Glaabsch?"
„Eigentlich nicht, die meisten hätten profitiert. Sieht man von unseren beiden Spezis ab."
„De Ridda un de Ruddl".
„Genau. Aber es wäre noch etwas anderes denkbar. Umgekehrt. Vielleicht hat die Tat jemand begangen, der sich in Glickerbach gerade besonders großer Beliebtheit erfreut."
„Freese!"
„Ja, Tschief?"

„Du bischn Fuchs!"
Kommissar Gündas Lob kam prompt und von Herzen.

„Danke. Und wo wir gerade dabei sind …"
„Wu debei?"
„Nun ja, beim Loben", Freese räusperte sich. „Sie haben doch mal gesagt, man beherrscht Dialekt erst richtig, wenn man im Dialekt träumt."
„Stimmt."
„Wie viele Wörter müssen das sein?"
„Hm?"
„Ich meine, genügt eines?"
„Kummt druff oo welles."
Freese spitzte die Lippen.
„Allo!", ermunterte ihn Kommissar Günda.
„Ehrlich gesagt, ich traue mich nicht. Das klingt bei mir so komisch. Sie lachen bestimmt."
„Isch lach net."
„Versprochen?"
„Vasproche!"
„Also gut. Das Wort, von dem ich geträumt habe … Ich weiß nicht, wo ich das her habe … Dieses Wort … Es heißt *Brüh-Hünkel*."
„Hnghnghnghngngng! Dass isch des noch aleewe derf!"

Kommissar Günda schnappte sich einen auf dem Schreibtisch liegenden Aktendeckel und biss hinein.
„Sehen Sie", Fritjof Freese reagierte beleidigt, „Sie lachen!"
„Gar net, des is Ehrfuascht. Mit gonz viel Fuascht. Kumm, sach des nochmol."
„Nein."
„Bidde.
„Nein."
„Blouß äh Mol."

Kommissar Günda ging zum Fenster und öffnete es. Auf der gegenüberliegenden Straßenseite unterhielten sich zwei Frauen fortgeschrittenen Alters.
Freese konzentrierte sich.
„Brüh-Hünkel."
„Briehhingl!!!", prustete Kommissar Günda aus dem Fenster. Die Frauen drehten sich pikiert in seine Richtung.

„Was, bitte, ist ein Brie-Hinkel?", fragte Freese kühl. Bemüht, nun wieder auf eine sachliche Ebene zu gelangen.
„Die do!", alberte Kommissar Günda.
Unverhohlene Empörung auf der anderen Straßenseite.
„Des hot dea gsacht, net isch!"

Kurzerhand schloss Freese das Fenster und nahm den Kommissar ins Visier.
„Was heißt Brieh?"
„Brieh. Supp."
„Also Brühe."
„Gönau."
„Und Hinkel ist das Hühnchen. Richtig?"
„Stimmt."
„Dann ist Brieh-Hinkel also das Suppenhuhn."
„Du hoschs vastanne. Un die zwee do drauß aa."

Fritjof Freese ging an seinen Schreibtisch und lehnte sich überlegen in seinem Sessel zurück.
„Aus Brüh-Hühnchen wird also Brieh-Hinkel. Denn ein ü kennt das Kurpfälzische nicht."
„Du hoschs afasst."
„Und warum nennen Sie sich dann *Günda*, wenn es bei Ihnen doch gar kein *ü* gibt?", triumphierte Freese.
Kommissar Günda grinste.
„Weil isch will."

„Soot. Un jetzt kommen wir zum Höhepunkt: des wäa de Unnakiefaknoche vun unsam Gliggabacha Dino. Wenn Sie mol gugge wolle. Awwa die Griffel bleiwe fortt! Dass des mol klaa is!“

Kommissar Günda hatte schon geraume Zeit bereut, sich zu dieser zweistündigen Exklusiv-Führung durch das Glickerbacher Heimatmuseum hinreißen zu lassen.
Er hatte sich Informationen über Verflechtungen, Verwandtschaften, Seilschaften, kurz, den gelegentlich durchaus hilfreichen Klatsch und Tratsch erhofft, sah sich nun jedoch konfrontiert mit Waschbottichen (*Weschzuuwa*), Milchkannen (*Millischhaffe*), Sensen (*Reff*), Kirschenhaken (*Käschehooge*), großen Tüten (*Duddesseck*) und einer erstaunlichen Vielfalt von Nachttöpfen.
Die fachkundige Erläuterung (*Boddschamba, Nachthäffl, Brunzgschä*) schien immerhin einer Freude zu bereiten, der Fremdenführerin Gertrud Menzlerschweikert (*Ehrenamtlisch, Härr Kommissaa, alles ehrenamtlisch!*).

Und so atmete er hörbar auf, als er endlich wieder sonnenbeschienenen Boden unter den Füßen hatte. Was seine Begleiterin jedoch missverstand: „Schaad, dasses rum is, gell? Nochmol?“

Kommissar Günda wollte sich gerade mit einem überschwänglichen Dank trollen, als ihn Gertrud Menzlerschweikert verschwörerisch beiseite nahm.
„Härr Kommissaa, Sie wärre entschuldische. Derft isch Sie mol spreschle?“
„Gehts um Sauriaknoche?“
„Sie sind ein Schelm, Härr de Buu, das habe ich soffortt gemeiikt. Isch spüre des. Wir haben denselben Humor. Stimmts? Odda hawwisch rescht!“

Und mit Schwung hieb sie dem Kommissar geradezu lustvoll auf die rechte Schulter.

„Unna uns: isch tippe auf einen Serientäta."
„Hm."
„Un isch weeß a schun, wer des näggschde Opfa wärd."
„Nämmlisch?"
„A, isch nadierlisch!"
„Wisso?"
„Neid. Eifersucht. Sie wisse wies is. Un desdaweje beantrage isch Polizeischutz. Scheffsache!"
„Ou, mia hawwe grad viel fa zum du, grad isch. Awwa vielleischt kann Herr Menges … Isch mähn, jetzat, wua nimmi beim Schorle-Peda schafft …"
„De Menges Andoon, dea alde Suffkopp?", Gertrud Menzlerschweikert trieb es die Zornesröte ins Gesicht. „A, des wäa jo de Rischdische. Isch meine, man weiß doch, dea wu des Opfer findet, dea isch meischdens … de Mödda!"
„Alla guud", seufzte Kommissar Günda, „isch wärd gugge, was sisch mache lässt."
Da strahlte Gertrud Menzlerschweikert wieder und entließ den Kommissar, allerdings nicht ohne einen letzten Hinweis: „Einmal im Moonat findet übrigens eine Vorführung von unsam Gliggabacher *Veitstanz* in Ogginal-Kostümen statt. Isch würde misch freuen, wenn isch den Härrn Kommissaa in die Geheimnisse des Schreitanzes eiweihe deede därft."
„Schrei-Tanz?"
Kommissar Gündas Augen weiteten sich besorgt.
„Nein, Schreit-t-t-t-tanz."
„Dann is jo guud."
„Moggen Abend wärs zum Glück wieda so weit."
„Sauwa", log Kommissar Günda und dachte darüber nach, welche Selbstverstümmelung die Lebensqualität am wenigsten beeinträchtigen würde.

An diesem Abend hatte der Kommissar nur noch den Wunsch, sich von den besonderen Strapazen des Nachmittags zu erholen. Menschen konnten so anstrengend sein. Zum Glück traf das nicht auf alle zu.
Die Gegenwart der Wirtin im Roten Ochsen schätzte er weiterhin. Auch sie schien sich in seiner Nähe durchaus wohl zu fühlen, und so nahm sie zu später Stunde bei ihm Platz.

„Un, Marioon? Hoschs gschafft fa heit?"
„Schun. Des meischde wenigschdens."
„Was annares, was heedsch du eigendlisch gmacht, wenn de Schorle-Peda mit soim Konzept durschkumme wäa?"
„Isch?", lachte Marion Helche, „isch heed mia en reische Alde gschnabbt, der deed misch do bhalde in Gliggabach, un isch vagwöön denn dodefia bissl."

Kommissar Günda konnte sich vorstellen, wie gut dieser Plan aufgegangen wäre.

„Wie sehe Sie des eigendlisch, Tschief?", Marion Helches Frage kam unvermittelt. „Isch mähn, Sie betrifft des jo aa ball."
„Waas?"
„A, des Senioredorf."
Kommissar Gündas Miene verfinsterte sich. So hatte er sich den Fortgang des Gesprächs nicht vorgestellt. Marion Helche fing seinen Blick auf und ergänzte besänftigend: „Isch mähn späda, so in dreißisch, fäzzisch Joa …"
„Isch? Isch bin jo bissl altmoodisch, Marioon. Isch will gar net ald werre. Klähna Witz. Awwa wenn schun, dann zamme middare Fraa."
„Awwa wuu? Un wer drumrum? Dodedrum gehts doch. Odda wollde Sie vleischt uffä einsam Insel?"
„A so. Nänää. Schun do. Un des wäa nadierlisch ä subba Sach, wenn des klabbe deet, was de Freese escht."

Marion Helche rückte interessiert näher.
„Dea sescht jo, do gibts heit schun Kombjudas, die wu die Rischdische fa disch suche. Audomaadisch, so gsacht. Un du musch blouß noch gugge un saache: die? Hm, net so. Awwa diedo. Oukay, die nämmisch! Die zwee!
Klääna Witz."
„Des glaawisch net", entgegnete Marion Helche überraschend ernst, „dass des fungzioniat. Iwwa de Kombjuda? Hea ma uff."
„Saach blouß", Kommissar Günda ahnte, was hinter dieser kategorischen Aussage steckte, „schun mol prowiat, Marioon?"
„Ähmol?", Marion Helche winkte ab. „Schää wäas. Hea ma blouß uff mit demm Kees. Gschdöörde kriggsch do. Un so Nadua-Dabbische, die kannsch do aa finne. Im Ruudl. Glaawe Sie mas."
„Isch glaab das. Die Rischdische, die finsch wuannascht. Do muss ma sisch blouß bissl umgugge. Gell?"

Zu seinem Leidwesen verstand Marion Helche den kaum versteckten Hinweis nicht und wartete stattdessen mit einer Empfehlung auf: „Tschief. Isch gäbb Ihne mol en Tipp. Sie kenne doch die Idee mit denne Mehrgenerazioone-Haislin."
„Hajo, kennisch. Des is subba!", Kommissar Günda zeigte vorauseilend mehr Begeisterung als nötig. „Dodefu hawwe jo alle was. Die Alde vun de Junge, die Junge vun de Alde."
„Gell, des is schää. Aiig schää. Die Krutze[46]. Die Windl. Des Gschrei. Die ganz Zeit. Fa imma …"

Kommissar Günda war sich noch nicht sicher, was er von diesen Einlassungen zu halten hatte, und bemühte sich um einen neutralen Gesichtsausdruck.

„Un dann heeßts: *Ou, isch muss ganz korzz fortt. Keentsch du grad*

---

[46] kleine Kinder

bissl uffbasse uff mei Krutze?
Zwee Muunet späda de äschde Ooruf …
Odda oowets zammehogge mit derre *Generatioon Uffschneidales: Isch bin de Kees, isch weeß, isch weeß …*
Die wu des Zeugnis vun denne ia Krutze seä un saache: *Tststs, die aktuelle Quartalszahle, die gfalle mia awwa übahaupt nischt!*

Nun hatte Kommissar Günda endgültig das ungute Gefühl, vorschnell Begeisterung gezeigt zu haben.

„Un jetz des Beschde, die Altachdeseschzigga, die sin aa do. Die Sibzischjährische, die wu de ganz Daag vazehle vun dorttmols. Vun freie Liebe. Un wea mit wemm. Un was alles. Un mein schönstes LSD-Alebnis!
Un de Oobaa in de knaatschenge, schwazze Leddahoos singt *Ai känn gät nou Sädisfäckschen.* Tschief. Moggens. Vorm Frieschdick."
„Hea mol, Marioon, was gibtn des? Willsch du misch a noch fäddisch mache? Ich war heit vleischt schun im Heimatmusseum."
„Mit de Menzlaschweikatt?"
„Gönau."
„Ou. Des is schun än Schrubba, odda?"
„Weas brauch …"
„Tschief, dann machischs korzz. Weesch was fa Sie des Beschde wäa fa späda?"
„Nää?"
„Ä Sanadorium – mit de Menzlaschweikatt als Scheff-Schweschda! Klähna Witz. Nänää, jetz mol im Änscht, des Allabeschde fa Leit wie Sie", Kommissar Günda zuckte zusammen, „des wär des *Ein*-Generatioone-Dorf. Bloß Leit in Iam Alda. Wie Klassetreffe. Ihr habt die gleische Zeide alebt, Ihr habt dieselwe Thäme – *Weesch des noch, Kassedderekkodda. Gedenkt dia des noch, die DDR? Audofreie Sunndaag, Willy wähle!*
Do kriegt Ihr doch feischde Aare.

Unna uns, Tschief, isch hab mol ähna ghabt vun derre Sortt. Isch weeß, wufuu isch schwätz."
Kommissar Günda wusste nicht recht, was mit dieser letzten Bemerkung anzufangen war, und hielt sich diesmal bedeckt.
„Un dann des Fänseh, gell, Tschief! *Flibba*, *Tazzan*, *Bonnanza*, *Dakkdaarii*. De Kläärenz, de Kläärenz, de Kläärenz …"
Ihre Augen folgten dem linken Zeigefinger, den sie langsam zur Nase führte, und sie schielte nun ein wenig. Was ihr ausnehmend gut stand, wie Kommissar Günda fand.
„Zwee Programme habt Ia ghabt, gell? Blouß zwee Programme!", ihre Stimme troff vor Mitleid. „A nää", korrigierte sie sich bestürzt, „des stimmt jo gaa net. Ähns, blouß ähns habt Ia ghabt!"
„Ähns?", wand Kommissar Günda empört ein. „Ähns? Pffff. Vun weje. Mia hawwe gaa kähns ghabt. Mia hawwe uns als voa die Weschmaschin ghoggt."

Kommissar Günda mochte es, wenn sie lachte. Und er legte es gerne darauf an.

„Korzze Tescht, ganz korzze Tescht, Tschief: Sie wärre eiglaade uffen Geboddsdaag. Wu fühle Sie sisch am wohlschde? Bei de Zwanzischjährische, dreißisch, fäzzisch, fuchzisch, seschzisch, sibzisch, hunnat, hunnatzwanzisch? Gonz ährlisch, Tschief!"
„Schätzl, du hosch schun rescht. Isch fihl misch nadierlisch am wohlschde bei denne, die wu mei Leewensgfihl hawwe. Un des sin, isch gebs zu, des sin hald die Fimfedreißischjährische."
„Isch weeß, Tschief", grinste Marion Helche spöttisch, „un am beschde feiare die grad ian Junggesellinneabschied. Zum dridde Mol!"
„Gönau. Aproppoo. Wie ald schädsch du eigendlisch die, äh", Kommissar Günda zögerte, „äh, die Blumefraa?"
„DRenaade? Fimfedreißisch? Langsoom, Tschief. Die iss bissl älda, wie dassie aussieht. Die hot sisch guud ghalde. Wisso?"

„So hald.“
„A soo! Vasteh schun.“
Kommissar Günda fühlte sich durchschaut. Was ihm überraschenderweise nicht unangenehm war.
„Die war jo eftas drauß beim Schorle-Peda.“
„Weje Blume, isch weeß.“
„Hajo. Weje Blume …“
„Hm? Was heeßtn des?“
„Isch hab nix gsacht.“
„Langsoom, Marioon. Hot de Schorle-Peda was vun derre gwodd?“
Kommissar Günda spürte einen unerwartet heftigen Groll auf Peter Lengard.
„Vun wella hodn dea nix gwodd“, winkte Marion Helche ab.
„Menzlaschweikatt?“, schlug Kommissar Günda vor.
„Oukay, des issn Spezialfall.“
„Wemm sachsch du des.“
„Un dRenaade?“
„Am Ofang hawwisch schun bissl gedenkt. Awwa dann hawwisch mol gsehe, wie die denn zammegschisse hot. Bei derre im Laade. Do waa awwa alles zu spoot. Alda Schlabbe. Wahrscheins issa bissl uffdringlisch worre. Des waa schun so ähna. Do hot die grad rescht ghabt. So Männas muss ma die Grenze zeije. Sunscht heere die nie uff.“
„So ähna kennsch du aa, Marioon?“
„Ähna? Hea ma uff. Alles Sseckl.“
„Isch net.“
„Nänää, Tschief. Sie net. Un drotzdähm geä ma hähm jetzat.“
„Isch geh blouß nuff.“
„Gdnacht, Tschief.“
„Gdnacht, Marioon. Schloof guud. Un droom was Schäänes. Awwa vun de annare!“
„Des machischglatt. Vasproche, Tschief.“

Hoschun gheat?

Auch in Glickerbach interessieren am meisten die *Wer*-Fragen. Wer ist verstorben? Wer hat wen enterbt? Wer spricht nicht mehr mit wem? Wer ist *aüg uff wenn*? Wer geht *newenaus*?
Muss sich der Großstädter damit begnügen, alles über vermeintlich Prominente in einschlägigen Magazinen zu erfahren, so hat der Kleinstadtbewohner den gewaltigen Vorteil, genügend für Klatsch und Tratsch in Frage Kommende persönlich zu kennen. Und tagtäglich unter Beobachtung zu wissen.
Denn auch auf lokaler Ebene gibt es Prominenz. Früher schuf die schon das Amt, *de Schulmeischda*, *de Viehdogda*, *de Parra*, *de Abdeega*, *de Azzd*, *de Bürgameischda*. Und natürlich automatisch *derre ihre*.

Mit dem Niedergang der Wertschätzung öffentlicher Amtsträger ist deren herausgehobene Stellung verschwunden. Zwei Möglichkeiten gibt es mittlerweile noch, sich der Aufmerksamkeit aller sicher zu sein: Reichtum – immer ein Garant für als Bewunderung getarnte Begehrlichkeit – oder ein schillernder Lebenswandel.

In Glickerbach findet sich genau besehen weder noch. Kein Lottogewinner, kein Lotterdasein.
Dadurch ändern sich die Maßstäbe. Bereits geringfügige Auffälligkeiten können den Abweichler ins Zentrum des allgemeinen Interesses rücken. So zehrt Rolf Heinzmann noch Jahrzehnte später von einem einzigen, nicht einmal einminütigen Fernsehauftritt. Gerade 18 geworden, war er mit Freunden nach Berlin gereist, just, als sich dort die Grenze öffnete. Zahllose Kamerateams waren unterwegs, die historische Stimmung einzufangen. Plötzlich sah sich Heinzmann, wie die allermeisten nicht mehr ganz nüchtern, einem Mikrofon gegenüber. Ein

eifriger Reporter stellte ihm eine fast schon philosophische Frage: „Wie wird sich das Leben ändern? Jetzt, ohne Mauer?"

Woraufhin Rolf Heinzmann mit einem legendär gewordenen, prophetisch anmutenden Zwei-Wort-Satz antwortete: „Maua? Kennischnet."

In der breiten Öffentlichkeit ging das unter. Es gab damals auch keine Medien, darauf spezialisiert, Kuriositäten weltweit zu verbreiten. Dennoch, in Glickerbach hatte man das sehr wohl gesehen, und die Kunde hatte lauffeuerartig die Runde gemacht. So fand sich Heinzmann bei seiner Rückkehr unversehens umjubelt.

Begünstigt wurde die Popularität dieser denkbar knappen, umso knackigeren Äußerung dadurch, dass bei Rolf Heinzmanns triumphaler Heimkehr wieder einmal *Kärwe* stattfand. Man hatte einem drängenden Wunsch entsprechend die Häufigkeit des äußerst beliebten Volksfestes dem Wechsel der Jahreszeiten angepasst.

Zuerst schwankte Heinzmann, wie die Reaktion seiner Heimatstadt zu deuten war. Hatte er sich blamiert?
Dagegen sprach das allgemeine Schulterklopfen, dem so manche Einladung zu einem gemeinsamen Umtrunk folgte. Sein Auftauchen sorgte nicht selten für regelrechte Euphorie, die die Begeisterung über die nahende Wiedervereinigung Deutschlands bei Weitem in den Schatten stellte.

Anfangs suchte er zu erklären, mehr noch, zu entschuldigen, wie es überhaupt zu seiner Aussage gekommen war. Für ihn hatte damals kein Zweifel bestanden, dass es sich bei der Mauer-Frage um das gleichnamige Städtchen oberhalb von Leimen handelte. Denn es traf sich, dass wenige Wochen zuvor ein Handballspiel die Glickerbacher in ebendieses Mauer geführt hatte, wo ihnen gleichermaßen überraschend wie unverdient eine herbe Niederlage bereitet worden war. Zweiter Kreisläufer Rolf Heinzmann. Zu frisch schien die Schmach, um sich nun, fern der Heimat, daran erinnern lassen zu müssen. Wie einst die Gallier den Ort ihrer historischen Niederlage gegen die Römer aus ihrem Gedächtnis getilgt hatten, so hatte Rolf Heinzmann tief in seinem Herzen beschlossen, Mauer ein für alle Mal zu vergessen. Kaum war ihm dies gelungen, *kummt do soen Hannebambl, froocht misch dodenooch.*

So blieb ihm nur die ehrliche Antwort.
Maua? Kennischnet.

Heinzmanns umständliche Erklärung stand in keinem Verhältnis zur Kürze und Prägnanz seiner historischen Aussage. Hob er damit an, wurde bald abgewunken.
Losses!

Und es dauerte nicht lange, bis ihm aus dieser winzigen Episode ein lebenslanger Spitzname erwuchs.
In Glickerbach war er fortan nicht mehr *de Rolf*, nicht *de Häänzmonn.*
Hier war er für alle Zeiten nur noch *de Kennischnet.*

Und ausgerechnet dieser *Kennischnet* lieferte bei der Lösung des Falles den entscheidenden Hinweis.
Aber der Reihe nach.

Fritjof Freese überraschte den Kommissar noch beim Frühstück.
„Ou, schun do? Is was bassiat?"
„Ich habe ein bisschen recherchiert und bin auf jemanden gestoßen, den wir bislang überhaupt nicht in unsere Überlegungen einbezogen haben. Der jetzige Amtsinhaber war immerhin sehr lange hier Bürgermeister. Mich würde interessieren, wie er den Fall Lengard sieht. Darf ich?"
„Hogg disch!"
Fritjof Freese bedankte sich, nahm Kommissar Günda gegenüber Platz und legte sein Smartphone einsatzbereit vor sich auf den Tisch.
„Ja, nochmal zum Amtsinhaber. Interessant wäre seine Einschätzung."
Kommissar Günda schälte sorgfältig einen Apfel.
„Des kannischda saache, Freese."
„Sie haben schon mit ihm gesprochen?"
„A, sebvaschdändlisch."
„Wann? Die offiziellen Sprechzeiten haben das doch bisher gar nicht zugelassen."
„Des stimmt. Mia hawwe oowets ähna gezischt zamme."
„Wo?"
„A, do, im Rode Ochse, wu sunscht?"
Freeses Verständnis von Bürgernähe war ein anderes.
„Der Bürgermeister verkehrt im Roten Ochsen? Er verbringt seine Abende in der hiesigen Gastronomie?"
„Solla uff Monnem fahre?"
„Allerdings! Ja!"
„Des geht net."
„Wieso?"
„A, demm soin Labbe[47] is grad fortt."
Freese schüttelte den Kopf.

---

[47] Führerschein

„Sehen Sie, das meine ich. Prächtig. Das bestätigt einmal mehr meine Einschätzung von Politik. Das Gemeindeoberhaupt setzt seine Sprechstunde des Abends in der Kneipe fort. Wunderbar. Inoffizielle Vereinbarungen, Absprachen unter der Hand, Zuteilungen nach Gutsherrenart bei Pils und sauren Nieren."
„Ähnda Schwoinepäffa[48]", wand Kommissar Günda etwas lahm ein.
„Ist ja egal, da ist jedenfalls Mauschelei und Schlimmerem Tür und Tor geöffnet. Mich wundert, dass sich im Netz nichts dazu findet."
„Aba, kä Ängschd, do bassiat schun nix."
„Sie sind reichlich naiv, Tschief", in Freeses Bemerkung schwang ein unverhohlener Vorwurf.
„Ä-ä. Do will kähns mea was vun demm."
Fritjof Freese musterte den Kommissar unnachgiebig, als sei er einer Verschwörung auf der Spur, bei der womöglich auch sein Vorgesetzter eine unrühmliche Rolle spielte. Der reagierte geduldig: „Gugg mol, Freese, dea heat jo uff, de alde Bürgameischda. Des wisse die Leit. Un seitdähm dass die des wisse, issa uuindressant, vastehsch?"
„Und vorher, als er noch fest im Amt war?", Freese ließ nicht locker.
„Issa als uff Monnem gfahre."
„Und deswegen …"
„Is soin Labbe fortt, du hoschs afasst. Willschen Schnitz?"

Das leuchtete ein. Etwas widerwillig gab Freese kleinbei.
„Also schön, und wie sieht der Noch-Bürgermeister den Fall?"
„Gmischt. Der wollt jo eigendlisch am libschde weidamache. Geht awwa net weje z-ald. Jetz willa mit seinare uff Mallocka. Isch hab gsacht: *Hea, Ottl!*"
„Sie duzen sich?"

---

[48] eher Schweinepfeffer

„Sebvaständlisch. *Hea, Ottl!*, hawwisch gsacht, *Mallocka? Was willschen dortt?* Sachda: *Weeß isch aa noch net. Guggemamol.* Unna uns, dea waa schun so bissl gedatscht."
„Weswegen? Dafür gibt es keinerlei Veranlassung. Ist doch alles ideal. Wahrscheinlich noch rüstig, eine gute Pension …"
„Awwa kähns, wuen noch brauche dud. Gugg mol, Freese, dea waa iwwa zwonzisch Joa Bürgameischda do. Un uff ähmol is äfach zappe."
„Da wird sich doch etwas finden lassen, irgendeine ehrenamtliche Tätigkeit, Stiftungen, ich wüsste jede Menge Bereiche, in denen sich solche Leute engagieren könnten."

Da war er wieder, der verständnislos-belehrende Ton des Mittdreißigers, dessen Einfühlungsvermögen sich auf sich selbst beschränkte.

Kommissar Günda verspürte den kurzen Impuls, Freese befragen zu wollen, ob die haushälterische Tätigkeit seiner Mutter für ihn auch unter solche idealen Beschäftigungsfelder fiele, zwang sich aber, beim Mordfall Lengard zu bleiben. Das war nicht der Moment, an privaten Defiziten der Ermittler zu arbeiten und das seinerseits von oben herab. Sie waren der Lösung des Falles nah, dessen war er sich sicher, und bei allen Eigenarten, Freese trug einen erheblichen Anteil dazu bei.

„Äschda hodda so rumgedruggst – *Isch kann net, isch will net, des is jo jetzat nimmi wischdisch, s is eh alles rum, eh alles zu spoot.* Awwa irgendwann hodda mia vazehlt, wassa vorghabt hot, de Bürgameischda Ottl, wenna nimmi im Amt is."
„Nämlich? Sie machen es ganz schön spannend, Tschief!"
„Wenn alles geklappt hätt, wära Gschäftsführa worre. Vun de Aldale-GmbH."
„Geschäftsführer? An Lengards statt?", wunderte sich Freese. „Das sieht dem aber gar nicht ähnlich. Einer, der alle Fäden in

der Hand halten will, überträgt ein solches Amt einem anderen? Gut, vielleicht als Eigenbetrieb der Gemeinde, unter Lengards Aufsicht."
„Ä-ä, Freese. Annaschda. Un schun bissl koomisch, wenn des stimmt. De Ottl sacht, de Schorle-Peda, dea wollt zwaa Bürgameischda vun Gliggabach *werre*. Awwa net *soi*."

„Als noch net fäddisch?"
Marion Helche zwinkerte dem Kommissar beim Abräumen des Tisches anerkennend zu.
„Dea is jo schnuggelisch, Ian Frischling. Blouß, wenna die Gosch uffmescht, ouououou."
„Wemm sachsch du des", Kommissar Günda zuckte mit den Achseln. „Soe Schnuut, un mescht nix draus. Des is schaad, so schaad, aiig schaad."
Längst hatte sich Fritjof Freese daran gewöhnt, dass über seine diesbezüglichen Defizite in aller Öffentlichkeit gesprochen wurde. Ihn focht das nicht mehr an, zumal er am gewählten Tonfall erkennen konnte, dass es sich nur um die übliche Stichelei handelte.

„Sie hawwe übbrigens Poscht."
„Wea? Isch?"
Kommissar Günda blickte ungläubig.
„Vun wemm?"
„Kä Ahnung, isch hab net geguggt."

Marion Helche legte einen wattierten weißen Umschlag auf den Tisch.
„Un? Gaa kähn Absenna? Un gaa kä Briefmaiik, gibts des? Koomisch, gell?"
Neugierig beäugte die Botin, wie der Kommissar das Päckchen drehte und wendete.
„Vielleicht ein anonymer Hinweis in der Mordsache Lengard. So

etwas kommt vor", sprang Fritjof Freese seinem Kommissar bei. „Dann willisch net weidas steere", zog sich die Wirtin diskret zurück. Diesmal zwinkerte sie Freese zu.

Der ergriff demonstrativ sein Smartphone, zückte einen minenlosen Stift und begann, auf den winzigen Bildschirm zu tippen. Nicht ohne gelegentlich zum Kommissar zu spähen, als dieser das Päckchen misstrauisch öffnete.

„Hea mol, Freese, liesch du als soä bissl? Isch mähn Büüschas[49]?"
„Nun, Tschief, man kann mich wohl mit Fug und Recht als Leseratte bezeichnen. Auf meinem E-Book verschlinge ich pro Woche an die drei Romane und Sachbücher."
„Hm. Kennsch des?"
Kommissar Günda deutete auf ein mit roter Schleife verziertes Buch, das jetzt neben dem Umschlag vor ihm auf dem Schreibtisch lag.

„*Shades of Grey*? Geil!"
„Bidde?"
„Das ist einer der größten Bestseller aller Zeiten, millionenfach verkauft, weltweit."
„Dann kanns jo nix soi."

Er schickte sich an, das Buch in den Papierkorb zu bugsieren.

„Langsam, Tschief, vielleicht ist das für Sie genau das Richtige."
„Des glaawisch net. Was issn des Thäma?"
„Frauen."
„Hm."
„Männer."

---

[49] Bücher

„Mach Sache."
„Und vor allem: Sex."
„Oh liewi Zeit, isch habs gewisst."
Nun wanderte das Buch endgültig in den Abfalleimer. Freese fischte es zum Leidwesen seines Vorgesetzten wieder heraus.

„Allerdings, Tschief, in diesem Buch geht es etwas anders zur Sache."
Kommissar Günda schien in Gedanken die ihm bekannten Möglichkeiten durchzugehen und wirkte etwas ratlos.
„Wie annaschda?"
„Na ja, Tschief, Sie wissen schon."
„Isch weeß gaa nix. Un des langt mia."

Freese nickte dem Kommissar verschwörerisch zu.
„Ich sage nur Marquis de Sade … *Die Blumen des Bösen* …"
„Hä?"
„Sagen Sie bloß, Sie haben noch nie etwas davon gehört. Lust durch Schmerz. Durch diese Bücher wird das wahrscheinlich ein richtiger Trend."

Kommissar Gündas Augen weiteten sich beunruhigt.

„Bin isch froh, dass isch schun so ald bin."
„War das Buch in dem Umschlag?"
„Hm."
„Von wem?"
„Des wüssdisch a gärn. Kähn Absenna, kä Kadd, nix weidas."
„Na, jedenfalls sieht es aus wie ein sehr, sehr persönliches Geschenk, Tschief. Und Sie haben wirklich keine Ahnung, von wem es stammen könnte?"
Naseweis beugte sich Fritjof Freese nach vorn.
„Ahnung net. Awwa en Vadacht …"
Den hätte Freese gerne geteilt.

„Äh, was annares, Freese, deedsch du mol fa misch ins Heimatmusseum geä? Mia is dortt was uffgfalle."
„Wollen Sie das nicht lieber selbst machen?"
„Aba. Liewa net."
„Hängt das vielleicht mit dem Buch zusammen?"
„Freese, du bischen Fuchs. Hawwisch des schun mol gsacht?"
„Mehr als einmal, Tschief."
„Weesch warum?"
„Na?"
„Weils stimmt."

Als Fritjof Freese, nachhaltig beschwingt vom unerwarteten Lob, nach gut anderthalb Stunden zurückkehrte – er hatte sich erst im Rathaus einen Zweitschlüssel besorgen müssen, sein Besuch lag außerhalb der Öffnungszeiten –, fand Kommissar Günda seine Vermutung bestätigt. Dem Heimatmuseum standen entscheidende Veränderungen bevor, was die Auswahl der Exponate anbelangte. Diese Erkenntis schien ihm einstweilen zu genügen, denn er wechselte einmal mehr unversehens das Thema.

„Was annares, du hosch mia noch gaa net vakläat, was die Rockas so vazehlt hawwe."
„Das? Das war völlig uninteressant. Die Geschichten wiederholten sich sehr schnell. Es gab wohl eine schriftliche Prüfung vorab. Ein Fragebogen war auszufüllen, da ging es um solche albernen Dinge wie Lieblingsmusik, Lieblingsband, Lieblingsfilm, Lieblingsbuch …"
„Awa wohl, des is ennoom wischdisch", protestierte Kommissar Günda. Diese Methode hatte er sich schließlich selbst oft genug zunutze gemacht. Wenn er früher irgendwo eingeladen war, hatte er als erstes den Plattenschrank durchstöbert und sofort gewusst, mit wem er es zu tun hatte.
„Für mich nicht, ich höre Musik immer dem Anlass entsprechend, mal soft, mal rockig, mal jazzig …"
„Mit ähm Wortt, du hosch kä Ahnung vun Mussisch", dachte Kommissar Günda. Aber er verkniff sich den Kommentar.
„Dann tauchen solche Fragen auf wie *Haben Sie schon einmal alleine gelebt? Haben Sie mehr als zwei technische Geräte, Radio, Fernseher, Handy eingeschlossen?*
Die Abschlussfrage, und das fand ich völlig daneben, die abschließende Frage lautete: *Halten Sie sich aus?* Was soll das? So ein Quatsch, schon sprachlich."
Freese verdrehte belustigt die Augen.
„Obacht! Des vasteh isch guud. Des is aiig wischdisch. Wenn du

net allää sei kannsch, kannsch du aa net mit annare zammeleewe. Bessa gsacht, du kannsch des schun. Awwa net so schää äfach, vastehsch?“

„Nein.“

„Des hawwisch mia gedenkt. Desdaweje wuhnsch du jo aa noch bei de Muddi.“

„Den Zusammenhang verstehe ich nicht, Tschief.“

„Mescht nix, Freese. Des is jo aa nix fa disch gewest, des Gliggabach vum Schorle-Peda. Des wäa jo fa so alde Sseckl wie misch.“

„Na, jedenfalls“, fuhr Freese unbeirrt fort, „die schriftliche Prüfung haben alle bestanden, deshalb wurden auch alle zum persönlichen Vorstellungsgespräch eingeladen. Ihr *Jacketkronen-Mann*, übrigens ein redseliger Typ, meinte, sie hätten sich aber auch sehr, sehr gut vorbereitet. Was immer das bedeutet.“

„Des is doch klaa, Freese. Des heeßt, die hawwe die Frooche vorhea gekennt.“

„Ah, gut möglich. Und so wie die Herrschaften und ihre Maschinen aussahen, haben die sich diese Informationen auch etwas kosten lassen.“

Freese erhob sich und begann dozierend durch den Gastraum zu schreiten. Gespannt wartete der Kommissar auf die nächste Theorie.

„Ich finde, Lengard hat dieser gemächlich vor sich hindümpelnden Gemeinde eine echte Perspektive aufgezeigt und das Leben hier gehörig durcheinandergewirbelt. Ritter übrigens auf seine Art ebenfalls, wenn auch nicht ganz so einschneidend. Zwei völlig unterschiedliche Modelle standen sich damit in Glickerbach gegenüber. Zum einen die für viele reizvolle Vorstellung, von Jugend und Jugendlichkeit für immer verschont zu werden. Kein Lärm, keine Skater.“

„Do wäa isch vorsischdisch, die heedes schun krache losse, die Alde.“

„Dabei zugleich gesellschaftspolitisch Vorreiter. Glickerbach

würde überregional Furore machen, nach so etwas lechzen die Medien. Ein Modellprojekt. Gewissermaßen die ersten, die auf den demografischen Wandel angemessen und mit Weitsicht reagieren. Haken: Glickerbach hätte es so nicht mehr gegeben. Die Identität der Stadt wäre dahin gewesen. Und, ganz bestimmt für viele ein Problem: jede Menge Neubürger. Darunter sehr exotische, wenn auch durchaus finanzkräftige Exemplare.
Oder aber, und das wäre die Alternative gewesen, ein Dauer-Partymagnet für junge …"
„… dinoomische …"
„… erfolgreiche …"
„… aiig schääne Leit …"
„Mit anderen Worten, Tschief, Glickerbach stand vor der Entscheidung …"
„Du odda isch. Gönau."

Einen kurzen Moment ließen die beiden diese Erkenntnis wirken. Dann setzte Freese wieder an: „An der Polizeihochschule habe ich gelernt …"
„Moment!", unterbrach ihn Kommissar Günda. „Isch schreib glei mit."
Freese ließ sich nicht aus dem Konzept bringen.
„An der Polizeihochschule habe ich gelernt, wie wichtig es ist, in einem geschlossenen System, wie es Glickerbach unzweifelhaft darstellt, die Sollbruchstellen auszumachen. Die Mauer des Schweigens zu durchbrechen."
„Hm?"
„Tschief, bei meinen Zeugenbefragungen gibt es eine eindeutige Tendenz, und die heißt Schweigen um jeden Preis."
„Wahrscheins, weil du die ganz Zeit schwädsch."
„Mitnichten. Es ist wie eine Wand. Meine Fragen werden nicht zur Kenntnis genommen."
„Weil du so voanehm babbelsch. Weil disch kähna vasteht. Außa isch. Kumm mol hea, loss disch mol drigge."

Kommissar Günda breitete die Arme aus, doch Fritjof Freese war zu konzentriert und nicht geneigt, den Ernst seines Anliegens preiszugeben.

„Mag sein, dass man das Gespräch mit Ihnen eher sucht, aber was haben wir denn auf diesem Wege schon erfahren? Ich habe den Eindruck, man verheimlicht auch Ihnen alles Wesentliche. Und ich kann Ihnen auch genau sagen, woran es hapert."
„Nämmlisch?"
„Fehlender Respekt. Mangelnde Autorität. Ist ja auch kein Wunder, wir stiefeln durch Glickerbach wie eine Drückerkolonne. Wir befragen aufs Geratewohl, nach Lust und Laune, wer uns gerade über den Weg läuft. Ich würde gerne den einen oder anderen *vorladen*. Ganz offiziell und amtlich."
„Des is vleischt gaa kä schleschde Idee, moin Liewa …", murmelte Kommissar Günda. „Wu du rescht hosch, hosch du rescht."

Und so wurde das Nebenzimmer im Roten Ochsen zur offiziellen Anlaufstelle für all diejenigen, die etwas zur Lösung des Falles beitragen wollten.
Dazu hatte Kommissar Günda in einer eilends gefertigten und umgehend verteilten Sonderausgabe der ansonsten wöchentlich erscheinenden *Gliggabach Njuus* einen Aufruf veröffentlicht:

Bürga-Schpreschle im Rode Ochse
Wer waren des mim Schorle-Peda?
Weesch was? Kumm vorbei!
Eia Bollezei

Mit einem solchen Ansturm hatte keiner gerechnet. Insgesamt vierzehn Stunden dauerte die Auskunftei der Glickerbacher. Wobei Freese auf der grundsätzlichen Anwesenheit beider Ermittler bestand, um den Stellenwert der Maßnahme zu

unterstreichen. Er war es auch, der die Befragungen federführend leitete. Auf Anregung des Kommissars.
„Des waa jo dei Idee, dann sollsch du aa mol de Scheff soi."

Anfangs zeichnete Freese die Gespräche auf und diktierte eine kurze Zusammenfassung aus Sicht der Befrager. Später begnügten sie sich mit einer Strichliste.
Denn die Ergebnisse waren eher zweifelhaft.

Die meisten wollten *blouß mol gugge.*

Fast alle Glickerbacher hatten, wie sich alsbald herausstellte, ihrerseits Anliegen, zumeist eingeleitet durch ein kompromissloses *Was annares* …

Die Kärscheglogge – zlaut!
Die Hauptstrooß – zdregged!
Der wu moin Nochbar is – uumeeglisch!

Die Preise zu hoch, die Straßen zu voll, das Bier zu warm, die Sommerzeit zu kurz, das Wetter zu schlecht, sämtliche Regierenden unfähig, das Fernsehprogramm *kannsch de Haase gewwe!*
Zwei Glickerbacher brachten gar ihre gesamten Ersparnisse, um sie wieder in D-Mark umtauschen zu lassen.

Des gheat mol gmacht!
Sell gheat mol gsacht!
Die Strooß gheat mol gekeat!

Kurz, aller Unbill, Unmut, Unbehagen landete im Nebenzimmer vom Roten Ochsen.
„Als hätten die sich abgesprochen", stöhnte Freese sichtlich ermattet.
„Du hoschs afasst, Freese."

Zu Peter Lengard dominierten folgende Äußerungen:
Sseckl – 43
Sseftl – 52
Strooma – 68
De Häddschd – 13

beziehungsweise von weiblicher Seite:
Strooma – 74
Raiwa – 71
en Goldische – 135
Pfff … 134

In der Sache verdichteten sich zu später Stunde die Hinweise, dass der Täter oder die Täterin aus dem Nachbarort stammte. Was auch an Freeses Fragestellung gelegen haben mochte, als der eher hilflos einen Köder auswarf: „Könnten Sie sich auch vorstellen, dass ein Nicht-Glickerbacher den Mord begangen hat?"
„Wea?"
„Na, zum Beispiel jemand aus der Nachbarstadt? Wie heißt die nochmal? Fußheim?"
„Gönau! Die wares. Fußhoima. Do hosch du rescht. Gradlierda[50]!"

Ein Verdacht, der bald zur allgemeinen Überzeugung wuchs, weil jeder der Befragten sein Wissen beim Hinausgehen weitergab.
Hea, Karl, hoisch, isch geb da mol en Tipp: wenn die disch glei froore, die Antwort, die rischdische, heeßt: Fußhoima, dreggede. Alle vahaffde!

In den letzten beiden Stunden häufte sich die Gegenfrage *Was gibtsn Neies?* seitens der Glickerbacher. Denn nun stellten die sich

[50] Gratuliere!

nach ihrer Befragung einfach wieder in der Schlange hinten an, um nach wenigen Minuten das Nebenzimmer im Roten Ochsen mit den Worten zu betreten: *Isch bins nochmol. Un, Buuwe, habta schun was rausgfunne?*

Reichlich entnervt schloss Fritjof Freese schließlich die Akten, als unvermutet dieser überaus wichtige Zeuge auftauchte.
In der verbrauchten Luft des Gastraumes stand den beiden erschöpften Ermittlern ein unscheinbarer Mann gegenüber: *de Kennischnet.*
Freese wollte ihn schon mit dem Hinweis auf die fortgeschrittene Uhrzeit abwimmeln, doch Kommissar Gündas Gespür setzte sich durch: „Loss denn narre. Isch glaab, glei kummt was."

Was dann kam, war für Freese mehr als enttäuschend.

De Kennischnet beklagte sich bitter über alles Mögliche. Ein besonderer Dorn im Auge war ihm eine Gruppe junger Männer, die nahezu täglich *außa dinnschdaags* erst im Morgengrauen in Glickerbach einträfen und sich dann aufführten, als hätte kein Mensch in dieser Stadt schon wenige Stunden später sein Tagwerk zu beginnen. Großspurige Reden würden geschwungen, sie hätten wieder *den Laden gerockt, die Crowd zum Kochen gebracht.* Türenschlagen sei keine Seltenheit, und am Ende sei es sogar schon vorgekommen, dass diese Jüngelchen sich auf der Kirchenmauer niedergelassen hätten, um mit einem morgendlichen Abschiedsbier anzustoßen. Nachdem er der Gemeinde einen diesbezüglichen Tipp gegeben und daraufhin Frau Menzlerschweikert durch einen erbarmungslosen nächtlichen Sondereinsatz dankenswerterweise für die Wiederherstellung der Nachtruhe gesorgt habe, sei wenigstens Letzteres seitdem unterblieben. Das Hauptärgernis aber bleibe: Zuspätheimkehrer und ihre Geräusche.

Kommissar Günda bedankte sich artig, Fritjof Freese rang sich ein *Wir geben es weiter* ab.

„Des war jo indressant!"
Für die offensichtlich magere Ausbeute war der Kommissar erstaunlich guter Dinge.
„Sie machen sich über mich lustig, Tschief, das finde ich nicht in Ordnung."
Kommissar Günda sah Fritjof Freese, wie der fand, zu väterlich an.
„Nänää. Isch mähn des so. Hea mol, du kennsch disch doch mit so neimodische Sache aus. Was is des eigendlisch, en *Dietschee*?"
„Sie meinen ein DJ? Ja, das war mir gleich klar, um was es sich bei den morgendlichen Ruhestörern handelt. Die legen auf."
„A so, die leje uff. Indressand. Un was leje die so uff?"
„Na, Musik. Von Computer, CD, aber häufig auch Vinylplatten."
„Ffinielpladde? Hm. Gibts aa annare?"
„Bitte?"
„Nix, nix. Weida, Freese. Die leje also uff. So wie fria bei uns die Buuwe, die wuu kä Schongs ghabt hawwe bei de Määdlin uff de Paadies. Die hawwe sisch dann hinna demm Bladdeschbiela vaschdegglt un so geduu, wie wenn denne nix wischdischa wäa wie Mussisch zum mache. Dodebei hawwe sie blouß ghofft, dass mol soä Schnuggelisch kummt un sisch *Wisch ju wäa hia* winsche deed."
„Ich lege übrigens auch manchmal auf", merkte Freese nicht ohne Stolz an.
Kommissar Günda zeigte sich unbeeindruckt.
„Tschief, das hat sich wie so vieles geändert. DJs sind die Stars der Szene, die Könige der Nacht. Die sorgen dafür, dass in einem Club die richtige Musik läuft. Von denen hängt die ganze Stimmung ab. Wenn die gut sind, läuft der Laden, wenn nicht, macht er dicht."

„Un wenn ähna jedn Daag do schafft, dann issa …"
„… nicht so schlecht offenbar."
„Freese, mach doch mol dei Glumb oo."
„Mein Smartphone ist immer betriebsbereit."
„Dann gugg doch mol, ob du dänn Dietschee finsch, der heeßt *Fiffdie–* a, nää, des is jo vun mia – *Dietschee Berga* odda so ähnlisch."

Es dauerte wenige Sekunden, da wartete Freese mit einem Ergebnis auf.
„Hier, der kommt in Frage. DJ in drei Clubs. In Mannheim, Karlsruhe und Heidelberg."
„Un wie heeßda?"
„DJ Börga-King."
Kommissar Günda nickte anerkennend.
„Net schlescht. Des häddisch demm gaa net zugedraut. Hosch du aa Foddo vun dem Hannebambl?"
„Moment. Bittesehr."
„Hm. Kannsch du mia des mol ausdrugge?"

An diesem Abend saß der Kommissar noch sehr lange vor dem ihm zur Verfügung gestellten Bildmaterial. Als er sich schließlich bettschwer in den ersten Stock aufmachte, war er mit sich zufrieden.

Und mit der Welt?
Weit weniger.

Da standen sie nun, die Glickerbacher, ums offene Grab des Peter Lengard. Selbst Georg Ritter hatte sich eingefunden. Mit seiner *Bono*-Sonnenbrille hätte ihn Kommissar Günda kaum erkannt. Sie alle erwiesen ihrem Fast-Bürgermeister die letzte Ehre. Vorwiegend vertraute Gesichter. Einige wenige unbekannte, ausschließlich Frauen, unterschiedlichen Alters, allesamt auffallend attraktiv.

Kein Pfarrer, angeblich ein testamentarisch festgelegter Wunsch des Verstorbenen. Ein paar dürre Worte des amtierenden Bürgermeisters, der Lengards Verdienste um die Gemeinde würdigte. Schließlich der *Wieder-Beißer*, der mit fünf seiner Mitfahrer einen Halbkreis bildete und zu einer Karaoke-Version *Born to be wild* anstimmte.

Getuschelt wurde wie stets bei solchen Anlässen. Man nutzte die Gelegenheit, angesichts so manchen ungepflegten Grabes missbilligend den Kopf zu schütteln.

Stille kehrte erst ein, als Kommissar Günda die Abtastnadel behutsam auf die B-Seite der einst so erfolgreichen Single setzte. Während die Sonne strahlte, als habe sie beschlossen, von nun an in Glickerbach über den Tag hinaus zu scheinen.

Adele sacht eian Schorle-Peda.
Whom belongschen du to?
Wu du goeschen hie?
Des know, des know isch nie.

Adele, sacht eian Schorle-Peda.
Machts guud. Tschüssl. Säärvelaa.

Am Friedhofseingang erwartete Fritjof Freese die Trauergemeinde und forderte mit einem Tonfall, der keinen Widerspruch duldete, ein knappes Dutzend von ihnen auf, sich in der Lengard-Villa einzufinden.

Dort kam Kommissar Günda umgehend zur Sache.
„Allo, mein Kollege Freese, derdo, dea wärd glei denn Mödda vum Schorle-Peda iwwafihre."

Fritjof Freese hatte noch keine Ahnung, worauf der Kommissar hinauswollte, hob an, nicht wissend, wo er enden würde: „Peter Lengard, genannt *der Schorle-Peter,* ist erstochen worden."
„Aiig schlau", flüsterte jemand, „mia kenne stolz sei uff unsa Bollezei."
„Wea waren des?", drohte Kommissar Günda streng in die Runde. „Obacht! Freese? Weida!"
„Ein Motiv hatten viele, Peter Lengard war ein eigenwilliger, ein umstrittener Mitbürger. Da wäre zunächst sein Gegenkandidat. Die Ehe gescheitert, die Kanzlei infolge der Scheidungsquerelen längst nicht mehr gewinnbringend. Das Bürgermeisteramt in Glickerbach seine letzte Chance?"
Rudolf Rentschler reckte sich protestierend, zog es dann doch vor, die Anwürfe schweigend zu quittieren.
Im Unterschied zu seinem Gegenüber.
„Isch habs glei gewisst!", Gertrud Menzlerschweikert nickte triumphierend.
„Mooment! Narre net huddle", schaltete sich Kommissar Günda ein.
„Wenn de Schorle-Peda Bürgameischda worre wäa, was wäa dann eigendlisch aus de Musseumsführarin Menzlaschweikatt worre?"
„Wisso?", entgegenete die empört. „Isch kann mir nischt vorstellen, dass Härr Lengard auf meine Erfahrung bsunnas uff demm Gebiet der Nachthaffe vazischdet hädde."

„Des is ä guudes Stischwortt. Freese!"
„Uns liegen Materialien vor, dass Peter Lengard das Heimatmuseum zu einem *Museum für Rockfans* machen wollte. Im Keller findet sich bereits eine umfangreiche Sammlung wertvoller Devotionalien der Doors, der Stones, der Allman Brothers, von Bob Dylan, Neil Young, Led Zeppelin, Jimi Hendrix und The Who. Von allen künftigen Mitbürgern hatte sich Lengard gewissermaßen als Morgengabe Erinnerungsstücke an diese Rocklegenden erbeten. Ein unbezahlbares Exponat ist eine Original-Unterhose des Doors-Sängers Jim Morrison, von der die 68-jährige Selma Keller in einer eidesstattlichen Versicherung beteuert, sie habe sie eigenhändig, höchstpersönlich und frisch getragen von dem berühmten Sänger nach einem Konzert in Paris bei passender Gelegenheit stibitzt. Das war das Herzstück der Ausstellung. Genauer …", Freese verlangsamte seine Worte, „das wäre das Herzstück der Ausstellung gewesen. Denn bedauerlicherweise kam es zu einem schwerwiegenden Zwischenfall. Nicht wahr, Frau Menzlerschweikert?"
„Hea, isch find des so dabbisch mit derre Unnahos vun demm Hannebambl!"
„Würden Sie uns freundlicherweise erzählen, was Sie mit dieser Unterhose gemacht haben?"
„Ja, isch gebs zu", gellte diese trotzig, „isch hab die gewesche. Gekocht! Wenn Sies genau wisse wolle! Un des waa aa bidda nöödisch!"
„Davon war Peter Lengard bestimmt nicht begeistert."

Die Angegriffene drehte sich gedemütigt ab, konnte sich jedoch nicht verkneifen, den Umsitzenden ihren persönlichen Triumph zuzuraunen: „Awwa sauwa worre issie. Kannsch du saache, was du willsch!"

„Geht des eigendlisch noch lang?"

Anton Menges rutschte ungeduldig auf seinem Stuhl hin und her.
„Apropos", Freese wandte sich in dessen Richtung. „Wie war eigentlich Ihr Verhältnis zu Peter Lengard, Herr Menges?"
„Wisso? Nommaal."
„So normal", fuhr Freese treuherzig fort, „dass Lengard Ihnen sogar gestattet hat, die Fragen für das 50plus-Dorf weiterzugeben?"

Anton Menges schaute sich mit Unschuldsmiene um.
„Isch weeß gaa net, was dea mähnt."
„Im Klartext", präzisierte Freese jetzt in ungleich schärferem Ton, „Sie haben gegen nicht unerhebliche Summen den Fragebogen für die Aufnahmeprüfung ins 50plus-Dorf verraten. Wollte Sie Peter Lengard darauf vielleicht feuern?"

„Hochindressant", mokierte sich Georg Ritter, „am Ende müssen wir soggaa erfahren, dass auch dea Härr Kommissaa allen Grund gehabt hädde, diesen Lengard um die Ecke zu bringen. Vielleischt, weil er mal mit seinare Frau durschgebrannt is. Wenns denn eine gibt. Hähä. Leida habe isch keine Zeit, mir diese Hirnakrobadik länga anzuhören."

Mucksmäuschenstill wurde es, als Kommissar Günda sich nun langsamst in Georg Ritters Richtung drehte, den Raum mit wenigen ausholenden Schritten durchmaß und sich unmittelbar vor dem Indoor-Beach-Spezialisten aufbaute.

Auge in Auge standen sich die beiden Männer nun gegenüber, wozu sich Kommissar Günda unmerklich auf die Zehenspitzen stellen musste.

Freese erwartete, dass der jetzt seine gefürchtete Vernehmungstechnik zum Einsatz bringen würde, jene bohrende Frage, die schon so manchen harten Burschen hatte weich werden lassen: *Wemm gheaschn du?*

Stattdessen hörte man ihn zirpen: „Sie sin jo soen äschde Wohltäda fa Gliggabach, HäRidda. Stimmts?"
„Isch widdaspreschle nischt."
„Blouß de Schorle-Peda, dea vasteht des äfach net. Koomisch, gell?", ätzte Kommissar Günda, um sich erneut seinem Assistenten zuzuwenden: „Freese!"
„Peter Lengard plante, im Fall seiner Wahl eine allgemcine Altersbeschränkung einzuführen. Personen unter 50 hätten nirgendwo mehr Zutritt gehabt. Das hätte auch und gerade für Ihr Veranstaltungszentrum gegolten."
„Läschalisch", kommentierte Georg Ritter ungehalten, „kein Gerischt der Welt hätte das durschgehen lassen."
„Awwa", warf Kommissar Günda vergnügt ein, „Sie heede klage misse. Des dauat. Un des koscht …"
„Sie wollen ja wohl nischt ernsthaft behaupten, isch hätte diesen Lengard umgebracht. Isch habe ein Alibi, und wenn das nischt wassadischt wäre, hätten Sie misch schon längst mit Vagnügen vahaftet. Stimmts?"
„Des kannsch glaawe", bestätigte Kommissar Günda gefährlich leise. „Awwa, isch gebs zu: Sie wares net. Denn fa die Drecksarweit issa sisch jo zu schad, soen äschde Lumbesseckl!"
„Vorsischt, Härr Kommissar, mein Anwalt …"
„Isch weeß, isch weeß, Ian Anwalt, HäRidda. Der wädd Ihne aa nix nitze. Isch wärd Ihne mol vazehle, wie des geloffe is. De Schorle-Peda, dea muss weg, des is mol klaa. Uff de Ruddl do is kähn Verlass. Guggdn eisch narre all mol oo. Denn Weschlumbe[51]!"

Rudolf Rentschler hatte, wie seine puterrote Reaktion erkennen

---

[51] Waschlappen

ließ, nicht mehr damit gerechnet, ins Visier der Ermittler zu geraten. Freese wiederum erinnerte sich in diesem Moment ungern an seinen weiterhin bestehenden Auftrag, den Vorgesetzten vom Betreten möglicher Fettnäpfe abzuhalten; er konnte nur hoffen, dass der Ausdruck *Weschlumbe* in Glickerbach keinem geläufig war. Er selbst kannte ihn auch nur, weil Kommissar Günda ihm gegenüber nie von Theisen, sondern immer nur vom *Owwa-Weschlumbe* sprach. Ein sorgenvoller Blick in die Runde verriet, dass es sich um bloßes Wunschdenken handelte. Die Bezeichnung für Rentschler stieß auf allgemeine Billigung und hob die Stimmung kurzzeitig beträchtlich.

„Selwa mache?", fuhr Kommissar Günda abwinkend fort, „Gfealisch …"
„Ein Auftragskiller", Georg Ritter lachte gehässig, „Sie lassen wirklisch keine Räuberpistole aus, Härr Kommissar."
„Langsom, HäRidda. Sie sin de Scheff, de Keenisch. Soe ganz groußi Numma im Gscheft. Die Stars, die Mänädschas vun *Satt* un *Rtttlll* un *Rnnnffff*, die kenne Sie jo all, gell?
Fa Sie wäa des kä Problähm, soen junge Dabbes ganz grouß rauszumbringe. Ähna, dea wu nix geregelt kriggt. Dea wu blouß Fäzz im Härn hot un vun Gängschda-Räbba un annare Fozzkanone droomt[52]."

Während sich Kommissar Günda nun nach rechts drehte, hob er seinen linken Arm, ließ ihn langsam fallen und schließlich in Richtung auf den Jüngsten der Anwesenden deutend ruhen.

„Ähna wie du, Fiffdie Pickls. Du waasch beim Ridda! Gäbbs zu!"
„Ja, aber …", der Widerspruch geriet halbherzig.
„Was hoddan da vasproche, wenn du die Sach regelsch? Escho?

[52] träumt

Bambi? Ingeborg Bachmann Preis? Isch weeß, kennsch du net.“

Kommissar Günda atmete tief ein und wies seinen Assistenten an diesem Tag zum letzten Mal an: „Freese!“
„Ich verhafte Sie wegen Verdacht des Mordes an Peter Lengard. Sie haben das Recht …“
„Aufhören! Sofort aufhören! Ich ertrage das nicht mehr.“

Aller Augen wandten sich in eine Richtung.

„Ich wars.“

„Isch weeß“, sagte Kommissar Günda leise. „Isch weeß, Renaade. Dud ma leid. Glaab mas. Aiig leid.“

„Sie haben es von Anfang an gewusst. Oder, Tschief?"

Die beiden Ermittler hatten sich in ihr Lagezentrum zurückgezogen. Das Abendessen dort allein mit seinem Assistenten einzunehmen, hatte sich Kommissar Günda ausbedungen. Trotz des Ermittlungserfolgs war ihm nicht nach einer Feier zumute.

„Net glei, ehrlisch gsacht. Un mia gfällts imma noch net", entgegnete er mehr bedrückt als bescheiden.

„Renate Berger und Peter Lengard waren also vor vielen Jahren ein Paar", fasste Freese zusammen, dem die Gemütslage seines Vorgesetzten infolge des eigenen Hochgefühls entgangen zu sein schien.

„Korzz, ganz korzz", präzisierte Kommissar Günda und nahm einen Schluck vom Malschenberger Rotwein, den Marion Helche zur Feier des Tages spendiert hatte.

„Gugg mol, de Schorle-Peda, des waren Strooma, en Schlumbl, en Schluuri. Ähni do, ähni dortt. Bissl nasche do, bissl knuschbare dortt. Awwa blouß nix Feschdes. Un fortt wara!"

Freese nickte.

„Und dann haben sich die beiden also nach Jahren, nach Jahrzehnten hier in Glickerbach wiedergetroffen."

„Hawwe sie bissl bussiat, weeß isch vun de Marioon. Awwa jetz kummts: de Schorle-Peda, dea waa uffm Absprung. Dea wollt des Dorf blouß afinne[53]. Awwa selwa dortt leewe, o liewi Zeit! Des wäa nix fa denn. Dea hot schun alles vorbereidet ghabt. Klähnes Heissl uff Kreddaa. Awwa allää! Nix Renaade."

Fritjof Freese spießte mit seiner Gabel ein Stück Ziegenkäse auf, Tagesempfehlung des Hauses – *gonz frisch vun drauß vun de Bauare.*

---

[53] erfinden

„Meinen Sie wirklich, Tschief? Das war das Motiv? Gekränkte Eitelkeit? Ein bisschen schwach für so eine gestandene, attraktive Frau wie Renate Berger.“

Kommissar Günda hob verwundert die Augenbrauen. Er hatte geglaubt, dass Freese zu dieser zweifelsohne zutreffenden Einschätzung noch nicht imstande war. Für einen Moment war er versucht, sie zu bestätigen.

Freese blieb hartnäckig: „Und was hat Sie letztlich überhaupt auf ihre Spur gebracht?“
„A, des waa äfach, *de Kennischnet.*“
„Eben. Da war ich doch dabei. Deshalb ist mir das ja so schleierhaft. Dieser *Kenn-ich-net* hat sie doch nur darauf gestoßen, dass Renate Bergers Sohn als DJ arbeitet. Aber was hat das mit dem Mord an Lengard zu tun?“

Kommissar Günda fischte aus einer abgestoßenen Aktentasche zwei Fotos. Das eine zeigte Peter Lengard, es handelte sich um ein älteres Motiv aus der Villa. Auf dem anderen war DJ Börga-King in Aktion zu bewundern. Im Scheinwerferlicht kaum wiederzuerkennen. Vermutlich ahmte er gerade die großspurige Geste eines Idols nach.

„Fellt dia was uff?“
„Eine gewisse … Ähnlichkeit?“
„Gönau. Fiffdie Pickls, des is …“
„Peter Lengards Sohn!“, vollendete Freese. „Renate Berger wollte ihm endlich seinen Vater geben. Und als der ein zweites Mal, und damit wohl endgültig zu verschwinden drohte … Sie sind ein Fuchs, Tschief!“
Der Belobigte zeigte ein verlegenes Lächeln.

„Dann sollten wir uns schleunigst einen Vaterschaftstest besor-

gen, um das Motiv und damit die Anklage wasserdicht zu machen."
„Des losse mia mol schää bleiwe, Freese."
„Sie meinen, der Junge weiß am Ende gar nicht Bescheid?"
„Des is denne ia Sach. Isch sach mol nix. Un du, Freese …", er musterte seinen Assistenten eindringlich.
„Von mir? Kein Wort."

Der Abend neigte sich dem Ende zu. Marion Helche gesellte sich zu den beiden.
„Was guggdan so doomelisch, Buuwe? Un ausgedrunge häbta aa net. Des wäa doch mol en Grund zum Feiare, odda?"
Fritjof Freese setzte zu einer Erklärung über den kriminalpolizeilichen Alltag an.
„Schauen Sie, Frau Helche, nach dem Fall ist vor dem Fall."
Kommissar Günda unterbrach seinen Assistenten väterlich-beschwichtigend.
„Loss guud soi, Freese. Gugg mol, Marioon. Mia sin so bissl draurisch, weil mia fortt misse vun eisch. Vun Gliggabach. Un vun dia."
„Hea, was solln des? Mogge is Wocheend. Mia hawwe Kärwe. Do wärd gedonzd. Fraa Mänzlaschweikatt is ibbrigenz bschdimmd aa do …"
„Oh liewi Zeit!"
„Kä Ängschd, Tschief! Mia sin all do. Bleibt doch äfach noch bissl bei uns!"
„Schätzl, des geht net. Isch hab mogge glei en Tamien drauß."
Freese schaute fragend: „Das ist mir neu. Wir haben morgen einen Termin?"
„Du net. Awwa isch."

Renate Berger stand gefasst im kargen Vernehmungsraum, als es an der Tür klopfte.
„Sie haben Besuch."

Kommissar Günda spähte durch den Türspalt.
„Derfisch?"
„Gerne", lächelte sie wehmütig. „Hogg disch!"

Es war kaum zu bemerken, aber Kommissar Günda wusste von Anfang an, dass diese Frau ihre Wurzeln in der Region hatte. Da gab es diesen zarten Anklang in ihrer Stimme, in manchen Endungen und Silben. Einfach bezaubernd. Er war nur nicht sicher, aus welchem Ort sie stammte.
„Hendesse?"
„Ä-ä."
„Dossene?"
„Aba."
„Schriese?"
„Du hoschs."

So standen sie einander minutenlang schweigend gegenüber, bis es Kommissar Günda nicht mehr aushielt.
„Wisso fällsch du aa uff soen Schlawina nei? Soen Schlumbl? Soen Strooma! Heedsch du net bissl waade kenne?"
„Waade? Wie lang?"
„A, so zäh, fuchzäh Joa?"
„Deedsch du des mache?"
„Wisso net."

Stille. Beide teilten sie die plötzliche Unsicherheit.

„Un jetzat?"
„Hogge ma noch bissl zamme?"
„Alla!"

Epilog

Der Fall gelöst, die geständige Täterin verhaftet.

Was geschieht, nachdem die beiden Ermittler den Ort des Geschehens verlassen haben?

Glickerbach hat einen neuen Bürgermeister.
De Ruddl? Nein. Der hat seine Kandidatur zurückgezogen.
Neuer Bürgermeister ist zur Überraschung aller Gerd Schneider. Erste Amtshandlung ein Zusatz zum Ortsschild: *Do derfe Sie net paiike!*

Georg Ritter wird seine Diskothek betreiben dürfen. Allerdings wesentlich kleiner, im ehemaligen Bahnhof. Und unter Auflagen. Es gab ein Bürgerbegehren, geduldet werden ausschließlich Ü30-Partys. Ein schöner Kompromiss, denn dort tummeln sich ohnehin nur die Übervierzigjährigen.

Gertrud Menzlerschweikert hat sich bei *Das Supertalent* beworben und bekommt eine eigene Nachttopfsendung auf Südwest 3.

Sonst bleibt in Glickerbach alles beim Alten. Jeder kennt jeden und weiß genau, warum er den nicht mag.

Ou, jetz häddischs halwa vagesse: Peter Lengards Grabstein ziert eine Inschrift, die ihm bestimmt gefallen hätte:

De Schorle-Peda
Schlumbl uff Love

Wenn ich irgendwo in der Ferne ein Hea! höre, geht mias Härzzl uff. Meine Muttersprache ist Hochdeutsch, aber meine Heimatsprache Kurpfälzisch. Ich bin über die Sprache nach Hause gekommen. Bei allen, die dazu beigetragen haben, bedanke ich mich.

Ich danke Dr. Anna E. Wilkens, meiner Lektorin, die sich als Norddeutsche dieser Herausforderung souverän gestellt hat.

Mein ganz besonderer Dank für ihre Unterstützung gilt Helga Föll und Bettina Gantert, ohne die es dieses Buch nicht gäbe.

Donge sage ich schließlich einem Mann, der mein Leben bereichert und auf wundersame Weise in mir lebt: demm Günda.

www.arnim-toepel.de

Lektorat: Dr. Anna E. Wilkens, Berlin
Gestaltung: Bettina Gantert, Mannheim
Foto: Jaspar Töpel
Druck: CPI Clausen & Bosse

ISBN 978-3-9812773-8-8